KB244805

대화체 가사의 유형과 역사적 전개

조선조 및 개화기의 대화체 가사에 대한 통시적 접근

대화체 가사의 유형과 역사적 전개

조선조 및 개화기의 대화체 가사에 대한 통시적 접근

지은이 **김형태**(金亨泰, Kim, Hyung-Tae)는 인천에서 태어나, 연세대학교 국어국문학과를 졸업하고, 같은 대학에서 「대화체 가사 연구」라는 제목의 논문으로 박사학위를 받았다. 이후 가사 갈래를 포함한 문학에 구현된 대화체의 의미를 규명하는 연구를 진행하고 있다. 사단법인 유도회 상학생반에서 권우 홍찬유 선생을 비롯한 한학자들에게 한문을 배웠고, 역서(공저)로『詩名多識』(한길사, 2007) 등이 있다. 연세대학교 강사를 거쳐, 현재 연세대학교 국학연구원 연구교수로 재직 중이다.

대화체 가사의 유형과 역사적 전개

조선조 및 개화기의 대화체 가사에 대한 통시적 접근

2009년 3월 25일 1판 1쇄 인쇄
2009년 3월 30일 1판 1쇄 발행

지은이 _ 김형태
펴낸이 _ 박성모
펴낸곳 _ 소명출판
등록 _ 제13-522호
주소 _ 137-878 서울시 서초구 서초동 1621-18 (란빌딩 1층)
대표전화 _ (02) 585-7840
팩시밀리 _ (02) 585-7848

somyong@korea.com | www.somyong.co.kr
ⓒ 2009, 김형태
값 18,000원
ISBN 978-89-5626-372-4 93810

대화체 가사의 유형과 역사적 전개

조선조 및 개화기의 대화체 가사에 대한 통시적 접근

A Study on the Formation and the Expansion of 'Dialogic Gasa'

김형태

소명출판

　필자가 처음 우리 시가문학을 공부하면서 가사 갈래에 마음이 끌리게 된 것은 지금도 가사가 만들어지고 있다는 점 때문이었다. 물론 그 향유 계층이 넓은 것은 아니지만, 지방으로 답사를 다닐 때마다 어르신들께서 흥얼거리는 옛 곡조 한 자락에서도 아득한 가사의 향기를 느낄 수 있었다. 이 점은 가사가 아직도 생명력을 잃지 않고 있다는 증거이며, 필자를 심오한 학문의 세계로 이끈 원동력이다.

　요즈음 세상에 내던져진 화두(話頭) 중 하나는 '소통(疏通)'이고, 그 소통의 기본은 '대화'이다. 대화 없이는 상대방에게 나를 설명하기 어렵고, 다른 사람의 의견을 십분 이해할 수도 없다. 세상을 지배하는 것처럼 보이는 인터넷도 소중한 대화를 대신할 수는 없다. 필자는 대화를 좋아하지만, 대화에 몹시 서툴다. 따라서 그만큼 평소 피아(彼我) 사이에 오해와 갈등이 많다. 이와 같은 개인적 결핍이 필연적으로 우리 고전에서 그 흔적을 찾도록 필자를 이끌었던 듯하다. 몇 백 년 전 고인들은 어떤 대화를 통해 무슨 생각을 나누었을까? 그들도 우리처럼 대화를 통해 울고 웃었을까? 필자는 이에 대한 해답의 일부를 대화체 가사에서 읽어낼 수 있었고, 그 성과의 일부를 엮은 것이 이 책이다.

가사 갈래의 매력 중 하나인 개방적 성격은 그 형식 및 제재의 다양성에서도 읽을 수 있다. 이 책에서 다루고 있는 대화체 가사도 그러한 성격을 잘 보여주는 실례(實例)이다. 송강(松江)가사를 필두로 조선 후기에 만개(滿開)하여 개화기까지 지속된 대화체 가사에는 수많은 화자(話者)들이 등장한다. 그들은 작품 내에서 서로 이야기를 나누기도 하고, 청자(聽者)들에게 혼잣말을 들려주기도 한다. 대화를 통해서 때로는 화합하고, 때로는 갈등을 겪으면서 당대의 삶을 적실(的實)하게 보여주는 것이다.

이 책은 필자의 박사학위 논문을 정리한 것이며, 총 6장으로 이루어져 있다. 1장에는 가사를 포함한 대화체 형식 전반에 대한 그간의 문학적 연구 성과를 담았다. 2장에서는 대화체 가사를 분석하기 위한 전제 작업으로, 가사의 장르론을 검토했고, 대화체 가사의 문학적 의미와 분석의 의의를 살펴보았으며, 분류의 기준을 설정했다. 3장에서는 대화체 가사를 유형화하고, 작품의 예를 곁들인 실제 분석 작업을 시도했다. 4장에서는 대화체 가사의 분석을 통해 도출한 그 특성과 사회적 기능을 정리했다. 5장은 대화체 가사의 문학적 의미에 대해 생각해보는 계기로 삼았으며, 6장은 결언이다.

박사학위를 받고 벌써 3년여가 흘렀다. 그간 삶을 위해 호구지책(糊口之策)으로 이리저리 바쁘게 뛰어다닌 기억뿐이다. 변변한 학문적 성과 없이 하루하루 무위도식(無爲徒食)하는 듯하여 끝없이 부끄럽기만 하다. 하지만 학문의 세계에 빠져들수록 공부는 하루 이틀에 이룰 수 없다는 것을 뼈저리게 절감한다. 이 작은 결과물을 다시 분발하는 계기로 삼으리라 스스로 위로해본다.

필자가 생각한 후속 연구의 방향은 대화체 가사를 통해 가사의 극적(劇的) 특성이 도출되는 경로에 대한 보다 정치(精緻)한 고찰이다. 이를 위해 앞으로 소위 개화기의 문학적 자료에 대한 공부를 병행하고자 한다. 주지하듯 개화기에는 다양한 글쓰기 방식들이 산재했는데, 그 가운데 대화체를 원용(援用)한 글들이 상당수 존재한다. 이는 보기에 따라 극적 특성을 반영한 것으로 파악할 수 있고, 그 기저(基底)에 대화체 가사의 전통이 영향을 끼쳤다고 볼 수 있기 때문이다. 이를 통해 추가 성과가 일정 정도 산출된다면, 가사의 문학적 성격이 보다 극명(克明)해질 수 있고, 나아가 고전과 현대로 나뉜 국문학 연구 분야의 설정도 미약하나마 보완할 수 있는 가교(架橋)적 역할이 될 것이다. 이와 함께 필자가 간과했을 지도 모를 조선조 대화체 가사에 대한 연구도 지속적으로 병행할 것임은 물론이다.

보잘 것 없는 성과를 세상에 내놓으면서 감사드려야 할 분들은 너무도 많다. 연세 국학(國學)의 계승선상에 설 수 있게 해주신 일민 최철 교수님, 한없이 부족한 제자를 늘 감싸주시고, 지켜봐주시는 윤덕진 선생님께 먼저 감사드린다. 학위논문 부심을 맡아주셨던 설성경 선생님, 조규익 선생님, 허경진 선생님께도 깊이 감사드린다. 아울러 좋은 자료를 볼 수 있는 안목을 길러주시고, 출판을 주선해 주신 김영민 선생님과 임성래 선생님께 감사드린다. 일일이 열거할 수 없지만, 늘 곁에서 도움 주시는 선배님들과 후배들께도 감사드린다. 미욱한 필자가 한문에 눈뜰 수 있게 해주신 권우 홍찬유 선생님께 한없이 감사드린다. 마지막으로 같은 길을 걷고 있는 든든한 동지이자 사랑하는 아내 양세라 선생에게도 감사한 마음을 전한다.

지금 이 순간에도 어느 연구실에선가 치열한 고민을 하고 있을 이 땅의 시가문학 연구자분들께 이 책이 조금이나마 도움이 되었으면 하는 작은 소망을 가져본다.

2009년 1월
김형태 씀

●차례●

책머리에 /3

제1장	**서언 : 대화체 가사 연구의 범위와 방법**	9
제2장	**대화체 가사 분석의 전제 작업**	36
	1. 가사 장르론 검토	36
	2. 대화체의 문학적 의미와 대화체 가사 분석의 의의	46
	3. 대화체 가사 유형 분석의 기준과 실례	68
제3장	**대화체 가사의 유형화 및 분석**	77
	1. 텍스트 구조상의 유형 분류와 분석	77
	1) 텍스트 간 대화의 방식	78
	2) 개별 텍스트 내부 대화의 방식	89
	3) 혼합적 대화의 방식	101
	2. 대화 방식에 따른 유형 분류와 분석	106
	1) '화답(和答)'의 방식	106
	2) '문답(問答)'의 방식	143
	3) '언쟁(言爭)'의 방식	168

제4장   **대화체 가사의 특성 및 사회적 기능**   210

  1. 대화체 가사의 특성   210
    1) 실사(實事)의 반영과 현장성의 극대화   210
    2) 다수의 수용자 지향성   213
    3) 화법(話法)의 다양성   216
    4) 신속한 내용 전개   221
  2. 대화체 가사의 사회적 기능   223
    1) 동시대 의사소통의 메커니즘(mechanism)   223
    2) 도덕률의 효과적 전달 도구   224
    3) 수용층 확대의 동인(動因)   225
    4) 극적 특성을 활용한 사회성 반영   226

제5장   **대화체 가사의 문학사적 의의**   229

  1. 대화체 가사의 형성과 전개   229
  2. 대화체 가사의 문학사적 의미   233

제6장   **결언**   237

참고문헌 /242

찾아보기 /247

제1장

서언 : 대화체 가사 연구의 범위와 방법

가사는 다대(多大)한 연구 업적에도 불구하고 장르적 성격 규명을 비롯한 몇몇 연구 분야는 아직까지 명쾌한 결론에 이르지 못하고 있다. 그 중에서도 핵심 과제인 가사의 개념 및 장르적 정체성 문제에 대해서는 연구자마다 다양한 견해를 제시하였다.

각각 서정·교술·수필·전술이라 하여 가사를 단일성 장르로 파악하거나 서정과 교술의 복합, 서정과 서사 및 교술의 복합, 여러 갈래의 혼합이라 하여 혼합성 장르로 파악하는 견해들이 그 예이다. 이처럼 가사가 단일한 성격으로 규정될 수 없는 복잡한 성격의 갈래라면, 가사의 개별적 성격에 대한 보다 치밀한 접근이 필요하다.

가사는 지금까지의 정체성 연구를 통해, 일인칭 서술을 전제로 한 시가 갈래로서 지닌 서정성 및 객관적 기술물로서의 서사성은 일정하게 규명되었다고 할 수 있다. 그러나 가사에서 발견할 수 있는 또 다른 측면인 극적 특성에 대한 연구는 거의 시도되지 않았다. 단지 가사의 담론 특성 및 양상과 관련하여 작품 내에서 화자와 청자 간의 발화 관계로 이루어지는 작품 내적 담론을 살펴보는 담화 분석 작업들이 있었을 뿐이지만, 여기서도 텍스트와 연관된 사회 · 문화적 조건이나 화자와 청자의 입장 및 태도 등의 차이를 고려하지 못한 순수 담화 분석의 차원에 머무는 한계를 보였다.

본 연구자가 이러한 한계의 대안으로 착안한 것이 바로 가사 갈래의 발화 방식으로 사용된 '대화체(對話體)'이다. '대화'는 일상적 말하기 방식이며, 오래전부터 문학에서 문체적 표현 기법으로 사용되어 왔다. 물론 가사도 예외는 아니어서 적지 않은 작품에 대화체가 사용되었음을 확인할 수 있다. 지금까지 미진했던 대화체 가사 작품들의 분석을 통해 가사 갈래의 극적 특성을 살펴보는 데 본 연구의 목적이 있다.

가사에 대화가 사용되었다는 사실은 가사의 '제시형식'[1]이 '부르고 듣는 방식'에서 '기록하고 보는 방식'의 성격으로 점차 강화되었음[2]을 의미한다. 즉 가사의 성격이 실존적 성향의 인격적 서술자를 통한 화자 중심 발화에서 청자 중심 발화로 강화되는 경로를 대화체 가사에서 확인할 수 있다. 또한 가사가 개인 정서의 표출이라는 내적 서정성에서

---

1) '제시형식'은 김학성이 사용한 개념이다. 이는 "예술이나 문학 양식에 있어서 그것이 어떤 방식으로 연행되고 향유되는가 즉 텍스트가 어떤 방식에 의해 심미적 대상물로 구체화되는가 라는 문제"를 개념화한 것이다. 그는 '제시형식'이 해당 양식의 정체성 곧 본질을 파악하는 데 상당한 근거로 작용할 수 있다고 보았다. 김학성, 「가사 및 잡가의 정체성」, 『한국 고전시가의 정체성』, 성균관대 대동문화연구원, 2002, 224면.

2) 조규익은 우리 고전 시문학을 '부르고 듣는 문학'과 '기록하고 보는 문학' 체계로 양분하였다. 그리고 전자에는 향가 및 가사 등 우리 고유의 노래, 후자에는 한시를 대표적 양식으로 제시했다. 그는 특히 전자와 관련하여 조선 전기 가창가사의 곡조가 가곡창(진작)의 변조였을 것이라는 구체적 확신을 갖고, 곡조 표시가 되어 현전하는 〈서호별곡(西湖別曲)〉과 〈사미인곡(思美人曲)〉에서 그 근거를 찾았다(조규익, 『가곡창사의 국문학적 본질』, 집문당, 1994). 〈서호별곡〉 이본 관련 분석 등 구체적 논의는 윤덕진의 연구를 참고할 만하다. 윤덕진, 「향유방식을 중심으로 본 16~17세기 가사의 양상」, 『한국시가연구』 제9집, 한국시가학회, 2001.

벗어나 다수의 공감을 얻을 수 있는 사회적 기능을 지향하는 특성을 대화 방식에서 살펴볼 수 있다.

조선 전기의 가사가 개인의 서정을 적절하게 담아내는 도구로 기능했다면, 후기를 거쳐 개화기에 이르면 보다 극적·현실 참여적 성격이 강화된다. 다른 양식에서도 확인되지만, 특히 가사는 후대로 가면서 사회성이 강화되는 새로운 갈래적 특성을 보이면서 대부분 당대의 민감한 사안들을 주제로 다루고, 화자가 내세운 대리 화자나 작중 인물에 의해 사건이 전개되는 대화체를 사용하는 경우가 많다. 본 연구는 사회성의 문제를 수용자에게 적절하게 전달하는 방식을 대화체 가사 작품에서 살펴보고자 한다.

가사의 사회성이 강화되었다는 사실은 조선 후기 가사의 수용층이 확산되었음을 의미한다. 가사 수용층의 확산 원인은 무엇보다도 소재의 다양화에서 찾을 수 있는데, 대화체 가사의 다양한 소재 활용 양상에서 그 면모를 확인할 수 있다. 또 세책(貰冊)으로 유통되었던 〈만언ᄉ〉3)나 〈초당문답가〉 등에 대화체를 사용한 사실에서 수용층 확산의 면모를 찾아볼 수 있다. 그런데 가사 수용층의 확산은 역설적이게도 사회적 기능의 확대로 많은 창작이 이루어졌던 개화기 이후 가사의 퇴조를 야기한 원인이 되었다. 우국과 계몽으로 상징되는 개화기의 담론들을 굳이 전시대의 가사 형식이 아니더라도 다양한 양식들을 통해 적실하게 담아낼 수 있었기 때문이다.

---

3) 〈만언ᄉ〉는 정조(正祖, 在位 1752~1800)대 대전별감(大殿別監)을 지낸 안도원이 죄를 짓고 추자도(楸子島)로 유배 갔던 일을 소재로 지은 장편가사이다. 동양문고본(東洋文庫本) 〈만언사(萬言詞)〉의 후기(後記)에 의하면 이 작품은 한때 세책가에서 유통되었음이 틀림없다. 동양문고본 〈萬言詞〉의 후기는 다음과 같다. "명묘조시졀의뎌젼별감안도원니나라의ᄉ죄롤짓고귀향갓다가이글을지어올니 〃 나라의셔블샹니녁이샤귀향을푸러올니시고녯구실을인존ᄒ여쥬시오니이말삼이유식ᄒ온고로긔록ᄒ니보나이ᄂ그리아오 셰긔희졍월일향슈동셔 이말니단ᄒ나한권의ᄂ너모만은고로부득이이십여장식두권의미엿시나셰젼을더밧고자ᄒ미아니오니보ᄂ이ᄂ허물마오." 졸고, 「세책 〈萬言詞〉 연구」, 『동방고전문학연구』 제6집, 동방고전문학회, 2005.

대화의 언술 방식이 가사에 사용되었다는 사실은 가사의 개념 및 정체성과 관련하여 여러 가지 새로운 연구 가능성을 충분히 내포하고 있다. 그러나 지금까지 대화의 언술 방식이 사용된 대화체 가사류에 대한 구체적 연구는 전무한 실정이다. 이러한 연구의 한계 상황에서 본 연구는 대화의 언술 방식이 사용된 대화체 가사류를 연구 대상으로 설정하여 분석하려고 한다. 그리고 대화체 가사 텍스트의 유형 분석과 사적 전개를 통해 그 성격을 고구(考究)하여 가사의 담론 특성이 변화해간 경로를 확인해보고자 한다.

또한 가사가 후대로 가면서 점차 극적 특성이 강화된다는 사실을 전제로 하여 이 사실을 구체적으로 확인할 수 있는 대화체 가사의 텍스트 실현 양상을 통해 가사의 정체성을 재 규명하고자 한다. 아울러 후대로 가면서 확대되는 가사의 사회적 기능에 대한 논의의 지평을 넓히고, 개화기 이후 가사가 급격하게 퇴조하게 된 원인에 대한 고찰도 병행하고자 한다.

대화체가 문학에서 문체적 표현 기법으로 오랫동안 사용되어 왔음에도 불구하고, 이에 대한 연구는 그리 많지 않은 편이다. 더구나 가사만을 개별적으로 다룬 논문은 극히 드물다. 그리고 그 연구도 주로 화자론(話者論)의 입장에서 화자와 청자 간의 담론 관계 유형을 중심으로 고찰한 논문들이 대부분이다. 지금까지 이러한 관점에서 가사를 점검한 대표적 업적들을 살펴보면 다음과 같다.

최성심4)은 대화를 '두 사람 이상의 인물과 장소, 사건 등을 전제로 하는 것이기 때문에 서사적 구조를 형성하게 되는 것'이라고 규정하고, 정철(鄭澈, 1536~1593)의 가사를 중심으로 대화체 가사 작품을 분석하였다. 이 논의는 대화체가 사용된 가사 작품에 주목한 시발점이라는 의의를 지녔지만, 그 논의를 가사 전반으로 확장시키지는 못했다.

---

4) 최성심, 「가사에 나타난 대화체」, 『국어국문학논문집』 12, 동국대 국어국문학과, 1983.

김광조[5]는 시적 담론으로서 가사를 전제하고, 텍스트 내에 존재 가능한 화자 및 청자의 관계를 기준으로 조선 전기 가사의 시적 담론 유형을 '함축적 청자', '현상적 청자', '대화체'로 나누었다. 그리고 이들은 각각 화자 지향·관계 형성·화제 지향이라는 양상으로 드러난다고 보았다. 이는 작품 분석의 대상을 조선 전기와 중기의 작품으로 제한했다는 한계가 있다. 그리고 담론의 주체인 화자와 청자의 관계를 지나치게 청자 중심적 입장에서 고찰했다.

송기한[6]은 개화기를 중심으로 전대 가사 갈래 전통의 지속적 흐름과 그것이 수용되면서 변화된 측면에 대해 대화 이론을 원용(援用)하여 살폈다. 작가의식과 문체의 상관관계를 아울러 살핌으로써 개화가사의 성격 규명에는 일조하였으나, 개화가사의 특성을 규명한다는 연구 목적에 치우쳐 이전 가사와의 차이점과 서사성만을 강조한 면이 있다.

특히 '서사성'만으로 가사 진술 방식의 특성을 평가한 점에 대해 회의적이다. 가사는 운문과 산문의 중간적 형태이기 때문에 특정 장르의 규범적 개성 하에서 만들어진 것은 아니다. 다만 4음 4보격 연속체라는 특정 율격을 내재한 가요로서 전수되어온 관습상의 장르이다. 따라서 가사의 진술 방식은 서정적·서사적·극적·교술적 특성들이 다양하게 결합되어 드러난다. 가사의 성격 규정은 이들 다양한 특성을 어떤 방식으로 조망하고 해석하느냐에 따라서 충분히 달라질 수 있다.

조세형[7]은 가사의 언술적 특성과 대화이론에 대한 논의를 심화하여 정철의 가사 작품에 나타난 대화의 양상과 그 의미를 도출해 내었다. 이를 통해 작품에 구현된 다양한 진술 방식의 사용 및 빈번한 시점 교체가 송강가사의 미적 특질을 내포하고 있음을 밝혔다. 그리고 그는 이

---

5) 김광조, 「조선 전기 가사의 장르적 성격 연구―시적 담화의 유형분석을 중심으로」, 서울대 석사논문, 1987.
6) 송기한, 「개화기 대화체 가사 연구」, 서울대 석사논문, 1988.
7) 조세형, 「송강가사의 대화전개방식 연구」, 서울대 석사논문, 1990.

것이 작가 및 작중 인물 층위의 대화로 표출된다고 주장하였다. 사실 담론의 소통 구조를 가장 잘 반영하는 것이 소설이지만, 이 논의는 가사 역시 언어적 다양성 면에서 소통론적 접근이 가능함을 보여주었다.

그러나 이 논문의 분석 대상은 네 편의 송강가사에 국한되었으며, 그 작품론 시도에 연구의 목적이 있었기 때문에 여기에서 얻은 결론을 확대하여 가사 전반에 적용하는 데는 무리가 있다. 이른바 '대화 이론'은 일반적으로 담론의 주체와 대상 간의 소통이 담론이라는 전제하에서 성립한다. 그런데 이 논문은 진술 방식의 규명에만 치중했을 뿐 그것의 의미와 사용 원인에 대한 측면을 소홀히 하였다.

조세형[8]은 이후에 논의를 확장시켜 가사 갈래 전반에 걸친 담론 특성을 고찰하였다. 이 연구는 가사의 말하기 방식과 그러한 말하기를 선택한 작가의 의식에 대한 탐색 작업이다. 즉 가사에서 확인할 수 있는 담론의 유형을 분류하고, 그에 따른 담당층 의식의 관련 양상을 점검하는 데 목적을 둔 것이다. 이 연구는 가사 전반에 구현된 다양한 담론 유형을 여러 층위에 걸쳐 고찰했고, 가사 갈래의 고유한 속성을 재점검하는 계기가 되었다. 아울러 그간 가사의 형식과 내용적 측면에만 편중되었던 연구사를 고려할 때, 가사 자체의 시적 원리를 모색했던 많지 않은 시도 중 하나였다는 데에서 연구사적 의의를 찾을 수 있다.

이들 연구는 가사에 사용된 언어적 특질에 대해 시적 화자란 측면에서 구체적 관심의 초점을 집약하고 있다. 그러나 작가와 화자의 관계를 본격적으로 문제 삼지 않았다는 한계를 발견할 수 있다. 무엇보다도 가사의 진술 방식을 통해 가사의 극적 특성을 구체적으로 확인해 볼 수 있는 대화체 가사 작품에 대한 심도 있는 논의가 미흡하다.

물론 작가를 알 수 없는 작품이 대다수인 가사 갈래의 특성상 작가와 화자의 관계를 광범위하게 고찰하는 데는 무리가 따른다. 그렇더라도

---

8) 조세형, 「가사 장르의 담론 특성 연구」, 서울대 박사논문, 1998.

작가가 확실하고, 이미 확인된 자료를 통해 그의 작가 의식을 검증할 수 있는 작품은 소통론적 시각에서 논의될 수 있다. 그러나 이 점은 해결되지 않은 채 연구자에 의해 차후의 수행 과제로 남겨졌다. 따라서 담당층의 의식과 담론 유형 사이의 관련 양상에 대한 구체적 실증성이 결여되어 있다.

한편, 앞선 논의의 핵심 중 하나인 가사 담론의 하위 유형에서도 문제를 발견할 수 있다. 가사 담론의 하위 유형을 '내면 표현형(당대 이념의 지향)', '대상 제시형(기존 이념의 재확인)', '대상 전달형(기존 이념의 공표)', '내적 대화형(현실 비판과 이중적 의식)', '외적 대화형(이질적 세계관의 논쟁적 전개)'의 다섯 가지로 구분한 논의는 작품에 반영된 담당층의 의식에 따른 유형화일 뿐이다. 따라서 그 유형들에는 가사 담당층의 의식적 지향점만 반영되어 있다. 그리고 그 지향점은 대부분 서정성의 측면으로 편향될 수밖에 없다.

가사의 시적 원리는 서정이나 서사적 측면의 특성만이 아니라, 극적 측면의 검토를 통해서도 규명해볼 수 있다. 특히 현전하는 가사 작품들 가운데에는 단순하게 독백이나 화자 간 외화(外話)의 방식만으로는 설명이 충분치 않은 작품도 확인할 수 있다. 더구나 독백의 방식이 현실비판에만 제한적으로 사용된다거나 외적 대화가 이질적 세계관의 논쟁적 전개에서만 확인된다고 볼 수 없다. 따라서 대화의 언술 방식이 사용된 다양한 텍스트에 대한 면밀한 고찰은 이러한 한계의 극복과 가사의 시적 원리 중 극적 특성 규명에 있어서 필수적이다.

조해숙[9]은 17세기 이후부터 개화기까지의 '농부가'류 가사를 대상으로 담론 구성 방식을 분류하였다. 그 유형은 몰락 사족(士族)이 업농자(業農者)적 상태에서 자신의 심정을 토로한 독백성의 노래, 하층 농민이 농부로서의 감흥과 보람을 읊거나 관리들에 대한 비판을 목적으로 한

---

9) 조해숙, 「〈농부가〉에 나타난 후기 가사의 창작의식과 장르적 성격 변화」, 서울대 석사논문, 1991.

노래, 지방의 양반 토호(土豪)가 농민의 지배력을 강화하고 생산력을 높이기 위해 농부들에게 자부심과 긍지를 부여하는 노래 등이다. 그리고 〈농부가〉라는 동일 제목의 여러 텍스트들에서 각각 다양한 담론 주체들이 다양한 담론 구성 방식을 취하고 있으며, 이들이 복층화 내지 중층화되어 있어 텍스트 간의 다성성(多聲性)이 확보된다고 하였다. 이 논문 역시 가사에 사용된 진술 방식 중 대화체의 문제만을 본격적으로 다루고 있지 않다. 그 대상도 '농부가'류에 제한되어 있고, 이러한 주장의 공고(鞏固)한 설득력을 위해서는 언술 방식에 대한 보다 정치(精緻)한 검토가 필요하다.

교훈가사에 드러난 어법이나 어휘 체계의 고찰을 통해 가사 진술 방식의 특성을 규명한 연구 성과도 있다. 김대행[10]은 교훈가사의 표현 유형을 '명령형 어법'과 '형상화 어법'으로 나누고, 전자는 다시 '~하라' 형과 '~말라' 형으로, 후자는 다시 '긍정적 형상화'와 '부정적 형상화'로 나누었다. 이 가운데 '형상화 어법'이 '명령형 어법'보다 문학적으로 발달한 형태이며, '부정적 형상화'는 대상에 대한 객관화와 희화화 기능을 지닌다면서 가사 담론의 언어적 자질을 중시하였다. 그리고 이러한 현상이 규범의 경직성 해체, 희화화가 공식화된 문화적 분위기, 흥미 지향의 상업문화 침투 등에 기인한 것이라고 하여 텍스트 내부에 텍스트 외적 요소가 어떻게 작용하는지를 밝혔다.

권두환[11]은 정철의 〈훈민가〉를 분석하였다. 이 작품은 작가가 백성과의 신분적 상하 관계에서 비롯된 창작의도를 보다 효과적으로 전달하고 있다고 보았다. 이를 위해 백성들의 절실한 인간관계를 상정하고, 백성의 심정을 그들의 사고와 어휘 체계를 사용해 나타냄으로써 효과

---

10) 김대행, 「도덕적 인간과 본능적 인간-규범류 가사의 인간관」, 『시가시학연구』, 이화여대 출판부, 1991.
11) 권두환, 「송강의 〈훈민가〉에 대하여」, 『진단학보』 제42호, 진단학회, 1976.8; ______, 「목소리 낮추어 노래하기-송강 정철의 〈훈민가〉」, 『한국고전시가작품론』 2, 집문당, 1992.

적인 결과를 얻을 수 있었다고 하였다.

특히 그는 정철이 강원도 관찰사의 직임을 맡고 있을 때 지어진 글들과 〈훈민가〉를 비교하였다. 이 논의는 실용적 측면의 비문학과 문학적 텍스트의 경계를 고찰함으로써 교술의 의미를 밝히는 데 선구적 업적이 되었다.

그에 따르면, 〈훈민가〉는 강원도 관찰사 시절에 쓴 연시조로서 일차적으로 관료적 성격을 지니고 있으며, 작가인 송강이 권유하려는 내용을 받아들이는 강원도 백성들 사이에 자리하는 작품이다. 따라서 이 작품은 욕구적(conative)인 기능을 강하게 띠고 있고, 그 욕구의 기본적 내용은 풍속의 교화로 되어 있다. 그리고 교화되어야 할 대상이 강원도 백성이기에 국문을 선택하였고, 시조라는 양식을 선택하였다. 즉, 송강은 강원도 백성 및 보편적 인간이 지니고 있는 인간관계를 설정하고 그들 사이에 관류하고 있는 인정어린 어휘를 선택함으로써 이중 구조를 보여준다. 따라서 이 작품은 시각적 면보다는 청각적 정시(呈示)의 한 방법으로서 시조를 선택한 것으로, 욕구적 기능을 정서적 기능에 가깝게 접합시킴으로써 시적(poetic) 기능을 강화하고 세련되게 하고 있다.

또한 그는 송강이 강원도 관찰사 시절에 쓴 글들은 좌군택민(佐君澤民)이라는 관료의 의무에 충실한 것들이었으며, 가장 두드러지게 강조되는 주지(主旨)는 풍속의 교화라고 할 수 있는 것들이었다고 보았다. 따라서 그 대상에 따라 공식적인 글들은 공식적인 양식을, 비공식적인 글들은 비공식적인 양식을 선택하였다. 비공식적인 면에서는 국문이, 공식적인 면에서는 한문이 우세하게 작용하였던 기호체계였다고 보았다.

결국 '있었던 일을 확장적 문체로, 일회적으로, 평면적으로 서술해 알려주어서 주장하는 것이 교술'12)이라면, 그것은 반드시 문학 갈래를 전

---

12) 여기에서 '교(敎)'란 알려주어서 주장한다는 뜻이고, '술(術)'은 어떤 사실이나 경험을 서술한다는 뜻이다. 교술은 '비전환표현'이며, 자아와 세계의 대립적 양상에 따른 거시적 4분 체계에서는 그것이 '작품 외적 세계의 개입으로 이루어지는 자아의 세계

제로 한 장르 체계에만 국한되는 개념은 아니다. 그것은 비문학적 텍스트와 〈훈민가〉를 통해 드러나듯이 구체적 청자를 대상으로 한 표기 체계의 선택에 의해서도 실현되기 때문이다. 따라서 가사 역시 교술 갈래에 포함된다고 단언하기 보다는 교술적 특성을 지닌 장르로 간주함이 바람직하다.

권두환의 연구는 교훈가사의 어법이나 어휘 체계의 고찰을 통해 가사 진술 방식의 특성을 규명했다는 점과 교술의 의미를 천착했다는 데서 그 의의를 찾을 수 있다. 그러나 그 연구 대상 계열과 작품의 편협성을 극복하지 못했다는 한계도 지니고 있다.

가사 작품에 드러난 시적 화자의 유형을 통해 가사의 담론적 특성에 접근한 연구 성과는 다음과 같다.

윤미연[13]은 정철의 시가 작품 전반에 나타난 시적 화자를 여성·남성·중성(숨은 화자)으로 나누어 고찰하였다. 그런데 이와 같은 화자론은 특정 작가나 작품에 한정해서 논의할 것이 아니라 가사 갈래 전반으로 확대할 필요가 있다.

심유경[14]은 남성화자 등장 애정가사가 갖는 특징과 그 역사적 의미를 살펴보았다. 그러나 이 논의는 남성 화자에 대한 여성 화자에 집착하여 남성 대 여성이라는 이분법적 사고의 일단을 제시했다는 한계를 지닌다. 예컨대, 여성 화자는 수동적이고, 어조가 탄식적이며, 정상적 애정 관계를 지향하는 데 반해, 남성 화자는 능동적이고, 어조가 의지적이며, 일탈적 애정 관계를 지향한다는 것이다. 그런데 대화의 언술 방식이 사용된 가사 작품 중 〈만언ᄉ〉의 남성 화자에게서는 오히려 수동적·체념적 태도를 확인할 수 있다. 그리고 〈여자가〉에서는 시적 화자

화'라는 장르적 특성을 지닌다. 조동일, 「가사의 쟝르 규정」, 『어문학』 21집, 한국어문학회, 1969.

13) 윤미연, 「정철 시가의 시적 화자 연구」, 서울여대 석사논문, 1996.

14) 심유경, 「남성화자 애정가사의 특징」, 부산대 석사논문, 1999.

에게서 남성 못지않은 적극적 여성상을 확인할 수도 있다. 따라서 이처럼 화자의 단순한 성적 구분 보다는 시적 화자의 의식적 기반의 근원을 모색하는 작업이 보다 중요하다.

아울러 최근의 연구 성과로는 다음과 같은 업적들을 제시할 수 있다. 먼저, 가사를 대상으로 여성화자 문제를 본격적으로 다룬 권정은[15]의 논의가 있다. 권정은은 가사의 분화 양상에 접근해 가사의 작자층이 갖는 의미를 도출한 후, 이를 바탕으로 화자와의 심리적 거리감과 진술 방법을 고려해 '자기 술회형', '서정적 자아형', '작중 인물형'이라는 세 가지 유형으로 작품을 구분하고, 각각의 유형이 표출하는 여성상을 밝히고자 했다. 이 논의는 세 가지 유형들 가운데 '작중 인물형'을 통해 가사의 서사성은 물론 극적 특성에도 접근할 수 있었지만, 지나치게 서사성만 강조된 감이 있다.

송재연[16]은 계녀(戒女)가사를 대상으로 그 구성 양상과 서술 특성이 남성과 여성 화자의 차이에 따라 달라진다고 보았다. 즉 그것은 남성의 경우에 감정이 강조되는 반면, 여성의 경우에는 교훈 전달로 표출된다는 것이다. 이 논의 역시 선행 연구와 마찬가지로 대상 작품 계열이 제한적이기 때문에 도식적 결론이 도출될 수밖에 없다.

그리고 가사 갈래에서 시적 화자의 목소리가 갖는 기능과 그 의미를 밝히는 데 목적을 두고, 그 유형을 '동성화자형', '이성화자형', '양자혼합형'으로 분류한 정인숙[17]의 연구가 있다. 이 논의는 기존에 가사를 중심으로 논의되었던 화자론을 종합했다는 연구사적 의의를 지닌다. 남성과 여성이 관습적 어조를 바꾸어 작품에 드러날 수도 있음을 규명하였지만, 이 논의 역시 기본적 발상의 틀은 시적 화자의 성적(性的) 구분

---

15) 권정은, 「여성화자 가사에 나타난 여성상 연구」, 서울대 석사논문, 2000.
16) 송재연, 「계녀가사의 구성양상과 서술특성―남성·여성 화자의 차이를 중심으로」, 서울대 석사논문, 2000.
17) 정인숙, 「가사에 나타난 시적 화자의 목소리 연구―연군가사와 애정가사를 중심으로」, 서울대 박사논문, 2001.

에 기반하고 있다.

이상 가사 작품에 드러난 시적 화자의 유형을 통해 가사의 담론적 특성에 접근한 연구 성과들은 대부분 한 작가나 특정 계열과 작품에만 국한된 화자론적 접근이다. 또한 시적 화자의 표출 양상을 단순히 여성과 남성으로 이분화(二分化)시켜 고찰했다는 나름의 한계를 지니고 있다.

이외에도 갈래는 다르지만, 한문학 연구에서 여성화자의 출현과 이에 따른 문학적·역사적 의미 도출에 관심을 가진 연구로 이혜순·박영민·박무영 등의 성과를 들 수 있다.

이혜순[18]은 '의고(擬古) 악부시(樂府詩)'에서 시인이 여성 화자를 사용하는 것은 원래 한시적 전통에 기인된 것이라 지적하였다. 그리고 이 현상은 오래 전부터 연주(戀主)시 묘사 형태의 하나로 규정되었던 것이라고 언급하는 등 여성 화자 한시의 전통을 고찰했다. 그리고 지속적으로 남성 작가의 여성 화자 시에 관심을 갖고, 송강의 〈사미인곡〉과 〈속미인곡〉 및 이곡(李穀, 1298~1351)의 한시 「첩박명(妾薄命)」을 아울러 고찰했다.

박영민[19]은 18세기 한시 작품에 주목하여 '여성 정감시'라는 개념은 여성의 정감을 남성 작가가 표현한 한시라고 규정하였다. 그리고 그 대상 작품을 확대해 미적 특질과 문학사적 전개를 논의했다.

박무영[20]은 조선 후기 이옥(李鈺, 1760~1813)의 대표적 작품인 「이언(俚諺)」을 대상으로 남성 작가의 여성 화자 시에서 남성성을 도출하였다.

---

18) 이혜순, 「여성화자시의 한시 전통」, 『한국한문학연구』(학회창립 20주년 기념 특집호), 한국한문학회, 1996; ______, 「15·16세기 한국 여성화자 시가의 의의─〈사미인곡〉, 〈속미인곡〉, 〈첩박명(妾薄命)〉을 중심으로」, 『한국문화』 19, 서울대 한국문화연구소, 1997.
19) 박영민, 「18세기 한시에 나타난 여성정감의 미적 특질─李安中을 중심으로」, 『한국한문학연구』 제19집, 한국한문학회, 1996; ______, 「사대부 한시에 나타난 여성정감의 사적 전개와 미적 특질」, 고려대 박사논문, 1998.
20) 박무영, 「여성화자 한시를 통해 본 역설적 '남성성'─〈이언(俚諺)〉의 경우를 중심으로」, 『이화어문논집』 17, 이화어문학회, 1999; ______, 「'여성적 말하기'와 여성한시의 전략」, 『여성문학연구』 제2호, 한국여성문학학회, 1999.

그 결과 남성 작가는 여성화자시를 통해 일반적 여성 정감을 드러내는 것이 아니라 역설적이게도 남성성을 드러내고 있다고 하였다. 또한, 여성적 말하기의 측면에서 여성 작가들의 한시 전략을 고찰했다.

한편, 국문시가 중 고려속요를 대상으로 여성화자의 목소리를 분석하고 유형화한 박혜숙[21]의 연구 성과가 있다. 박혜숙은 고려가요가 '여성 화자의 사랑 노래'라는 특징을 지녔다고 보았다. 그리고 여성 화자의 유형을 '여성으로서 말하기', '여성에 빗대어 말하기', '여성인 체 말하기'의 세 가지로 분류하고, 각 유형의 함의(含意)를 분석했다. 그 결과 '충신연주지사(忠臣戀主之詞)'를 표방한 〈정과정곡(鄭瓜亭曲)〉 같은 작품은 시인 자신이 남성임을 숨기려는 의도 없이, 다만 자신을 여성에 빗대어 여성의 목소리를 흉내 내 말한다는 점에서 '여성에 빗대어 말하기'에 속한다고 보았고, 〈쌍화점(雙花店)〉은 여성 화자의 목소리가 분열되거나 지나치게 대담하기에 시인 자신이 남성임을 숨긴 채 여성을 가장하고 있는 '여성인 체 말하기' 유형이라고 보았다. 그런데 이 견해 역시 만약 다른 갈래로 그 연구 대상의 지평을 넓힌다면 수정될 여지를 내포하고 있다.

이상의 연구사를 종합하면 다음과 같은 문제를 제기할 수 있다. 첫째, 연구 대상이 특정 작가나 작품 또는 세부 계열에 편향되어 있다. 예컨대, 송강가사나 교훈가사를 중심으로 살펴본 논의들이 여기에 해당된다. 그리고 이들 논의에 따르면, 가사 갈래 특성의 궁극적 지향점은 서정이나 서사의 시적 원리를 지향할 수밖에 없다. 개별 작가의 작품이나 세부 계열에 주목하여 치밀한 고찰을 진행하는 것이 가사의 시적 원리를 규명하는 데 기초적 작업임은 물론이다. 그러나 이러한 개별적 성과를 가사 갈래 전반에 적용하는 데는 무리가 있다. 개별화된 사실들이 보편성을 획득하기 위해서는 적어도 이들이 적용되는 실증적 근거가

---

21) 박혜숙, 「고려속요의 여성화자」, 『고전문학연구』 14집, 한국고전문학회, 1998.

필요하다. 특히 극적 특성의 경로에 대한 설명이 없는 현 상황에서 가
사의 특성을 종합적으로 확인할 방법 모색이 절실히 요구된다.

그리고 그 근거는 작품에 드러난 시적 화자나 작중 인물들의 언술 방
식 중 하나인 대화 형식이 사용된 작품들에서 확인할 수 있다. 즉 대화
의 언술방식이 사용된 가사 작품들을 연구 대상으로 설정하고, 이들을
분석하면 공통점을 지닌 일정 작품들의 유형화가 가능하다. 이들 유형
을 고찰하면 가사에서 확인할 수 있는 극적 특성이 더욱 명확하게 도출
될 수 있다. 그러나 지금까지 가사 갈래에 사용된 대화체 기법만을 중
점적으로 다룬 논의는 거의 전무하다.

둘째, 대화를 시적 담론의 한 유형으로 설정하여 고찰하였다. 작가를
알 수 없는 작품이 많은 가사의 특성상, 작가의식은 논외로 하더라도
작품에 등장하는 화자를 성별로 이분화하여 전개한 화자론적 논의가
대부분이다. 이처럼 가사를 시적 담론의 차원에서 화자론 중심으로 고
찰하면, '남성 또는 여성적 어조의 화자로 구분할 수 있다'는 귀착점처
럼 그 결론은 언제나 도식적이고 획일적일 수밖에 없다.

따라서 본 논문은 이상의 논의들을 참고로 하되 대화체가 사용된 가
사 작품 전반을 연구 대상으로 삼았다. 그리고 그 작품에 구현된 대화
방식에 따른 유형화를 통해 가사의 특성들을 도출하겠다. 이를 위해서
가사 갈래를 중심으로 대화체가 문학적 표현 기법으로 사용된 근원에
대한 통시적 탐구를 병행할 것이며, 유사한 사례들을 범주화시키는 작
업을 통해 그 실체에 다가가고자 한다.

현재까지 알려진 3천여 편에 육박하는 가사 작품 가운데 대화체가
사용된 작품들만을 선별해내는 일은 결코 쉬운 작업이 아니다. 따라서
본 논문에서는 몇 가지 선별 기준을 세워 그 연구 대상의 범위를 설정
했다. 그 선별 기준은 첫째, 기존 연구에서 대화체가 사용되었음이 일정
정도 입증된 작품. 둘째, 문가(問歌) 격인 본가와 이에 대한 답가가 존재
하는 작품. 셋째, 제목에 대화체적 요소가 내포되어 있는 작품이다.

물론 이러한 기준에 부합한다고 해서 모두 대화체가 사용된 작품이라는 보장은 없다. 제목과 작품의 내용이 이질성을 띨 수가 있고, 제목과 상관없이 대화체가 사용된 가사도 존재할 수 있기 때문이다. 하지만 관습적 경향이 농후하다는 가사 갈래의 특성상 먼저 대화체임이 확실한 작품들을 연구 대상으로 삼아 고찰한다면 그 이외의 작품들 역시 차후의 연구 진행이 용이할 것이다.

본 논문에서 사용하는 '대화체'의 개념은 두 가지 의미를 내포하고 있다. 하나는 광의의 '류(類)' 개념이다. 이는 가사 작품 중 둘 또는 그 이상의 화자나 작중 인물에 의한 대화 중심으로 내용이 전개되는 일련의 작품군을 지칭한다. 여기에는 개별 텍스트 내에서 이루어지는 대화는 물론, 기존에 연작이라고 알려져 있던 텍스트 간의 대화도 포함된다. 그리고 이 개념은 그 구현 방식에 따른 하위의 '형(型)'들에 대한 상위 개념이다.

다음은 협의의 표현 기법적 개념이다. 내용상 작중 인물에 의한 대화의 방식이 작품에 사용된 경우에도 언술 방식의 차원에서 대화체라는 용어를 사용하겠다.

위와 같은 조건에 부합되는 연구의 주된 대상이라고 할 수 있는 대화체 가사 작품들은 연구 편의상 『역대가사문학전집(歷代歌辭文學全集)』22) 소재 가사 작품들로 한정했다. 그 이유는 『역대가사문학전집』이 지닌 가사 자료 집성의 방대함과 자료 접근의 용이성 때문이다. 그리고 비교적 이본(異本)이 충실하게 정리되어 있어 대조를 통한 정치(精緻)한 자료 판독이 가능하다는 점도 간과할 수 없다.

아울러 연구 진행상 필요한 경우에 따라서는 『한국가사자료집성(韓國歌詞資料集成)』23) 소재 작품들도 그 범주에 포함시켰다. 이 자료집에는

---

22) 임기중 편, 『역대가사문학전집』(제1권~제50권), 아세아문화사, 1998.
23) 단국대 율곡기념도서관 소장본, 『한국가사자료집성』 2·3·4·12, 태학사, 1998. 이 자료집은 『역대가사문학전집』에 대비해 볼 때, 특히 〈상사가(想思歌)〉 계열 작품들이 상세하게

본 연구의 주 자료집인 『역대가사문학전집』에 수록되었지만, 판독이 어려운 작품들과 동일한 작품이 비교적 선명하게 실려 있고, 〈홍도상사가(紅桃想思歌)〉처럼 『역대가사문학전집』 미수록 작품도 수록되어 있다. 그리고 개화가사 중 대화체 가사는 개화기의 대표적 지면에 발표되었던 작품들을 충실하게 수록한 『한국개화기시가집(韓國開化期詩歌集)』[24]의 작품을 중심으로 고찰하고자 한다. 단, 『대한매일신보(大韓每日申報)』에 수록된 작품은 『대한매일신보의 시가(詩歌)』[25]도 참고하였다. 이 외에도 소위 근대 이전의 작품과 관련해서 『한국가사선집(韓國歌辭選集)』[26] 및 『가사읽기』,[27] 북한 측의 대표적 자료집이라고 할 수 있는 『가사선집』[28]도 참고했음을 밝힌다.

위에서 제시한 조건들을 충족시키는 작품 중 『역대가사문학전집』을 대상으로 정리한 연구 대상 대화체 가사 목록[29]은 아래와 같다.

작품명	작가	지은 때	주제 또는 소재
〈甲民歌〉	成大中(1730~1812)	1812 이전	

수록되어 있다. 본 논문에서 참고한 작품들을 한글 자모순에 따라 나열하면 다음과 같다. 〈고상사곡(古想思曲)〉, 〈규수상사곡(閨秀相思曲)〉, 〈단장사(斷腸詞)〉, 〈몽중노소문답가〉, 〈사친가〉, 〈답사친가〉, 〈상부가(想夫歌)〉, 〈상사가〉, 〈상사별곡〉, 〈상사회답가〉, 〈송여승가(送女僧歌)〉, 〈재송여승가〉, 〈승가타령〉, 〈승답사〉, 〈여승재답사〉, 〈여자가〉, 〈옥인상사곡(玉人想思曲)〉, 〈정찰회답가(情札回答歌)〉, 〈홍도상사가(紅桃想思歌)〉, 〈화슈가〉.

24) 김근수 편, 『한국개화기시가집』, 태학사, 1991.
25) 민찬·장성남 편, 『대한매일신보의 시가』 (I)·(II), 형설출판사, 2001.
26) 이상보 편저, 『한국가사선집』, 집문당, 1981(재판).
27) 윤덕진, 『가사읽기』, 태학사, 1999.
28) 정렬모 편주, 『가사선집』, 조선문학예술총동맹출판사, 1964.
29) 편의상 『역대가사문학전집』 총 목록의 수록 방식을 따른다. '권별'과 작품의 '번호'는 생략하고, 본가와 답가 형식의 작품은 한데 묶었다. 작품의 배열 순서는 한글 자모(子母)순이다. 본 논문의 제3장 유형별 작품 분석의 순서도 이를 따르기로 한다. 작품의 '주제 또는 소재'는 학계에 축적된 그간의 연구 성과와 합치되지 않는 부분이 있어서 논의를 전개하며 수정할 부분도 있다. 예컨대, 갑산민(甲山民)의 작품으로 알려진 〈갑민가〉의 작가를 성대중(成大中, 1732~1812)이라고 한 것이라든지, 유배가사로 분류되는 〈만언스〉의 주제를 '기행'이라고 한 것 등이다.

작품명	작가	지은 때	주제 또는 소재
〈雇工歌〉 〈雇工答歌〉	許埈(宣祖朝人) 李元翼(1547~1634)	1614 이전	諷刺
〈古想思曲〉			戀情
〈關東別曲〉	鄭澈(1536~1593)		紀行
〈閨秀相思曲〉			戀情
〈기망회〉 〈기망회답가〉			景物
〈농가〉 〈답농가〉			敎述
〈斷腸詞〉			戀情
〈만언ᄉ〉 〈만언ᄉ답〉	안됴원[30](正祖朝人)		紀行 自慰
〈牧童歌〉 〈牧童答歌〉	任有後(1601~1673)	1662경	〈牧童問答歌〉의 問歌 〈牧童問答歌〉의 答歌
〈몽중로쇼문답가〉	崔濟愚(1824~1864)	1861	東學布德
〈別別想思歌〉			戀情
〈붕우가〉 〈붕우ᄉ모답가〉			
〈事親歌〉 〈답사쳔가〉			思親
〈사향곡〉 〈답샤향곡〉[31]	光山金氏夫人	1800경	敎訓
〈想夫歌〉			戀情
〈想思歌〉 〈상사답가〉			戀情
〈相思別曲〉			戀情
〈想思回答歌〉			戀情
〈셩회가〉 〈셩회답가〉			
〈續美人曲〉	鄭澈(1536~1593)	1587~1588	戀君
〈送女僧歌〉 〈僧答辭〉[32]			戀情 勸善
〈여자가〉 〈여ᄌ답가〉			女嘆 勸善
〈玉人想思曲〉			戀情
〈再送女僧歌〉 〈女僧再答辭〉			戀情 勸善

작품명	작가	지은 때	주제 또는 소재
〈情札回答歌〉			〈상ᄉ답가〉의 異本
〈草堂問答〉			
〈팔부가〉 〈팔부답가〉			
〈희도샤〉 〈답희도사〉[33]			女嘆 〈희됴답가〉의 異本
〈화슈가〉 〈화슈답가〉첫찜~넷찜[34]			風流

이외에도 『역대가사문학전집』에는 답가 형식만 존재하는 작품[35]이 있다. 그 수가 많지 않고, 대부분 작가 미상이다. 이들만으로는 개별 텍스트 간 구현된 대화 양상의 정확한 면모를 살필 수 없기 때문에 여기에서는 논외로 한다.

다음으로 대화체 가사가 개화가사에 수용된 흔적을 찾아 그 목록을

---

30) 〈만언ᄉ〉의 작가에 대한 견해는 다소 복잡하다. 최상수의 『국문학 사전』에 따른 이상보, 이만열의 『한국사 연표』, 박요순 등은 '안조환(安肇煥)'이라 하였고, 김기동 외 『한국고전문학전집』 3권, 『민족문화대백과사전』, 김우영 등은 '안조원(安肇源)'이라 하였으며, 윤형덕은 '안도원'이라 하였다. 또한 『역대가사문학전집』과 이재식은 '안됴원', 이규춘은 '안도안'이라 하였다. 이들 모두 작가의 성명을 확정한 이유에 대해서 자세한 설명을 달고 있지 않은데, 그 이유는 각 이본에 드러난 인명 중에 하나를 선택했기 때문인 듯하다. 가장 최근 윤성현의 연구(「동양문고본 만언사 연구」, 『열상고전연구』 제21집, 열상고전연구회, 2005)에서는 이를 음운의 변천 과정에 따른 사정으로 파악하고, 작가를 '안조원'으로 확정하였다. 본 연구자는 동양문고본 후기에 의거하여 '안도원'이라 지칭한 바 있다. 졸고, 「세책 〈만언사〉 특성 연구」, 『동방고전문학연구』 제6집, 동방고전문학회, 2004.
31) 이 작품의 계열에는 〈답향가〉도 포함된다.
32) 〈송여승가〉 계열에는 〈승가〉와 〈승희가〉 등이 포함되고, 〈승답사〉 계열에는 〈녀승답이라〉와 〈승답가〉, 〈승희답가〉 등이 포함된다.
33) 〈희도샤〉 계열에는 〈해조사〉 등이 포함되고, 〈답희도사〉에는 〈희됴답가〉와 〈답희조사〉 등이 포함된다.
34) 이 작품들의 계열에는 〈상원화슈가〉와 〈상원화슈회답가〉도 포함된다.
35) ①〈답가라〉, ②〈답가서〉, ③〈답가셔라〉(이별), ④〈답회가〉, ⑤〈운졍답가〉, ⑥〈ᄌ답가〉, ⑦〈이샤답곡〉이 바로 여기에 해당되는 작품들이다. 이 가운데 〈ᄌ답가〉는 〈재송여승가〉의 이본이다. 본사부의 관용적 구절이 약간 다르기는 하지만, '양반 자제'가 '여승'을 설득하고 자신의 입장을 고수하는 내용 전개는 〈재송여승가〉와 동일하다.

게재 지면과 발표 순서대로 정리하면 아래와 같다.

작품 명	작가	소재(주제)	게재 일시	게재 지면
〈권농가(勸農歌)〉 〈권농답가(勸農答歌)〉	양성군슈 양성인민	勸農	1908.8.14.	『경향신문(京鄕新聞)』[36]
〈농화농가(農和農歌)〉	양성 현동녕	勸農	1908.10.9.	
〈三人踏歌〉		啓蒙	1905.11.11 · 12.	『대한매일신보』
〈병문친고육두풍월〉		世態批判	1906.2.3 · 4 · 8.	
〈忠魂訴恨〉		世態恨歎	1908.4.14.	
〈世事憂歎〉		世態恨歎	1908.5.5.	
〈頑固自歎〉		世態恨歎	1908.6.6.	
〈農談野說〉		啓蒙	1908.8.12.	
〈登山問佛〉		憂國警時	1908.9.3.	
〈巡撿叢冤〉		世態恨歎	1908.11.26.	
〈碁局餘韻〉		世態批判	1908.12.4.	
〈雪窓奇語〉		世態批判 · 啓蒙	1909.1.19.	
〈閭巷記聞〉	聽世子	世態批判 · 啓蒙	1909.3.6.	
〈春城遊覽〉		世態恨歎	1909.4.30.	
〈屛門酬酌〉		世態批判	1909.5.15.	
〈石上問答〉		警時	1909.5.27.	
〈旅談壹束〉		世態批判	1909.7.8.	
〈月下問答〉		警時	1909.10.1.	
〈時事問答〉		憂國	1909.10.7.	
〈時談一叢〉		憂國	1909.11~12.	

　주지하다시피 이들 작품 가운데에는 아직 연구되지 않은 작품들도 상당수 포함되어 있다. 따라서 연구의 진행상 이상에 제시한 대화체 가사 작품 목록은 차후로 연구를 진행하면서 변동이 생길 수도 있다. 그 작품의 소재 문헌과 작품분석을 통해 동일한 작품의 제목만 다른 이본으로 판명될 수도 있고, 제목이 유사한 별개의 작품으로 밝혀질 수도

---

36) 여기에서 지칭한 『경향신문』은 대한제국 말기인 1906년 10월 19일 가톨릭 재단에서 애국계몽운동의 일환으로 발간한 순 한글판 주간신문으로 현재의 『경향신문』과는 무관하다.

있기 때문이다.

본 논문의 연구 방법은 위에 제시한 대화체 가사 작품들의 형성과 전개를 그 유형별로 살펴보되, 먼저 그 대상 작품들을 몇 가지 유형으로 범주화하여 고찰한 뒤에, 범주 간 대비를 통해 각각의 특성을 도출하는 방식을 따르고자 한다. 그리고 그 특성을 종합적으로 고찰하여 앞서 언급했던 가사 성격의 변이 원인을 규명하고, 그에 따른 대화체 가사의 의미를 살펴보고자 한다. 이를 위해서는 몇 가지 선행되어야 할 조건이 있다.

이는 주로 2장에서 다루어질 내용이다. 첫째, 본 논문에서 사용하는 대화체의 개념에 대한 전반적 의미 규정이다. 과연 대화라는 문학적 언술 방식이 가사에서 갖는 의미는 무엇이며, 극적 특성과 어떤 연관성을 발견할 수 있는가와 관련된 고민이다. 이를 위해 기존의 가사 장르론 및 극 양식에서 이야기하는 대화의 의미를 살펴보겠다.

둘째, 대화체 가사의 유형화에 앞서 이외의 범주에서 대화체가 문학적 표현 기법으로 사용된 전통을 살펴보는 일이다. 본 논문은 그 작업의 실마리를 『시경(詩經)』에 실린 중국 상고 가요와 『서경(書經)』 등의 역사 산문에서 찾고자 한다. 물론 가사와의 친연성을 이들 한문학의 범주에서 직접 찾는 일은 무모한 작업일 수 있다. 하지만 이것은 우리 문학에 담긴 동양적 사고방식과 가치관의 기저를 이루고 있는 전통에 대한 고찰이 대화체 가사의 형식 연구에 있어서 반드시 필요하리라고 생각하기 때문이다. 이는 마치 서양의 문학 담론에서 담화의 표현 기법이 사용된 고전적 전범(典範)으로 항상 플라톤(Platon, B.C.428~B.C.347?)의 『대화(對話)』를 언급하는 것과 같다.

실제로 위와 같은 동양 전적들에서 그 전통을 확인할 수 있다. 예를 들어, 『시경』 「정풍(鄭風)」 〈진유(溱洧)〉 장은 청춘 남녀가 3월 상사(上巳)의 때에 진수(溱水)와 유수(洧水)가에서 난초를 캐고, 함박꽃을 주고받으며, 수작하는 상황을 대화체로 표현한 대표적 연정가(戀情歌)이다.[37] 이러한 전통은 대화체 가사 작품 중 연정을 주제로 하는 규방가사의 서신 형식에서도 찾아볼 수 있다.

또한 『서경』「우서(虞書)」「익직(益稷)」은 주로 '순(舜)'과 '우(禹)', '고요(皐陶)'의 대화로 이루어져 있는데, 특히 순과 고요의 대화는 갱가(賡歌)의 형식으로서 그 구조가 임금의 견해에 대한 신하의 충고로 이루어져 있다. 다시 말하면, 순이 먼저 신하가 기쁜 마음으로 일하면 임금의 다스림은 자연스럽게 흥기할 것이라는 견해를 내세우자, 고요는 임금이 먼저 법도를 삼가 공경하며 현명하다면, 신하도 자연히 어질게 되어 만사가 편안할 것이라고 말하고, 순이 고요의 의견에 동조하는 구조이다.

이 점은 허전의 〈고공가〉와 이원익의 〈고공답가〉와 유사성을 지니고 있다. 즉 국가 정사를 농사일에 견주어 백관들의 탐욕과 무능함을 개탄하고, 근검할 것을 은유적으로 표현한 〈고공가〉와 임진왜란 직후에 황폐한 상황에서 정사는 돌보지 않고 붕당에만 골몰하고 있는 실정을 개탄한 〈고공답가〉가 일국을 다스리는 도리를 전민(田民)을 거느린 주종관계에 비유한 점과 비슷한 것이다. 또한 그 구조도 「익직」장이 갱가의 형식이고, 〈고공가〉와 〈고공답가〉가 연작(連作)[38]이라는 형태에서 유사

---

37) "溱與洧 方渙渙兮 士與女 方秉蕑兮 女曰觀乎 士曰旣且 且往觀乎 洧之外 洵訏且樂 維士與女 伊其相謔 贈之以勺藥."('진수'와 '유수'가 바야흐로 봄물이 성하거늘 남자와 여자가 바야흐로 난초를 잡고 있도다. 여자가 말하기를 "구경가자"고 하자 남자가 말하기를 "이미 하였노라"고 하도다. "또 가서 구경해야 할 듯하다. '유수'의 밖은 참으로 크고 또 즐겁다"고 하여 남자와 여자가 그 서로 장난치면서 함박꽃을 선물하도다.)

38) 그런데 '연작형'과 '대화체'는 엄밀한 차원에서 일정한 변별점을 갖는다. '연작형'은 단지 텍스트 간 내용의 연속성을 지닌 작품군을 지칭한다면, '대화체'는 화자 간 지속적으로 이루어지는 담론 전개의 관련성에 주안점을 둔 개념이다. 연작을 이루는 각 작품들은 일정한 순서로 연결된 상태로 전해지고 있으며, 또 그렇게 연결됨으로써 독자적인 주제적 의미를 구현하는 더 큰 단위의 작품 덩어리를 이룬다. 예컨대, 〈송여승가〉 연작이란 〈송녀승가〉, 〈승답ㅅ〉, 〈재송녀승가〉, 〈녀승재답ㅅ〉 등의 제목으로 알려진 작품들의 연결 형태를 지칭한다. 〈송여승가〉 연작의 각 작품은 구애, 거절, 재 구애, 구애의 수락이라는 각각의 주제를 지니면서도 연작의 형태로서는 구애와 실패, 또는 우여곡절을 거친 뒤의 최후의 성공이라는 전체의 주제를 이루어낸다. 김유경, 「편지 왕래형 구애가사 연구」, 『연민학지』 제5집, 연민학회, 1997. 이외에 가사의 연작화 문제와 관련해서는 김유경의 논문(「연작형 가사의 형성과 변이 연구―〈초당문답가〉를

성을 지닌다.

이들은 문면에 내세운 대화 상대자(연인·제후·제자 등)간의 대화를 통해 어떤 깨달음이나 문제 해결의 정도(正道)를 제시하는 표현 기법을 사용함으로써 대화체 가사와의 비교 가능성을 내포하고 있다. 특히 이러한 대화의 방식은 개화기까지 이어져 근대 논객(論客)의 중추적 역할을 담당했던 한 사람인 안국선(安國善, 1878~1926)의 단편 논설에서도 그 흔적을 확인할 수 있다.

그의 글 「풍년불여흉년론(豊年不如凶年論)」[39]이 좋은 예라고 하겠는데, 여기에서 그는 옥주(沃州, 지금의 珍島)를 배경으로 '천수인(天水人)'과 '무릉인(茂陵人)'이란 두 인물을 등장시켜 당시 세태에 대한 비판적 견해를 정리하였다. 즉 '천수인'과 '무릉인'이 각자 자기 고장의 살기 어려운 상황을 질문과 답변의 방식으로 이야기하며, 그 원인이 한결같이 무능력한 탐관오리의 학정에 있음을 비판하면서 타개책이 전무한 처지를 한탄하고 있다. 흥미로운 점은 비판의 강도에 있어서 '무릉인'이 보다 구체적으로 실상을 폭로함으로써 대화 상대자인 '천수인'에게 세태를 파악하는 관점에 보다 명확한 깨달음을 준다는 상황 설정이다. 이와 같은 상황 설정 자체가 이미 고전에 드러난 바, 문답 방식의 대화를 통해 결론에 이르는 전통이 문학적 표현 기법으로 면면히 이어져 왔음을 잘 보여준다고 하겠다.

다음으로 전개할 내용은 이러한 오랜 연원의 대화체 표현 기법이 우

중심으로」, 연세대 박사논문, 1996)을 참조할 만하다.

39) 안국선, 「풍년불여흉년론」, 『야뢰(夜雷)』 제1권 제4호, 야뢰보관, 1907.5. 이 글에 등장하는 '무릉인'은 실제 인물이다. 안국선은 글의 말미에 그가 '무정선생(茂亭先生)'이라고 밝혔는데, '무정'은 1896년부터 12년간 진도에서 유배생활을 했던 학자 정만조(鄭萬朝, 1858~1936)의 호이다. 반면에 '천수인'이라는 인물에 대해서는 별다른 언급이 없는데, 안국선 역시 1904년 3월에 전라도 진도군 금갑도(金甲島)로 종신 유배되었다는 사실과 '천수'라는 명칭이 안국선의 호인 '천강(天江)'과 유사하다는 점 등으로 미루어보건대 안국선 자신이라고 할 수 있다. 졸고, 「천강 안국선의 저작 세계—단편 논설류와 『정치원론』, 『연설법방』을 중심으로」, 『동양고전연구』 제19집, 동양고전학회, 2003.

리나라 문학 중 가사를 제외한 여타 갈래에서는 어떤 방식으로 표출되었는가를 고찰하는 작업이다. 하지만 본 논문에서 우리나라의 그 많은 문학 갈래와 작품에 사용된 대화체를 일일이 살펴보기에는 역량에 한계가 있다. 따라서 여기에서는 앞선 연구사에서 다루었던 연구 성과들을 토대로 기존에 논의된 갈래로 그 가닥의 범위를 좁혀 보고자 한다. 즉 가사와 비교적 친연성이 짙은 속요나 시조 등의 비교를 통해 그 전통의 맥락을 살펴보겠다. 그리고 우리의 한시 가운데 이른바 서사시라 일컬어지는 작품들에서 대화체가 사용된 예들을 찾아 그 범위에 포함시켜 논의를 진행시키고자 한다.

예컨대, 홍양호(洪良浩, 1724~1802)의 「유민원(流民怨)」에서 작가와 실재했던 충청도 유민의 대화를 통해 당대 백성들이 유랑하게 된 사정을 전형적으로 묘사한 점과 현실 비판적 내용을 담고 있는 갑산민의 〈갑민가〉 비교는 가사와 여타 갈래에 수용된 대화체의 대비와 특성 도출에 큰 도움이 될 것이다.

다음으로는 주로 3장에서 다루어질 대화체 가사의 유형화 작업이다. 주지하다시피 유형화는 자칫 도식적 결론만을 이끌어내는 데 그치게 될 소지가 있다. 그럼에도 불구하고 본 논문에서 대화체 가사의 유형화를 시도하는 까닭은 다양한 대화의 방식이 대화체 가사에 수용·전개된 현상을 개별적으로 보다 세밀하게 살펴보고자 하는 데 있다. 이는 대화체 가사의 정치한 고찰을 통해 문학 전반에 사용된, 대화체의 방식과 의미를 밝힐 수 있는 가능성을 내포하고 있는 동시에 나아가 가사의 성격을 새롭게 조망할 수 있는 계기가 될 것이다.

대화체 가사를 유형화함에 있어 설정할 수 있는 기준은 다양하다. 본 논문에서 대화체 가사의 유형 분류에 적용한 잠정적 기준은 "텍스트 구조상의 유형"과 "대화 방식에 따른 유형"이다. 먼저 "텍스트 구조상의 유형"은 대화체 가사 텍스트가 존재하는 양상에 따른 분류이다. 이 유형은 '텍스트 간 대화의 방식'과 '개별 텍스트 내부 대화의 방식'으로 나눌 수 있다.

전자의 유형과 후자의 유형이 나뉘게 된 원인은 주제 전달의 방법과 관련하여 작가의 의도에서 비롯된 것으로 파악할 수 있다. 즉 '텍스트 간 대화의 방식'은 작가가 주제의 전달에 직접 개입하지 않고, 수용자로 하여금 두 작품을 근거로 적절한 판단과 선택을 유도하는 방식이다.

예컨대, 바람직한 정사(政事)의 조건을 비유적으로 주인과 머슴의 역할로 나누어 제시함으로써 그 책임 소재에 대해 판단의 유보를 꾀한 〈고공가〉와 〈고공답가〉, 유배로 인한 상황을 절망과 희망이라는 극단적 관점으로 나누어 보여준 〈만언스〉와 〈만언스답〉 등이 이 범주에 속하는 작품이다.

한편 '개별 텍스트 내부 대화의 방식'은 작가가 주제의 전달에 어느 정도 개입하여 방향을 설정하고 시종 그 주제의 전달을 도모하는 유형이다. '생원'과 '갑산민'이 등장하지만, 줄곧 비판적 관점을 견지한 '갑산민'에 의해 이야기가 전개되는 〈갑민가〉나 사랑과 이별로 인한 회한과 그리움의 감정을 '갑녀'와 '을녀'를 통해 보여준 〈속미인곡〉 역시 이 유형에 속하는 작품이다.

다음으로 "대화 방식에 따른 유형"은 대화의 방식 가운데 해당 작품에 지배적인 화법에 따른 분류이다. 그 분류 전제는 작중 대화 구현 방식, 등장인물의 관계, 등장인물을 통한 작가 의식의 반영 등이다.

대화체 가사의 작중 대화 구현 방식은 의견 교환이나 일방적 교시, 논쟁의 형태로 구체화된다. 대화의 방식으로 이들을 정리하면 각각 '화답(和答)', '문답(問答)', '언쟁(言爭)'으로 구체화할 수 있다. 등장인물의 관계는 '화답'이 대등적(對等的)이라면 '문답'은 문자(問者)와 답자(答者)가 상호보완적이며, '언쟁'은 대립적이다. 그리고 등장인물을 통한 작가 의식의 반영은 '화답'과 '언쟁'이 등장인물 간 비중이 동일한 데 비해서 '문답'은 특정 인물, 특히 답자에 집중된다. 이를 도식화하면 다음과 같다.

등장인물의 관계	대화구현 방식	등장인물 간 작가의식의 반영	유형화
대등적 관계	의견 교환	동일 비중	화답
상호보완적 관계	일방적 교시	특정 인물에 편향	문답
대립적 관계	논쟁	동일 비중	언쟁

그 세부적 내용과 작품의 예를 간략하게 살펴보면, 먼저 '화답'의 방식은 앞서 제시했던 '갱가'적 전통의 연장이라고 하겠는데, 다른 사람에 이어서 자신의 의견을 진술하는 데 주안점을 둔 대화 방식이라고 할 수 있다. '화답'의 방식은 작품에 등장하는 화자가 서로 다른 의견을 일방적으로 주장하는 태도를 지향하는 것이 아니라, 상대방의 견해를 일부 수용하면서 한편으로는 문제 해결에 대한 다른 접근법을 모색하는 태도를 견지한다.

예를 들면, 은혜를 모르는 '머슴'들을 불신하고 비난하는 화자가 새로운 '머슴'을 들이는 데서 그 해결책을 찾는 〈고공가〉와 중간적 존재인 '장자(長者) 머슴'을 화자로 내세워 '머슴'들의 나태를 비난하고, '주인'에게도 관리 소홀의 책임을 지워 문제 해결에 대한 다른 접근법을 보이는 〈고공답가〉를 그 예로 들 수 있다. 또한 유배로 인한 비참한 생활과 고난, 그리움의 정조로 점철된 화자를 내세운 〈만언스〉에 대해 해배(解配) 이후의 상황을 묘사함으로써 희망의 믿음을 역설하는 화자가 등장한 〈만언스답〉도 그 범주에 넣을 수 있다.

둘째, '문답'의 방식은 두 인물이 등장하여 문답을 진행하며, 개별적 가치관을 드러냄으로써 자연스럽게 당면한 현실적 문제의 바람직한 해결책을 제시하는 방식인데, 그 해결책 제시는 작가가 자신의 생각을 담아 내세운 작중 화자에 의해서 일방적으로 이루어지는 경우가 대부분이다.

예컨대, 마치 인간의 존재 의미가 부귀공명에 있다는 듯한 태도의 화자가 등장하는 〈목동가〉와 '목동'으로 대표된 화자가 등장하여 부귀공명의 위험성과 덧없음을 진술하는 〈목동답가〉가 이러한 방식의 작품이다. 또한 '최제우'의 출생과 득도 과정 및 그 의미를 담고 있는 〈몽중로쇼문답가〉도 이 범주에 해당된다고 할 수 있다. 즉 이 작품은 금강산에서 만난 '도사'와의 문답을 제시함으로써 현세의 위기를 알리고, 후천개벽의 필연성을 강조함으로써 수용자로 하여금 동학의 종교적 정당성을 암암리에 받아들일 수 있는 계기를 부여하고 있다. 〈초당문답〉에 등장하는 '걸객 노인'이 '초당 주인'에게 들려주는 훈계도 이와 같은 방식의 맥락에서 이해할 수 있다.

셋째, '언쟁'의 방식은 작품에 상이한 입장을 지닌 대리화자들을 내세워 그들이 대화를 진행하는 방식이다. 아울러 그들을 통해 당대의 첨예한 사회 현상을 폭로하고, 비판함으로써 당면한 문제에 대한 작가의식을 간접적으로 제시함은 물론 수용자의 공감을 불러일으키는 방식이다.

예를 들면, '생원'과 '갑산민'이 등장해서 이주(移住)의 논리를 내세워 조선 후기 민중의 비참한 생활을 폭로하고, 나아가 불합리한 수취제도 등 왜곡된 현실을 비판한 〈갑민가〉가 그 예에 해당하는 작품40)이다.

그리고 『역대가사문학전집』에는 수록되지 않았지만, 〈조화전가(嘲花煎歌)〉와 〈반조화전가(反嘲花煎歌)〉도 이 범주에 속한다. 〈조화전가〉는 안동 권씨와 친정 쪽으로 육촌(六寸) 되는 남자가 여성들의 화전놀이를 비아냥거리느라고 지은 작품이고, 〈반조화전가〉는 안동 권씨가 〈조화전가〉에 응대해서 반박의 논지를 전개한 작품이다. 특히 이러한 방식은 우국이나 계몽의 문제가 화두(話頭)였던 개화가사에서 사용되었음을 구체적으로 확인할 수 있다.

이밖에도 본가와 답가가 존재하는 경우, 작가의식과 결부시켜 그 주제와 논조(論調)의 일관성을 살펴볼 수 있다는 전제하에 동일 작가의 연작형(〈목동가〉와 〈목동답가〉, 〈만언ᄉ〉와 〈만언ᄉ답〉)과 개별 작가의 연작형

---

40) 졸고, 「〈갑민가〉의 이본 및 대화체 형식 연구」, 『열상고전연구』 제18집, 열상고전연구회, 2003.

〈〈고공가〉와 〈고공답가〉〉으로 나누어 살펴보는 방법도 가능하다. 그러나 가사 작품의 특성상 작가 미상의 작품이 많은 관계로 어려움이 수반될 수 있다.41) 그리고 시적화자의 성격이나 목소리를 기준으로 유형화시킬 수도 있겠지만, 시적 담론의 대상으로서 가사 작품들을 유형화하고 분석했던 기존의 연구와 차별되지 않을 수 있기 때문에 지양하는 편이 바람직하다.

4장에서는 2장과 3장에서 논의된 성과를 토대로 대화체 가사의 특성과 사회적 기능을 규명하고자 한다. 이를 통해 가사에 사용된 대화체의 문학적 의미를 살피고, 가사 갈래의 새로운 특성을 조명해보고자 한다. 마지막 5장에서는 대화체 가사의 형성 및 전개와 문학사적 의미를 검토해 보겠다.

---

41) 본 논문과 관련해서 가사의 연작화 문제는 중요한 의미를 갖는다. 연작의 형식을 보이는 작품들 대부분이 대화의 양상으로 전개되기 때문이다. 이 경우, 본가와 답가의 작가를 동일인으로 볼 것인가라는 문제가 제기될 수 있다. 그런데 이 가운데 작가가 명확치 않은 작품은 그 판단이 곤란하다. 단지 출전이 같다고 해서 동일인의 작품이라고 보기에는 무리가 있다. 구전되던 노래를 채록한 사람의 의지대로 이들을 함께 텍스트화했을 가능성을 배제할 수 없기 때문이다. 따라서 본가와 답가의 작가가 분명한 작품을 제외하고는 개방적 태도를 견지하는 것이 합당하다.

제2장
대화체 가사 분석의 전제 작업

1. 가사 장르론 검토

우리 문학사에서 가사 갈래에 대한 성격 규명만큼 모호한 연구 분야
도 드물다. 그 원인은 다양한 경로를 통해 확인할 수 있지만, 일반적으
로 운문적 형식에 산문적 내용을 담고 있는 가사 자체의 양태에서 기인
한다고 볼 수 있다. 그 형식은 차치(且置)하고, 그 내용을 살펴볼 때, 그
안에는 분류상 '가창(歌唱)가사' 등에 두드러진 서정적 요소가 포함되어
있고, '기행(紀行)가사' 등에는 서사적 요소가 내재되어 있기도 하다. 그
리고 그 요소들은 일정하게 가사의 형식에 영향을 끼친다. 가사의 내용
에 의해 규칙적 율문의 흐름이 파괴되거나 장편화되는 현상 등이 이를
입증한다.

지금까지 논의된 가사의 갈래적 성격에 대한 학자들의 견해는 다음
과 같다. 첫째, 가사를 산문 갈래의 하나인 수필로 보는 견해이다. 이는

고정옥·이능우·주종연 등에 의해서 제기되었다.

고정옥[42]은 가사를 중세기의 산문문학으로 규정하고, 광의의 수필 장르를 풍성하게 하기 위해서는 가사를 수필 속에 집어넣어야 한다고 했다.

이능우[43]는 가사의 명칭이 '歌辭' 혹은 '歌詞'로 되어 있고, 형식이 리듬을 지니므로 서로 오해의 소지가 있지만, 행(行) 수(數)의 무제한 연장이 가능하기 때문에 수필로 보아야 한다고 했다.

주종연[44]은 슈타이거(E. Staiger)의 장르 개념을 받아들여 가사를 류(類) 개념에 있어서는 ① 서정적인 것(Lyrisch), ② 서사적인 것(Epich), ③ 교시(教示)적인 것(Didaktish)으로 나누고, 종(種) 개념으로는 수필이라고 했다. 그러나 이들 견해의 근거는 장편 기행가사의 성격만을 대상으로 삼고 있을 뿐이다. 장편 기행가사의 출현은 조선 후기이며, 전기 가사에 두드러진 서정성에 대한 논의도 없다. 특히 전기 가사부터 시작되어 후기 가사로 갈수록 강화되는 대화 형식의 가사에 대한 고민이 부족하다.

둘째, 가사를 시가문학으로 규정하여 서정 장르로 보는 견해이다. 이는 정병욱·김학성·서원섭 등에 의해서 제기된 주장이다.

정병욱[45]은 가사도 시조처럼 가창되었기 때문에 시가문학으로 봄이 옳다고 하였다.

김학성[46]은 관습적 장르로서의 가사와 역사적 장르로서의 가사를 지적하고, 장르는 복합적 성격을 지니므로 가사 역시 복합성과 유동성을 지닌다고 했다. 따라서 가사는 초기에 서정·서사·교술적 측면이 혼용

---

42) 우리어문학회, 『국문학개론』, 일성당, 1949.
43) 이능우, 『입문을 위한 국문학개론』, 국어국문학회, 1954.
44) 주종연, 「가사의 장르攷」, 『서울대 교양과정부 논문집』 3집, 서울대학교, 1971;
    ______, 「가사의 장르攷」(II), 『국어국문학』 62·63호, 국어국문학회, 1973.
45) 정병욱, 『고전시가론』, 신구문화사, 1977.
46) 김학성, 「가사의 장르 성격 재론」, 『한국시가문학연구』, 신구문화사, 1983; ______,
    「가사의 본질과 담론 특성」, 『한국문학논총』 제28집, 한국문학회, 2001.6.

된 형태로 나타나다가 임·병 양란 이후에 서정성·서사성·교술성의 극대화라는 세 가지 방향으로 장르적 변모를 겪게 되었다고 보았다. 이 때문에 가사는 ①서정적 서정, ②서사적 서정, ③교술적 서정으로 구분될 수 있다고 했다. 결국 그는 가사가 시가 문학으로서의 서정성을 기본으로 서사적·교술적 특성을 내포한 복합적 갈래로 본 것이다.

특히 김학성은 가사의 제시 형식으로서의 본질은 가창과 완독의 중간 지점에 위치한 음영에 두어져 있어서 텍스트마다 요구되는 상황에 따라 때로는 가창으로, 음영으로, 완독으로 다양하게 실현됨을 밝혔다. 그리고 우리의 시가 문학을 ①기록하고 보는 문학과 ②부르고 듣는 문학의 양분 체계로만 이해할 것이 아니라, ③볼거리와 들을 거리로서의 양가성을 가진 음영 문학의 독자적 영역을 추가하여 3분 체계로 이해하는 것이 실상에 맞을 것임을 제안하였다. 따라서 시조는 들을 거리로서의 가창성이 본질이고, 한시는 볼거리로서의 완독성이 본질이며, 가사는 볼거리와 들을 거리의 양가성을 가지면서 양쪽으로 전환이 가능한 음영성이 본질임을 규명하였다.

아울러 가사의 본질적 제시 형식은 음영이므로 가사의 본질태 그대로 실현되는 경우 '歌辭'라는 명칭이 가장 적절하고 대표성을 띠며, 그것이 가창문화권으로 이끌릴 때는 '歌辭의 歌詞화'[47]가 일어나고, 가사의 본래문화권을 이탈하여 타문화권(규방 또는 서민)으로 전이될 때는 '歌辭의 가스화' 현상이 일어난다고 하였다. 가사는 또 4음 4보격 연속체라는 특유의 안정된 율문에 의해 '정감과 사유의 조화'가 이루어지는 진술 특성을 보이는 것으로 그 정체성을 확인했다. 또한 가사는 발화의 중점을 화자에 두느냐, 청자에 두느냐, 지시 대상물에 두느냐, 텍스트에 두느냐에 따라 그 언어적 기능과 지향하는 가치가 다르다고 하였다.

예컨대, 강호가사나 연군가사, 유배가사, 전란과 비분강개를 읊은 가

---

47) 성무경, 「가사의 가창전승과 착간(錯簡)현상」, 『한국시가연구』 제8집, 한국시가학회, 2000, 262면.

사 등의 ①'화자 중심 발화'는 화자의 의도를 드러내는 데 주목적이 있으므로 '표현적 언어'로 '진지성'에 가치를 두는 담론 특성을 드러낸다. 교훈가사 등의 ②'청자 중심 발화'는 청자를 설득하는 것이 보다 긴요하므로 '선언적 언어'로 '정당성'에 가치를 둔다. 기행가사나 역사·지리·풍물 등을 읊은 가사 등의 ③'지시 대상물에 중심을 두는 발화'는 대상물을 알리거나 설명함에 주목적이 있으므로 '지시적 언어'로 '사실성'에 가치를 둔다. 12가사 등 가창가사는 ④'전언 중심 발화'로서 텍스트 자체를 향유하는 데 주목적이 있으므로 '시적 언어'로 '탐미성'에 가치를 두는 담론 특성을 보인다.

이 견해를 정리하면, 가사는 그 제시 형식에 따라 보거나 들을 수 있는 양면성을 지닌 시가 문학임을 확인할 수 있다. 특히 가사가 볼거리로 기능했다는 사실에 주목할 필요가 있다. 가사를 교술로 간주하는 견해에서 중시하는 점은 어떤 사실을 다른 사람에게 보여준다는 것이다. 그런데 가사는 그 기본적 성격을 서정에 두고 있으며, 들을 거리로서의 기능을 전제로 한 것이기 때문에 가사의 그것은 단지 교술적 특성일 뿐, 가사 전체를 규정할 수 있는 갈래 개념은 될 수 없다. 오히려 가사는 발화의 중점에 따라서 그 언어적 기능과 지향점이 달라질 수 있다는 견해가 설득력이 있다. 다시 말하면, 그 담론화 방향에 따라 가사의 구체적 언어 운용 기능과 지향 가치가 다르기 때문에 각 텍스트의 성향에 맞는 가치평가와 정체성 규명이 필요하다.

서원섭[48]은 수필적 내용의 가사가 있더라도 더 많은 서정적 가사가 있고, 형식면에서 모든 가사가 운문으로 되어 있기 때문에 시가 장르에 속한다고 보았다. 그러나 조선 후기의 기행가사나 작중 인물이 등장하여 서사적 구조 내에서 대화를 통해 진행되는 작품 등이 서정성과 어떻게 연결되는가에 대한 설명이 부족하다.

---

48) 서원섭, 『가사문학연구』, 형설출판사, 1992.

셋째, 조동일[49]에 의해 제기된 교술 장르로 보는 견해이다. 그는 기록문학의 모든 근거를 구비문학에서 찾으면서 가사의 근거는 교술 민요에서 찾았다. 가사는 실제 있었던 일에 대한 관찰이나 경험을 객관적으로 전달하는 데 주력하면서 집중적 사상(事象)을 표현하지 않고, 여러 가지를 나열하고 부연하여 확장된 문체를 즐겨 사용한다고 했다. 또 어떤 사실을 다른 사람에게 보여주려고 하기 때문에 작가의 주관적 정서를 표출하는 ① 서정도 아니고, ② 서사나 ③ 희곡도 아닌 ④ 교술이라고 하였다. 그러나 교술을 제4의 문학 장르로 설정한다면, 실용적인 모든 글이 문학에 포함되어 문학과 비문학의 경계가 모호해지는 모순이 발생할 수 있다. 또한 가사에는 서정성이나 서사성도 존재하며, 서정이나 서사, 극에 내재하는 묘사를 통해서도 보여주기는 일정 정도 실현될 수 있기 때문에 보다 심도 있는 논의가 필요하다.

넷째, 시가와 문필의 양면성을 함께 지닌 독립 장르로 보는 견해이다. 이는 조윤제·김동욱·정재호 등에 의해 제기된 주장이다.

조윤제[50]는 가사가 조선 중기에 운문문학에서 산문문학의 시대로 넘어가는 과정에서 생겨난 독특한 유형의 문학이므로 시가·소설·희곡·가사로 하여 새로운 장르로 설정해야 한다고 주장했다.

김동욱[51]은 중국의 부(賦)가 그 자체 장르로서 2천 년을 내려오고 있지만, 그 내용은 기사(記事)·서정·감회(感懷) 등을 담고 있어서 우리의 가류(歌類)와 같이 하므로 가사라는 범주를 그냥 두는 것이 좋겠다고 하였다.

정재호[52]는 무가나 민요 등 장르 구분이 어려운 문학 작품처럼 가사도 어디에 속하지 않는 특수한 유형이기 때문에 독립 장르로 설정해야

---

49) 조동일, 「가사의 쟝르 규정」, 『어문학』 21집, 한국어문학회, 1969.
50) 조윤제, 『조선시가의 연구』, 을유문화사, 1947.
51) 김동욱, 『국문학개설』(3판), 민중서관, 1967.
52) 정재호, 『한국가사문학론』, 집문당, 1982.

한다고 보았다. 그러나 이들 주장대로 일군의 작품적 성격이 특수하다고 무조건 새로운 장르로 설정한다면 장르의 보편성은 파괴될 것이다. 장르는 여러 종류의 문학 작품을 일정한 기준에 의해 나눈 것이므로 보편성을 가져야 하기 때문이다.

다섯째, 특수한 가사의 성격상 개별 장르에 포함시킬 수 없고, 복합 장르로 인정해야 한다는 주장이다. 이 견해는 장덕순·김병국·이동영 등에 의해 제기되었다.

장덕순[53]은 〈사미인곡〉 같은 주정(主情)적 작품에 시가와 문필이라는 규정을 함께 내릴 수 없고, 〈일동장유가〉 같은 작품을 수필로 다룰 수도 없기 때문에 주관적·서정적 시가로서의 가사와 서사적·객관적 수필로서의 가사로 양분해야 한다고 보았다.

김병국[54]은 프라이(N. Frye)와 헤르나디(P. Hernadi)의 장르 체계를 도입하여 송강가사를 중심으로 가사를 여러 장르가 복합된 독특한 하나의 양식으로 파악했다. 즉 〈성산별곡〉처럼 가사에 작가의 주제적 정시(呈示)가 우세한 ① 주제적 양식, 〈속미인곡〉처럼 작중 인물간의 극적 재현을 실연하는 ② 극적 양식, 〈사미인곡〉처럼 작가와 작중 인물의 이중적 시점을 견지하는 ③ 서정적 양식이 모두 나타나는 것으로 보아 가사는 독특한 복합적 장르라고 하였다.

특히 그는 조동일의 장르 체계를 재검토 하였다. 그는 조동일의 논리에 따르면, 서정의 경우에 노래하는 자아의 대립적 존재인 작품 내적 세계는 '작품 외적 세계에 존재하는 특정'의 무엇으로 고증될 필요가 없는 '비특정의 대상일 뿐'이므로 그 작품은 '작품 외적 세계에 관한 일정한 지식이 없어도' 이해될 수 있지만, 교술의 경우에는 그 작품 내적 자아 및 세계는 '작품에서 가공적으로 설정되어 있는 무엇'이 아니므로 '작품 외적 세계에 관한 일정한(혹은 특정의) 지식이 없으면' 그 작품은

---

53) 장덕순, 『국문학통론』, 신구문화사, 1960.
54) 김병국, 「장르론적 관심과 가사의 문학성」, 『고전시가론』, 새문사, 1984.

이해할 길이 없다고 보았다.

그리고 〈사미인곡〉, 〈서경별곡〉, 〈정과정곡〉 등을 이 논리에 적용시킬 때 발생하는 불일치성의 원인을 규명했다. 그것은 조동일의 일반 가설이 추출해낼 수 있는 장르의 수적(數的) 가능성이 단지 넷으로 한정될 수 없다는 데에서 찾았다.

그는 조동일의 장르적 사분법의 첫째 기준은 자아와 세계의 대립이 전환적 대립이냐 대결적 대립이냐의 양분법이고, 둘째 기준은 작품 외적 자아 및 세계의 개입 여부에 따른 재분법(再分法)이라고 하였다. 그리고 첫째 기준과 둘째 기준을 결합하여 아홉 가지의 결합 방식 가능성을 제시하였다.

1. 작품 내적 자아와 세계의 전환적 대립
(1) 자아에로의 전환
　　① 세계의 자아화만으로 되어 있는 것(서정)
　　② 세계의 자아화 + 작품 외적 자아의 개입
　　③ 세계의 자아화 + 작품 외적 세계의 개입
(2) 세계에로의 전환
　　④ 자아의 세계화만으로 되어 있는 것
　　⑤ 자아의 세계화 + 작품 외적 자아의 개입
　　⑥ 자아의 세계화 + 작품 외적 세계의 개입(교술)
2. 작품 내적 자아와 세계의 대결적 대립
　　⑦ 자아와 세계의 대립만으로 되어 있는 것(희곡)
　　⑧ 자아와 세계의 대립 + 작품 외적 자아의 개입(서사)
　　⑨ 자아와 세계의 대립 + 작품 외적 세계의 개입

조동일은 이 가운데 단지 ① 서정, ⑥ 교술, ⑦ 희곡, ⑧ 서사라는 네 개의 가능성만을 상정했다고 파악했다. 이것은 그 형식 논리가 비체계적이든가 철저한 연역적 추론을 실천하지 않은데 원인이 있다고 보고, 그것은 사분법적 도그마(dogma)에 연유한 선입견 때문이라고 비판하였다. 이처럼 장르론이 분류만을 위하거나 독단적인 규정론에 그친다면, 우리 문학 텍스트들이 서정과 교술, 혹은 서사와 희곡의 경계선에서 방황하게 될 것이다. 또 교술을 문학 갈래의 한 종류로 간주한다면, 문학과 비문학의 경계는 여전히 모호할 것이다.

오히려 김병국의 설명처럼 가사를 위의 주제적 양식에 근사(近似)한 것으로 보더라도 예컨대, 송강가사 중 〈성산별곡〉은 주제적 양식의 본질에서, 〈속미인곡〉은 극적 양식의 본질에서, 〈관동별곡〉은 서사적 양식의 본질에서, 〈사미인곡〉은 서정적 양식의 본질에서 그 개별적 특성을 찾아볼 수 있을 것이다. 이처럼 단지 한 작가의 가사 작품들에서도 교술이 반드시 갈래 규정의 전제 조건이 될 수 없음을 확인할 수 있다.

특히 시인인 송강이 모습을 감추고, 두 여인을 작중 인물로 내세워 그들 사이에 벌어지고 있는 극적 대화를 목격할 수 있는 〈속미인곡〉은 가사가 극적 특성을 담보하고 있음을 분명하게 보여주고 있다.

이동영[55] 역시 가사를 서정·서사·교술이 복합된 장르로 보았다. 이들 견해는 특정 작품군에 여러 장르가 동시에 포함되어 있다는 것이다. 그런데 그러한 복합적 장르 개념 설정이 없다. 아울러 가사의 극적 특성은 송강가사 이외에 어떤 작품을 통해 확인할 것인지에 대한 실증성이 보충되어야 한다.

가사의 갈래적 특성 문제는 여기에서 비롯한다. 이렇게 가사는 다양한 양식적 특성을 내포하고 있기 때문에 그 구체적 성격 규명이 용이하지 않다. 그런데 과연 다양한 가사의 양식적 특성을 "작품 외적세계의 개입으로 이루어지는 자아의 세계화"[56]라는 도식(圖式) 정도로 규정지을 수 있을까. 조금 다른 각도에서 가사를 살펴보면 보다 새로운 가사의 성격을 확인할 수 있다. 이를 위해 헤르나디의 장르 체계에 주목할 필요가 있다.

---

55) 이동영, 「가사의 장르규정」, 『어문학』 46, 한국어문학회, 1985.
56) 조동일, 『한국문학통사』(제2판) 1권, 지식산업사, 1989, 23면.

헤르나디는 문학에 구현된 진술 방식에 따른 양식의 개념을 다음의
네 가지로 체계화했다.[57)

① 서정적 양식 : 작자가 비공개적으로 은밀하게 말하는 방식 (private)
② 주제적 양식 : 작자가 독자에게 직접 말하는 방식 (authorial)
③ 서사적 양식 : 작자가 독자에게 직접적으로 말하기도 하고, 혹은 등장
　　인물을 통해 간접적으로 말하기도 하는 二重的인 방식 (dual)
④ 극적 양식 : 작자는 숨고 등장인물 상호간에 말하는 방식 (inter-personal)

이것을 가사 갈래에 대입하면, ①에는 〈상춘곡(賞春曲)〉처럼 작가의
서정적 감상을 노래한 작품군이 해당된다. ②에는 〈권선지로가(勸善指路
歌)〉처럼 도덕적 이념이 강조되는 교훈적 작품들이 포함된다. 또한 〈일
동장유가(日東壯遊歌)〉처럼 작가의 체험이나 주변의 현상을 그대로 표현
한 작품들도 포함된다. ③에는 〈우부가(愚夫歌)〉처럼 주인공이 등장하는
서사적 구조를 지닌 작품들이 해당된다. 이들은 작자가 숨지 않고 말할
수 있다는 점에서 대화를 본질적 진술 방식으로 삼지는 않는다.[58) 그리
고 대부분 특정 화자에 의한 일방적 진술로 내용이 전개된다. 이런 측
면에서 비 대화체 가사 작품들은 각각 서정적·주제적·서사적 진술
양식의 가사 작품으로 하위분류가 가능하다. 그런데 ④의 양식에 속하
는 작품들은 본질적 진술 방식으로 둘 이상 인물간의 대화를 사용한다.
즉 극적 양식은 작중 등장인물 간의 대화가 양식의 규정에 적지 않은
비중을 차지한다. 대화체를 사용한 가사 작품들이 바로 이러한 극적 양
식에 포함된다고 할 수 있다.
　물론 헤르나디의 희곡 양식 개념은 다분히 대화를 언어적 진술 특성
으로 삼아 양식화하는 희곡을 염두에 둔 체계이다. 그러나 그 개념이
다양한 진술 특성을 내포한 가사에 적용될 때, 그 특성 중 극적 양식으

---

57) 성무경, 『가사의 시학과 장르 실현』, 보고사, 2000, 48면 재인용.
58) 위의 책, 54면.

로서의 자질을 대화체 가사에서 확인할 수 있다.

예컨대, 〈갑민가〉의 '갑민'과 〈만언사〉의 '집 주인'의 발화는 당시 계층 간의 갈등과 세태 비판을 잘 보여준다. 이들은 마치 전통극 〈봉산탈춤〉의 '말뚝이'와 유사한 역할로 당시 계층 간의 갈등과 세태 비판을 대화를 통해 효과적으로 수행한다. 이 점은 비단 세태 비판적 대화체 가사에서만 확인되는 것은 아니다. '사향가'나 '사친가'류 작품 역시 체험 상황의 극적 재현을 위해 등장인물 간 대화체를 사용하고 있다. 체험 상황의 극적 재현을 이해하기 위해서는 극 양식 텍스트인 희곡에서의 대화 의미에 주목할 필요가 있다.

희곡에서 대화는 '극적 재현 방식'이다. 그리고 전통 극작법의 핵심은 '구주(口主)-문종(文從)의 원리'와 '덩어리의 원리' 및 '집단 중심의 원리'59)에서 찾을 수 있다. 즉 무엇보다도 먼저 체험 상황의 재현에 중점을 두고, 개인이 속한 집단을 중심으로 문자 전통을 활용하여 구비적 전통을 구현한 것이 우리 희곡에서의 대화인 것이다. 그 특성상 갈래적 개방성을 담보하고 있는 가사에도 이러한 체험 상황의 재현이 반영된 글쓰기를 실현하는 작품들이 존재한다. 대화체적 기법을 활용한 일군(一群)의 작품들이 바로 그것이다.

성무경은 〈속미인곡〉과 〈갑민가〉를 예로 들어 '극적 진술 양식의 가면을 쓴 서술(전술)' 개념으로 정리한 바 있다. 그에 따르면, '희곡(극) 양식'을 'to see'와 'to act'의 개념이 공고히 결합되어 양식화되는 진술 방식이라고 볼 때, '극적 진술 양식의 가면을 쓴 서술(전술)'은 그 두 가지

---

59) 이는 김익두가 한국 극작이론의 핵심으로 제시한 이론들이다. '구주-문종의 원리'란, 구비 전통을 중심으로 하고, 문자 전통을 보조적으로 활용하는 원리이다. '덩어리의 원리'란, 스토리의 인과적 구성 보다는 체험의 덩어리 그 자체를 중시하는 것이다. '집단 중심의 원리'란, 극작이 개인을 중심으로 하기 보다는 개인이 속한 집단을 중심으로 이루어지는 원리를 말한다. 그리고 이것들은 극적 체험이 반영된 글쓰기에서 발견되는 창작 원리이다. 김익두, 「한국 희곡/연극이론 수립을 위한 기초연구」, 『한국극예술연구』 15, 한국극예술학회, 2002.

개념 가운데 'to act'는 버리고 'to see'만을 취하여 서술 효과를 높이는 데 활용하는 진술 방식이라고 볼 수 있다.[60] 즉 보여주기를 통한 현실 상황의 구체적 재현이 대화체 가사의 본령이라는 것이다.

따라서 이 작품들은 작품 수나 그 안에 사용된 다양한 대화 기법의 유형을 고려해 볼 때 가사 갈래에서 그 위상을 다시 한번 조명해야 할 충분한 당위성을 갖는다. 그리고 그 당위성은 가사의 성격 규명에 있어 새로운 일조(一助)를 하기에 충분하다.

2. 대화체의 문학적 의미와 대화체 가사 분석의 의의

'대화(對話)'란, "마주 대하여 서로 이야기하는 것, 또는 그 이야기"를 의미하며, '대화체(對話體)'란, 이와 같은 "대화의 형식을 따른 글의 투"[61]를 뜻한다. 이러한 대화라는 담화(談話) 방식이 문학 작품에 있어서 오랫동안 중요한 표현기법으로 사용되어 왔음은 주지의 사실이다.

그런데 여기에 간략하게 제시한 대화의 사전적 의미만으로 그간 문학 작품에 사용된 대화적 기법의 모든 양상과 의미를 충분하게 설명할 수는 없다.[62] 문학 작품에 대화 방식이 사용된 양상은 사전적 의미처럼

---

60) 성무경, 앞의 책, 243면.
61) 연세대 언어정보개발연구원 편, 『연세 한국어사전』, 두산동아, 1998, 488면.
62) 가사 갈래에 국한시켜 내린 '대화체'에 대한 정의를 소개하면 다음과 같다. ① "화자와 청자가 작품 표면에 나타나 있든, 나타나지 않고 숨어 있든 둘 이상 다수의 화자와 청자가 텍스트 내에 존재한다는 가정 하에서 화자와 청자 상호간에 대화가 교체되는 언술의 형태를 지닌 담화유형이다."(김광조, 「조선 전기 가사의 장르적 성격 연구─시적 담화의 유형분석을 중심으로」, 서울대 석사논문, 1987), ② "대화적인 현상은 인간 생활에서 보편적인 의미를 가진다. 바흐찐은 한 목소리가 다른 목소리에 끼치는 영향, 즉 인물의 의식을 감지하는 서술자의 감각을 대화체(dialogic)라고 하였다. …… 결국

단순하지 않기 때문이다. 예를 들면, 가사 작품의 시적 화자로서 작품에 등장하는 대화의 주체를 몇 명으로 설정할 것인가라는 문제도 경우에 따라서는 단순 화답인가, 토의(討議)의 방식인가를 선별하는 중요한 잣대가 될 수 있다. 따라서 대화체 가사의 기법적 특성을 고찰하기 위해서는 실제로 대화 관련 이론과 대화체가 문학에서 표현기법으로 쓰이게 된 연원을 살펴보는 일이 선행되어야 한다. 물론 여기에는 극적 양식에서 사용하는 대화의 의미도 포함된다.

서구적 대화 이론은 주로 서사 텍스트를 중심으로 연구되었다. 그리고 그 목표는 일반적으로 '다성성(多聲性)'의 탐구이다. 그리고 이것은 작품 내에서 여러 화자의 의식이나 목소리가 개별적 실체로 존재한다는 의미를 갖는다. 따라서 "문학에서의 작중인물은 작가에 의해 조종되는 수동적인 객체가 아니라 작가와 나란히 공존하는 능동적인 주체이다."[63] 이를 가사 작품에 대입하면, 작중 시적 화자는 작가가 이룩한 또다른 분신이 되는 셈이다. 그리고 아래의 견해를 참고할 때, 그 화자는 대화자로서 이중의 의미를 지닌다.

> 대화이론에서의 대화개념은 이중의 의미를 지님을 알 수 있다. 즉 둘 이상의 발화 주체가 성립한다는 일차적인 의미에서의 대화체뿐만 아니라 늘 다른 사람의 발화를 기다린다는 보편적 현상에 대한 설명이기도 한 것이다. 우리는 후자의 경우와 같이 화자가 하나임에도 그의 발화에서 둘 이상의 목소리가 들릴 때 이를 내적 대화라고 부른다.[64]

위의 견해에 따르면, 서사뿐만 아니라 가사에서도 텍스트 내에서나 개별 텍스트 간에도 충분히 대화의 방식이 사용될 수 있다. 아울러 개

'생성하는 이데올로기'라는 변증법적 사고과정이 언어로 표출되는 것이 대화적 형식이라 하겠다."(조세형, 「송강가사의 대화전개방식 연구」, 서울대 석사논문, 1990)
63) 김욱동, 『대화적 상상력』, 문학과지성사, 1988, 163면.
64) 조세형, 앞의 논문, 24면.

별 텍스트 간 대화가 이루어지는 '화답'의 방식 역시 대화체 가사로 간주할 수 있는 충분한 근거를 갖는다.

채트먼(S. Chatman)은 '화자'와 '수화자'의 관계를 바탕으로 이루어지는 소통구조를 연구했다.[65] 그가 제시한 담론 체계를 도식화하면 다음과 같다.

실제 작가 →　　내포작가 →(화자) →(수화자) →내포독자　　→실제 독자

서사 텍스트

여기에서 중요한 것은 '내포작가'[66]와 '내포독자'의 개념이다. 서사 텍스트는 서사물 속에서 독자에 의해 재구축된 '내포작가'에 의해 전달된다. '내포작가'는 '화자'가 아니라, 서사물의 다른 것들과 함께 '화자'를 창조하고, 특별한 방식으로 이야기를 이끌어가며, 단어나 이미지를 통해 등장인물들에게 사건이 일어나게 하는 존재이다. 그리고 직접적 소통 수단을 가지고 있지 않기 때문에 독자에게 아무 이야기도 해줄 수 없고, 전체적 구상과 목소리, 독자가 알 수 있도록 하기 위해 선택한 모든 수단에 의해 말없이 독자를 가르친다.

'내포작가'의 상대 개념인 '내포독자'는 서사물 그 자체에 의해 전제되는 수용자이다. '내포독자'는 '내포작가'처럼 언제나 존재하는데, 작품 세계 안에 등장인물로 나타날 수도 있다. 이는 텍스트의 실제 독자가 소설의 관계 속에 들어감에 따라 추가된 자아이다. 그리고 '화자'가 '내포작가'와 관계를 맺거나 맺지 않는 것처럼 '수화자'와 관계를 맺거

---

65) S. 채트먼, 한용환 역, 『이야기와 담론―영화와 소설의 서사구조』, 고려원, 1991.

66) '부스(Wayne C. Booth)'는 '내포작가'를 '함축된 작가(작가의 '제2의 자아')'로 설명한 바 있다. 이는 장면들의 배후에 서 있는 함축된 작가의 상(象)으로서 '실제의 사람'과는 언제나 구별된다. 즉 작가가 자신의 작품을 창조할 때 만들어낸 더 우수한 자신의 변형이자 제2의 자아이다. 웨인 C. 부스, 이경우·최재석 역, 『소설의 수사학(*The Rhetoric of Fiction*)』, 한신문화사, 1987, 173면.

나 맺지 않을 수도 있다.

채트먼의 견해는 서사 텍스트 내의 대화 소통 구조에 대한 체계이다. 따라서 이 견해를 대화체 가사의 대화 소통 구조 전반에 적용하는 데는 무리가 있다. 그런데 〈만언스〉 등 일부 대화체 가사의 소통 구조는 채트먼의 체계와 유사하다. 즉 텍스트 내에서 '유배자'와 '집주인'처럼 당시의 사회적 상황에 따른 주동 인물과 반동 인물에 의해 대화가 이루어지며, 이 경우 실제 독자들의 관심은 반동 인물에 초점이 맞추어진다. 이는 다분히 실제 작가가 염두에 둔 상황인데, 반동 인물로 상징화된 당시 실제 독자가 '내포독자'로서 텍스트 내에 반영된 예라고 할 수 있다.

대화체 가사 중 텍스트 간 대화의 방식을 사용하는 작품들에서는 '본가'의 작가를 '내포작가'라고 했을 때, 실제 독자 가운데 특정인이 '내포독자'로서의 역할을 수행한다. 그것은 실제 독자에 의한 '답가'의 창작으로 표출되며, 텍스트 내에서 이루어지는 서사의 대화 소통 구조와 달리 '화자'와 '수화자'의 역할을 수행하는 작가와 향유자에 의해 이루어진다. 물론 여기에서 향유자는 서사 갈래와 달리 가사의 제시 형식인 가창, 음영, 완독을 염두에 둔 광범위한 독자이다.

한편, 서구 극 양식에서의 '대화'란, 두 명 이상의 등장인물 사이의 대화이다. 드라마적 대화는 대체로 등장인물 사이의 언어교환이지만, 언어를 통하지 않는 대화체 소통 방식도 가능하다. 그것은 ① 보이는 등장인물과 보이지 않는 등장인물 사이의 소통,67) ② 인간과 신이나 정령(精靈)

---

67) 이를 '테이코스코피(teichoscopia)'라고 한다. 이는 한 관찰자가 어떤 사실을 무대 위에서 서술하는 순간, 다른 등장인물에 의해 무대 뒤에서 일어나는 바로 그 사실을 묘사하게 만드는 극작술적 수단이다. 이 기법은 잔혹하고 차마 볼 수 없는 행동들이 실제로 일어나고 있다는 것을 암시하며, 그러나 관객에게 어떤 대리인에 의해 그 행동들에 참여하고 있다는 환상을 주면서, 실제 무대에서는 그 행동들을 재현하지 않는다. 라디오의 현지 생방송(가령, 스포츠 중계 등)과 유사한 '테이코스코피'는 서사적 기법이다. 그것은 언술자에게 초점을 맞추고, 실제로 그 사건이 시각화된 것 보다 더 생생한 긴장을 유도하기 때문에 시각적 도움을 거부한다. '테이코스코피'는 무대 장소를 확장할 수 있으며, 다양한 장면들이 한 데 어울려 있는 상태를 만들 수 있다. 이 점에서 보고

사이의 소통, ③ 생물과 무생물 사이의 소통(여기에는 기계와의 대화, 기계들 사이의 대화, 전화를 통한 소통 등이 포함된다.) 등이다. 대화체 가사에서는 일반적으로 ①과 같은 소통 방식이 〈여자가〉처럼 '전언(傳言)'의 방식을 통해 구현되고 있으며, ② 또한 〈관동별곡〉이나 〈몽중로쇼문답가〉의 작중 인물과 신선, 도사간의 대화를 통해 구현됨을 확인할 수 있다.

이러한 대화의 본질적 기준은 연극적 소통의 교환과 가역성이다. 연극적 소통은 무대와 객석 사이의 '외적 소통'과 무대에서 등장인물과 배우 간에 진행되는 '내적 소통'으로 구분된다. 이외에도 여러 가지 소통 과정이 개입하는데, 그 중에서 주목할 것은 등장인물과 관객 간의 소통이다. 이들은 '동화작용(identification, empathy)'[68]을 통해 기본적 소통을 형성한다. 다시 말하면, 극 양식에서는 환상과 타자로의 환각적 투사에 이르기 위해서 배우의 신체를 사용할 뿐이다. 관객들에게 현실과 허구를 식별할 수 있는 능력이 있다면, 예컨대 '말뚝이'가 보이는 것이 아니라 '말뚝이'를 연기하는 연기자가 시선에 들어온다는 사실을 알고 있다. 그러나 관객들은 불신을 거두고 앞에 있는 사람이 '말뚝이'라고 믿는다. 등장인물과 배우 사이의 이 항구적 왕복 운동이 연극적 기쁨의 원천을 이룬다.

이와 같은 극 양식의 등장인물과 관객을 대화체 가사의 작중 인물과 수용자로 환치(換置)하면 이들 사이에도 분명히 동화 작용에 의한 교감

하는 사건이 벌어지고 있는 장소의 진실성을 보강하게 된다. 빠트리스 파비스, 신현숙·윤학로 역, 『연극학 사전』, 현대미학사, 1999, 455면.

68) '동화작용'은 관객이 자신을 연극 속의 등장인물이라고 생각하는 환상 과정(또는 연기자가 등장인물의 몸속으로 완전히 들어갔다고 상상하는 환상 과정)이다. 주인공과의 동화는 무의식에 깊숙이 뿌리박고 있는 현상이다. 동화작용의 즐거움은 프로이트에 따르자면, 타자의 자아에 대한 정화적인(카타르시스) 인지(認知)이다. 다시 말해 타자의 자아를 자기 것으로 만들면서 한편으로는 자신이 타자의 자아와는 다르고 싶어하는 욕망으로부터 비롯된다. 연극에서는 살아있는 연기자가 현존하기 때문에 동화는 등장인물에게서 뿐만 아니라, 등장인물에게 신체를 빌려준 연기자에게서도 일어난다. 위의 책, 96면.

과 즐거움이 존재한다. 그리고 이것은 본가에 대한 답가가 존재할 수 있는 근원으로 작용한다.

다음으로 동양의 경우를 살펴보기로 한다. 유협(劉勰, 466?~520?)은 『문심조룡(文心雕龍)』에서 문학에 수용된 대화체 양식의 기원에 대해 다음과 같이 언급했다.

> 시의 육의(六義) 안에 종속된 것이었던 부는 발전과정을 거쳐 하나의 독립된 영역을 이루게 된 것이다. 초기에는 주객(主客)의 대화로 시작하여 소리와 형상에 대한 극단적인 묘사로써 문채(文彩)를 드러내게 된 것이 바로 시와의 구별이 이루어지고 비로소 부라는 하나의 양식으로서 처음으로 자리 잡게 된 시초라고 하겠다.[69]

위에 인용한 유협의 견해를 빌자면, 동양의 문학에서 대화의 형식이 본격적으로 사용된 것은 '부(賦)' 갈래였고, 그 근원에는 『시경』의 '육의'[70] 가운데 하나인 '부'가 자리 잡고 있다. 이러한 견해는 비단 유협 개인만의 의견이 아니라, 그 이전의 유향(劉向, B.C.77~B.C.6)과 반고(班固, 32~92)에 의하여 주장된 바 있었던 견해[71]이다. 그리고 『시경』의 육의 가운데 '부'에 대해서 유협은 다음과 같이 설명한다.

> 『시경』에는 육의라는 것이 있으니, 그 두 번째가 바로 부이다. 부란 포(鋪)다. 문장의 수식을 펼쳐서 문학 작품을 제작하고, 사물을 관찰하여 감정과 사상을 표현한 것이다.[72]

---

69) "六義附庸, 蔚成大國. 述客主以首引, 極聲貌以窮文, 斯蓋別詩之原始, 命賦之厥初也."(第八章 詮賦) 유협, 최동호 편역, 『문심조룡』, 1994, 121·125면 재인용.
70) 『모시(毛詩)』 「대서(大序)」에 의하면, '육의'란, '풍(風)', '부(賦)', '비(比)', '흥(興)', '아(雅)', '송(頌)'이다. 이 가운데 '풍', '아', '송'은 시의 양식이고, '부', '비', '흥'은 시의 표현 기법이다.
71) "유향은 '노래로 부르지는 않고 다만 읊조린 것이 부'라는 설명을 한 바 있고, 반고는 '부란 『시경』 안에서 발전하여 나온 하나의 줄기'라고 설명하였다."[劉向云, 明不歌而頌, 班固稱古詩之流也.](第八章 詮賦) 유협, 최동호 편역, 앞의 책, 120·125면 재인용.

또한 주희(朱熹, 1130~1200)는 『시집전(詩集傳)』에서 "부라는 것은 그 일을 펴고 베풀어서 곧장 말하는 것이다"73)라고 하였다. 유협과 주희의 의견을 종합하면 결국 『시경』에 구현된 표현 기법으로서의 '부'라는 것은 '작가가 사물을 관찰하여 생겨난 감정과 사상을 다른 사람들에게 구체적으로 전달하기 위해서 문장의 수식을 통해 작품을 제작하는 데 사용하는 표현 기법'이다. 그리고 이것이 문학적으로 발전하여 특정 갈래로 자리매김한 것이다. 문학 갈래로서의 '부'는 언지(言志)라는 시의 특성과 체물(體物)이라는 산문의 특징을 동시에 가지고 있다는 점에서 시와 산문의 중간적 형태라고 할 수 있다.74)

이와 같은 점을 종합하여 가사 갈래와 비교하면 대화체 가사와 관련하여 흥미로운 사실을 확인할 수 있다. 그것은 다름 아니라 대화체 가사의 존재 당위성이다. 즉 가사 역시 문학 갈래로서의 '부'와 마찬가지로 운문적 형식에 산문적 내용을 담고 있다는 특성을 담보한다. 그리고 그러한 '부'의 초기 문학 형태에 사용되었던 대화의 방식이 가사에 사용된 흔적도 발견할 수 있다는 점이다. 그것이 바로 대화체 가사인 것이다. 아울러 그 근원이 시가문학의 조종(祖宗)에 해당하는 『시경』임에야 두말할 나위가 없는 것이다. 따라서 한편으로 대화체 가사는 가사 갈래의 류(類) 가운데 중요한 위치를 차지할 수 있으며, 그 문학적 전통의 시원(始原)이 매우 오래되었음을 확인할 수 있다. 더구나 가사는 그 특성상 한문 투식구(套式句)를 광범위하게 사용하는 특성을 가지고 있는 바, 일정 부분 위와 같은 전통적 영향 하에서 그 기원을 찾을 수 있다. 그 중에서도 대화체 방식이 그 특성을 첨예하게 노출하고 있다.

위의 인용문에서 발견할 수 있는 또 다른 문제 중 유협의 견해에서 언

---

72) "詩有六義, 其二曰賦. 賦者, 鋪也. 鋪采摛文, 體物寫志也."(第八章 詮賦) 위의 책, 120 · 125면 재인용.
73) "賦者, 敷陳其事而 直言之者也." 松亭 金赫濟 校閱, 原本集註, 『詩傳』(全), 明文堂, 1994(重版), 5면.
74) 유협, 최동호 편역, 앞의 책, 127면.

급된 '주객의 대화'는 문학적으로 매우 중요한 의미를 갖는다. 그것은 바로 특정 텍스트의 화자를 통해 구현된 주객의 대화체가 작가의 의도를 충분히 드러낼 수 있는 표현 기법으로 일찍부터 사용되어 왔음을 증명하는 것이기 때문이다. 이것은 주로 의론(議論)류 가운데 '문대(問對)'의 방식을 통해 구현되었다. 즉 텍스트를 통해 전달하려는, 이른바 진리를 강조하기 위한 수단으로 현장감과 사실성을 살린 주(主)와 객(客)의 대화를 사용하는 것이다. 이것은 일방적 대화의 방식이 아니라, 대화 당사자 간 의견의 점진적 교환을 통해 진리를 추구코자 하는 태도를 지향하는 것이다.

가사 갈래에서 주객에 의한 의견의 개진도 이와 같은 맥락에서 이해할 수 있다. 물론 '문대' 방식의 대화는 특정 텍스트 내에서만 제한적·반복적으로 이루어지는 반면, 대화체 가사는 개별 텍스트뿐만 아니라 텍스트 간에도 이루어진다는 차이점이 존재한다. 그리고 '문대'의 제재가 정치나 학문에 편중되어 있다면, 가사의 대화는 삶과 밀접한 연관을 맺을 수 있는 제재로 범위가 확대된다는 차이점도 확인할 수 있다. 그리고 문대는 개별 텍스트를 관류하는 사상적 통일성을 통해 거대한 하나의 체계를 이루는 반면, 가사는 개별 텍스트 자체로 이 보다 발전된 문예미적 가치를 인정받을 수 있으며, 다른 인접 작품과 무관하게 그 내부에 구현된 주제만으로도 작가 의식을 인정받을 수 있다. 따라서 위와 같은 방식들이 동양적 담론 문학의 기원이자 맹아(萌芽)였다면, 대화체 가사는 그 맹아가 자라서 맺은 문학적 결실에 해당한다고 할 수 있다.

이러한 견해들을 종합하면, 문학적 대화체는 다음과 같은 의미를 지닌다. 첫째, 대화체는 극적 재현을 통해 현장감을 획득할 수 있는 대표적 표현 기법이다. 사물을 관찰하거나 특정 상황에 대한 개인의 정서를 드러내는 데 있어 대화체만큼 효과적인 방법은 없다.

雙花店에 雙花사라 가고신된
回回아비 내손모글 주여이다

이말숨미 이 店밧긔 나명들명
다로러거디러 죠고맛감 삿기광대 네마리라 호리라
더러둥셩 다리러디러 다리러디러 다로러거디러 다로러
긔자리예 나도 자라 가리라
위 위 다로러 거디러 다로러
긔잔더 ᄀ티 덦 거츠니 업다

우리에게 익히 잘 알려진 고려속요 〈쌍화점(雙花店)〉의 1장 부분이다. 전반부에서는 '삿기 광대'가 '쌍화'를 사러 갔던 상점에서 '회회아비'로 묘사된 이방인과 나눈 정사(情事)를 우회적으로 언술하였으며, 후반부에서는 이 말을 들은 제삼자가 그 경험을 나도 이루고 싶다는 소망을 대화의 형식으로 표출하고 있다. 만약 이 부분을 대화가 아닌 묘사로 처리했다면, 시적 화자들이 지닌 극적 경험의 전달을 사실적으로 표현하기에 부족했을 것이다. 일찍이 이 점에 대해서 윤성현은 아래와 같이 언급했다.

> 남녀간의 육체적 결합을 단순 반복하고 있을지언정, 삶의 적나라한 현장에서 도덕 기준만으로는 가늠할 수 없는 문학적 의미와 가치를 지녔다는 말이기도 하다. 즉 위선과 가식의 허울을 벗어던진 채, 삶의 방식에 대한 나름의 철학과 당당한 자신감을 보여준 작중 화자의 자기고백으로 볼 수 있기 때문이다.
>
> 「쌍화점」은 직설에 가까운 언술이나 네 번씩 거듭되는 단순 반복 구조, 탁월한 비유나 상징의 부족 등으로 인해 작품 자체로 뛰어난 평가를 인정받지는 못하고 있다. 그러나 이 작품을 통해 그때 고려인들이 지녔던 삶의 한 방식으로서 性에 관한 인식태도의 관대함을 읽을 수 있다. 그것이 그때 사람들에게는 당면한 현실이요, 나아가서는 진실일 수도 있기 때문이다. 이를 고려 후기의 피폐된 상황과 연결해 보아야 하는 까닭이 여기있다. 따라서 이 노래는 작품 자체에 내재된 시가의 일반적 서정성 보다는 사회성과 긴밀히 연관된 정서를 담고 있는 것이다.[75]

위의 견해는 대화체 가사의 현장감과 관련하여 주목을 요한다. 〈쌍화점〉에는 사회성과 관련된 정서가 담겨져 있는데, 그것은 고려 후기의 피폐된 상황이다. 그리고 그것은 삶의 한 방식으로서 '성'에 대한 당대 인식 태도의 관대함으로 표출되었다. 중요한 점은 그 관대함이 당시의 사람들에게는 당면한 현실이자 사실일 수도 있다는 점이다.

〈쌍화점〉은 특정 시기의 사회상을 반영하기 위해서 다른 작품들에서 발견할 수 있는 비유나 상징 등의 표현 기법을 극도로 자제하고, 대화체와 단순 반복 구조를 통해 현장감을 배가시킴으로써 수용층으로 하여금 보다 적극적인 공감을 쉽게 이끌어낼 수 있었다. 즉 〈쌍화점〉의 이상(理想)이 남녀간의 성 윤리를 모토(motto)로 하는 도덕률이라면, 현실은 자유로운 사회적 성풍속이다. 이 두 가지는 대립적이고, 자유분방한 성 추구는 당시의 사회적 도덕률로 용납될 수 없다. 후자가 전자 보다 우세한 상황에서 전자의 추구는 갈등을 불러올 수밖에 없고, 내면에 잠재해 있는 의식의 표출을 통해 작품의 존재 당위성을 획득하기 위해서는 보다 효과적인 기법이 필요했고, 〈쌍화점〉에서는 대화체가 그 기능을 수행하고 있는 것이다.

물론 반드시 대화체를 사용해야만 성의 자유분방성이 노출되는 것은 아니다. 보다 노골적인 묘사 등을 통해 이를 구체적으로 전달할 수도 있다. 그러나 〈쌍화점〉에 표출된 성의 자유분방함은 사회성을 내포하고 있다. 즉 〈쌍화점〉의 등장인물 간 대화는 당시대인의 성에 대한 태도를 드러내고 있으며, 그들은 당시 사회 풍속의 한 단면을 효과적으로 보여주는 상징화된 인물들이다. 따라서 〈쌍화점〉에서 대화체는 당시 성 풍속을 효과적으로 담아내는 도구라고 할 수 있다.

대화체 가사에 있어서도 이 점은 예외일 수 없다. 가사는 서정성을 내포하고 있음에도 불구하고, 그 시적 화자의 언술상 발화 시제가 항상

---

75) 윤성현, 「고려 속요의 서정성 연구」, 연세대 박사논문, 1994; ______, 「'삼장' 논의를 통해 본 「쌍화점」의 성격」, 『동방고전문학연구』 제1집, 동방고전문학회, 1999.

현재라는 특성을 가지고 있어 생동한 현장감을 전달한다는 특성을 지니고 있다. 특히, 대립되는 두 화자가 등장하여 대화를 통해 현장성이 중시되는 상황을 묘사하는 경우에 가사의 현장성은 더욱 두드러진다.

한편, 이 작품은 여느 속요와 마찬가지로 악무(樂舞)와 함께 연행되었다. 그런데 〈쌍화점〉은 독특하게 연극적 성격이 강했을 가능성이 제기되었다. 특히 충렬왕(忠烈王, 1275~1308)을 대상으로 연극이 행하여졌다는 점과 연관되어 이 노래가 연극의 대본이었을 가능성이 논의 되었다.

〈쌍화점〉 노래는 '三折四段'을 一景으로 한 並列四景 구조다. '三折本가극'이라는 점에서 일본가극인 〈能樂〉의 序破急 三단계구조에 비슷한 바가 있다. 그리고 배역에 있어서도 그 〈能樂〉 배역에 비슷한 바가 있다.

景構造만은 푸라이타그의 五部三點劇 구조에 어울리는 바가 있으나, 四景을 하나의 단위로 놓고 볼 때는, 공간사회 속으로 뻗어나가는 '개방형식'을 취하고 있다.

피학음대란 여인과 色情狂 女人이 부딪치는 장면을 네 번이나 설정했다.

공간사회 속으로 뻗어나가기만 하는 개방형식을 취했기 때문에 관객의 반응이 일치될 수 없는 '반응다양극'이기도 하다.

일상언어의 대화극이라는 점과, 인간희극이라는 점에서 볼 때 일본가극 가운데서도 〈狂言〉과 비슷하다.

극진행에 있어, 주역과 상대역이 두드러지고 주역에 따른 보조역이 있다.

노래와 액션이 일치되고 있으며, 액션 뒤에는 그에 알맞은 무드를 담은 無詞노래가 꼭 뒤따르고 있는 엄격한 질서가 있다. 그 無詞노래가 작중인물의 '성격부여'에 이바지하고 있기 때문에, 액션 뒤에 오는 그 無詞노래들은 액션의 다름에 따라 다르게 짜여져 있다.

감각 현상에 쾌감을 구하는 극으로서, 육정음란가극이다.[76]

『고려사(高麗史)』 기록[77]에 의하면, 이 노래는 남장별대(男粧別隊)에 의

---

76) 여증동, 「쌍화점고구」, 『향가여요연구』, 반도출판사, 1985, 627면.
77) "三藏 …… 蛇龍 …… 右二歌, 忠烈王朝所作. 王狎群小, 好宴樂, 倖臣吳祈 · 金元

해 불렸다. 이들은 수도인 개성과 전국에서 차출된 여자 기생들이 남자 복색을 한 집단이다. 노래 기생·춤 기생·얼굴 기생으로 나뉜 이들은 1279(충렬왕 5)년에 오잠(五潛)의 지휘 하에 왕 앞에서 이 노래를 대본으로 연희하였다. 이러한 연희는 상설무대인 수령궁(壽寧宮)의 향각(香閣) 무대와 가설무대인 붕무대(棚舞臺)에서 있었다. 그리고 주고받는 형식의 노래인 〈쌍화점〉은 이 연희에서 행해졌던 일상 언어를 사용한 대화극의 대본이다.

대화체로 구성된 〈쌍화점〉이 연극의 대본으로 사용되었다는 사실은 대화체의 의미와 관련하여 중요한 시사점을 제공한다. 즉 대화의 형식이 사용된 문학 작품은 이미 극적인 자질을 내포하고 있기 때문에 그 문학적 갈래의 성격과 무관하게 연극의 대본으로 사용될 수 있음을 입증하는 사례라고 할 수 있다.

둘째, 대화체는 그 문학적 수용에 있어서 광범위한 계층적 분포를 갖는다. 예를 들면, 대화체 가사 작품 중 국가의 정사를 주인과 머슴에 비유하여 전개한 〈고공가〉나 〈고공답가〉는 주객 문답의 전형적 가사 작품이다. 이 작품들은 표기 수단이 국한문혼용으로 하향화되어 향유층도 이와 더불어 그 궤를 같이 한다. 그 내용 역시 주인과 머슴이 각각 맡은 바 직분에 충실한 것이 한 집안의 흥망을 좌우한다는 논리를 제시함으로써 어느 정도 위정자와 민중의 관계를 대등한 위치에서 바라보고 있다고 할 수 있다. 이 점은 동일한 제재를 바탕으로 다른 갈래를 통해 만들어진 문학 작품들에서도 확인할 수 있다.

① 問爾何所苦　　“그대들 무슨 괴로움 있길래
　　漂轉至於斯　　정처 없이 떠돌다가 여기에 이르렀소?

祥·內僚石天輔·天卿等, 務以聲色容悅. / 以管絃房太樂才人不足, 遣倖臣諸道, 選官妓有姿色技藝者. 又選城中官婢及女巫善歌舞者, 籍置宮中, 衣羅綺, 戴馬鬃笠, 別作一隊, 稱爲男粧. 閱此歌, 與群小日夜歌舞藝慢, 無復君臣之禮, 供億賜與之費, 不可勝記.”(『高麗史』卷七十「樂一」)

棄捐丘墓鄕　　조상의 뼈 묻힌 고향 버려두고
提携欲何之　　도대체 어디로 간단 말이오?"
擧首向我對　　한 유민 머리 들어 나를 바라보며
蹙然爲累吁　　시름겨운 얼굴에 한숨을 내쉬고
我本內浦人　　"내 본디 내포 사람으로
三世爲農夫　　삼대를 농부로 살아
夫耕婦織布　　지아비 밭 갈고 지어미 길쌈해도
生理一何艱　　살아가기 어찌나 어려운지
晝夜勤作息　　밤낮으로 부지런히 일하느라
十指無暫閒　　열손가락 잠시도 쉴 틈 없이
祁寒與暑雨　　살을 에는 추운 겨울 무더운 여름 장마
靡日不苦辛　　어느 날이라 힘겹지 않은 날 있었으리
重以水旱災　　수재에 한발이 겹치고 보니
所獲能幾許　　추수인들 그 얼마나 되었겠소?
稼成不入口　　가을이라 하고서 입에 곡식이 들어갈 새도 없이
火急供常賦　　부세를 바치라 불이 나는데
縣吏日至門　　고을 아전 날마다 문 앞에 와서
叫呶何太恣　　고함치고 닦달하고 하도 설쳐대어
奔走備酒食　　술이야 밥이야 분주히 대령해도
徵責殊未已　　징수 독책 사뭇 그치질 않고[78]

②어져 〃 〃　　　　　　　져긔 가노 져 스룸아
　네 行色힝식 보즈ᄒ니　　　　軍士군ᄉ 逃亡도망 네로고나
　腰上요샹으로 볼쟉시면　　　뵈젹슴이 깃만 남고
　허리 아리 굽어보니　　　　　헌 즘방이 노닥 〃 〃
　곱장할미 압희 가고　　　　　견터바리 뒤예 간다
　十里십니 기를 할니 가니　　멋니 가셔 업쳐지리
　니 고을의 兩班양반 스룸　　他道타도 他官타관 옴겨 살면
　賤쳔이 되기 常事ᄉᆞᆺ여든　　본土本토 軍丁군졍 실타ᄒ고

---

78) 임형택 편역, 『이조시대 서사시』(상), 창작과비평사, 1992, 204~205면.

ㅈ니 ㅆ호 逃亾도망ㅎ니 　　一國일국 一土일토 혼 인심人心의
근본根本 숨겨 살녀ㅎ들 　　　어디 간들 면홀쇼야
ㅊ라이 네 스든 곳의 　　　아모 커나 뿌리 바겨
七八月칠팔월의 採蔘치삼ㅎ고 　九十月구십월의 狖皮돈피 잡아
公債공치 身役신역 갑흔 후의 　그 남지져 두엇다가
咸興함흥北靑북쳥 洪原홍원 장ㅅ 도라드러 潛買줌미할 지
厚價후가 밧고 푸라니여 　　　살기 죠흔 너른 곳의
家舍가ㅅ 田土전토 곳쳐 스고 　家藏什物가장집물 장만ㅎ여
父母부모 妻子쳐ㅈ 保全보젼ㅎ고 시 질거물 누리려문
어와 生員싱원인지 哨官쵸관인지 긔디 말슴 그만두고
이니 말슴 드러보소 　　　이니 ㅆ호 甲民갑민이라
잇짜의셔 生長싱쟝ㅎ니 　　잇짜 일을 모롤소냐
우리 祖上됴상 南中남듕 兩班양반 進士진ㅅ 及第급졔 連綿연면ㅎ여
金章금쟝 玉佩옥픠 빗기 ㅊ고 　侍從臣시둉신을 돈나다가
猜忌人싀긔인의 讒訴참소 입어 全家전가 徙邊ㅅ변 ㅎ온 후의
國內국니 極邊극변 잇짜의셔 　七八代칠팔디을 스라오니
先蔭션음 니어 ㅎ는 일이 　　邑中식듕 구실 쳣지로다
드러가면 座首쵀슈 別監별감 　나가셔는 憲風픙언 監官감관
有司유ㅅ 掌議쟝의 ㅊ지나면 　體面쳬면 보아 ㅅ양터이
이슬포다 니 시졀의 　　　怨讐人원슈인의 謀害모ᄒᆡ로셔
軍士군ㅅ 降定강졍 되단 말가 니 혼 몸이 허러나니
左右좌우 前後젼후 數多슈다 一家일가 次〃츳〃 充軍츙군 되거고나
累代奉祀누디봉ㅅ 이 니 몸은 하일 업시 믜와 잇고
시름 업슨 諸族人졔둑인은 　ㅈ최 업시 逃亡도망ㅎ고
여러 ㅅ롬 묘돈 身役신역 　니 혼 몸이 모도 무니
혼 몸 身役신역 三兩삼양 五戔닷돈 皮돈피 二張이장 依法의볍이라
十二人名십이인명 업는 구실 　合ᄒᆞ쳐보면 四十六兩ㅅ십뉵양
年復年년부년의 맛타 무니 　石崇셕슝인들 當당홀소냐[79]

---

79) 임기중 편, 『역대가사문학전집』 제6권, 아세아문화사, 1998, 5~7면.

①은 홍양호의 한시 작품 「유민원(流民怨)」의 앞부분이고, ②는 함경남도 갑산(甲山)민의 가사 작품 〈갑민가〉의 서사와 본사의 앞부분이다. 두 작품은 갈래는 다르지만, 유사점을 담고 있다. 먼저 ①은 작가가 서리 내리고 눈발 날리는 초겨울에 충청도 해변을 여행하다가 진종일 오가는 사람들의 태반이 유민임을 확인하고, 그 가운데 한 유민과의 대화 내용을 한시로 작품화한 것이다. 여행 중이던 시적 화자는 고향을 버리고 떠나가는 유민들을 보고 의구심을 품은 채, 그 중 한 유민에게 그 이유를 묻는다. 그리고 유민은 자신이 고향을 떠나는 이유에 대해 설명한다. 그것은 다름 아니라 자연 재해에 의해 먹고 살기 힘든데다가 관리들의 가렴주구(苛斂誅求)가 더해졌는데도 조정은 이를 모르며, 위정자들은 호의호식을 일삼기 때문이라는 것이다. 그리고 작품의 대부분은 이렇듯 푸념과 한이 서린 유민의 대사로 구성되어 있다.

②는 '생원'으로 대표되는 양반이 살 곳을 버리고 고향을 떠나가는 갑산민을 발견하는 데서 시작한다. 그리고 갑산민은 고향을 버리고 떠나는 이유에 대하여 장황하게 설명한다. 그 이유는 〈유민원〉의 작중 화자가 고향을 떠나게 된 까닭과 크게 다르지 않다. 즉 가문이 몰락하고, 사냥으로 생계를 유지하였으나 세금이 가혹하여 고향을 버리고 도망할 수밖에 없다는 논조인 것이다.

두 작품에는 각각 두 명의 화자가 등장한다. 먼저 〈유민원〉의 문자(問者)와 〈갑민가〉의 문자는 그 신분에 있어서 양반에 해당한다는 공통점과 작품의 서두에만 등장함으로써 각각 답자(答者)의 발화를 유도한다는 공통점을 지니고 있다. 그리고 〈유민원〉의 주된 작중 화자인 유민이 당시의 민초를 대표하는 유민이라면, 〈갑민가〉의 갑산민 역시 고향을 버리고 유랑의 길을 떠나야 했던 당대의 불우한 민중을 대표한다.

그런데 이 두 작품은 그 갈래와 표기 수단에 있어서 차이를 보인다. 한시로 승화된 ①의 수용층 지향점과 가사로 만들어진 ②의 수용층 지향점은 결코 일치한다고 할 수 없다. 다시 말하면, 한시로 작품화된 ①

이 보다 상층 지향적이라면, 국한문혼용으로 표기된 ②는 하층 지향적이라고 할 수 있다. 그러나 두 작품은 그 목적에 있어서는 당시의 참상 고발과 잘못된 사회적 세태를 비판한다는 공통점을 담보하고 있다. 그리고 그 저변에는 이를 보다 효과적으로 전달할 수 있는 대화체 표현 기법이 자리 잡고 있다. 따라서 대화체는 그 문학적 수용에 있어서 광범위한 계층적 분포를 갖는 표현 기법이라고 하겠다.

셋째, 대화체는 작품 수용자의 가치판단에 조력하는 표현 기법이다. 대화라는 직설적 표현을 통해 생동감을 살려 메시지를 명료하게 전달할 수 있기 때문이다. 이른바 '장사치―여인 문답형 사설시조'가 이를 잘 입증한다.

이 작품들은 모두 '장사'와 '고객'의 대화체로 되어 있고, 구조 및 어조와 기교가 동일한 점으로 미루어 작가는 동일인일 가능성이 있다. 다시 말하면, 이 노래의 취재원은 실제 장사나 상행위이지만, 미적 구성체인 노래로 완성시킨 주체는 전문적 소양을 지닌 가객이었으리라고 추측할 수 있다.[80] 조규익은 이 노래가 장사의 종류에 따라 어떤 내용이든 삽입할 수 있는 생산적 구조로 되어 있으며, 당대에 활성화되기 시작한 상업경제의 추세나 이윤 추구의 경향에 따라 등장하였지만, 점점 사람들의 관심을 끌면서 대중화되었으리라고 보았다.

이와 같은 작품은 모두 7수가 존재한다.[81] 이들은 대부분 "딕들에 ~ 사오"라는 장사치의 서언(緖言)에 아낙네가 "져 댱ᄉᆞ야 ~사쟈"라고 응하며, 가격 및 장사치가 지닌 물품의 종류·품질 등을 물으면 장사치가 다시 대답하는 방식으로 구성되어 있다. 이 작품들은 김흥규에 의하면, 구성 형태와 관심사의 차원에서 유형적 공통성을 갖지만, 표현상의 특징에 따라 다음과 같이 다시 두 가지 하위 유형으로 나눌 수 있다.

---

80) 조규익, 『우리의 옛 노래문학 만횡청류』, 박이정, 1996.
81) 김흥규, 「'장사치―여인 문답형 사설시조'의 재검토」, 『욕망과 형식의 시학』, 태학사, 1999.

- 구성형태 : 떠돌이 장사치와 아낙네 사이의 대화체 구성
- 관심의 초점 : 남녀 간의 성적(性的) 욕구, 또는 성 문제와 관련된 희학(戱謔)
- 표현상 특징
  - 가형(型) : 관심사를 그대로 표면에 드러낸 언어
  - 나형 : 말소리의 비슷함을 이용한 어희(語戱) 및 환유(換喩)

이들 7작품은 '가' 형에는 4작품이 속하고, '나' 형에는 3작품이 속하는데, 먼저 '가' 형 가운데 두 작품을 소개하면 다음과 같다.

①딕들에 丹著 丹술 사오 져 쟝ᄉ야 네 황호 몃 가지나 웨는이 사쟈 알 애등경 웃등경 걸등경 즈을이 수著 국이 동희 銅爐口 가옵네 大牧官 女妓 小各官 酒湯이 本是 뚤어져 물 조로로 흘으는 구머 막키여 쟝ᄉ야 막킴은 막혀도 後ᄉ말 업씨 막혀라[82]

②딕들에 臙脂라 粉들 사오 져 쟝ᄉ야 네 臙脂粉 곱거든 사쟈 곱든 비록 안이되 불음연 네 업든 嬌態 절로 나는 臙脂粉이외 眞實로 글어ᄒ량이면 헌 속쩌슬 풀만졍 대엿말이나 사리라[83]

인용한 작품에도 드러나 있듯이 이들 작품에는 상인과 구매자가 흥정하는 내용이 생동감 있게 가감 없이 그대로 그려져 있다. 더구나 당시 민중들이 실제 생활에서 사용하던 여러 가지 물품명들이 나열되어 있어 소비자들의 구매 성향까지 가늠해볼 수 있다. 이처럼 이들 작품들이 생동감과 명료성을 획득할 수 있었던 까닭은 이들 작품군이 등장인물을 통한 대화체를 사용했기에 가능한 것이다. 그런데 이들 작품의 문헌별 분포에서 주목할만한 점은 『가곡원류(歌曲源流)』 계통의 이본으로 변별된 13종의 문헌에 단 한 수도 수록된 예가 없다는 점이다. 반면에

---

82) 심재완 편, 『(교본)역대시조전서』, 세종문화사, 1972, 845번.
83) 위의 책, 846번.

그 전 시대의 주요 가집들에는 적지 않게 수록되어 있다.84) 이러한 분포 양상은 이 작품의 수용층이자 『가곡원류』의 편찬자인 안민영(安玟英, ?~?)과 박효관(朴孝寬, ?~?)의 작품 선별에 작용한 취향의 한 징표이자, 19세기 후반의 시조를 향유했던 수용층의 선택을 반영한다고 할 수 있다. 그리고 이처럼 『가곡원류』의 편찬자와 가창자들이 이 계열의 작품에 대해 부정적이거나 소극적이었던 원인은 '나' 유형을 통해 확인할 수 있다.

> ① 딕들에 나모들 사오 져 쟝스야 네 나모 갑시 언매 웨는다 사쟈
> 뿌리 남게는 혼 말 치고 겸주 남게는 닷 되를 쳐셔 슴ㅎ야 혜면 마 닷
> 되 밧습너 삿 대혀 보으소 잘 붓슴느니혼 적곳 사 ᄯᅥ 보며는 믜양
> 사 ᄯ히쟈 ᄒ리라85)

> ② 딕들에 동난지이 사오 져 쟝스야 네 황후 긔 무서시라 웨는다 사쟈 外骨
> 內肉 兩目이 上天 前行 後行 小아리 八足 大아리 二足 靑醬 ㅇ스슥
> ᄒ는 동 난지이 사오 쟝스야 하 거복이 웨지 말고 게젓이라 ᄒ렴은86)

앞의 작품에서는 '나모(나무)', 뒤의 작품에서는 '동난지이(게젓)'가 흥정 대상이다. 그런데 종장에 언술된 아낙네의 대사를 보면 앞 작품에서는 마치 '한번 삼(사타구니) 대보면 매양 삼 대쟈 하리라'로 해석할 수 있는 여지가 있고, 뒤의 작품은 음운상 '게젓'이 '개(犬)의 성기'를 연상케 한다. 이는 장사치와 아낙네 간의 일상적 대화나 단순 흥정이 아니라고 할 수 있다. 이것은 바로 음운의 유사성을 이용한 성적 육담이라고 할

---

84) 김흥규에 의하면, 이 작품은 18세기 초 진본(珍本) 『청구영언(靑丘永言)』에 2수, 18세기 중엽 일석본(一石本) 『해동가요(海東歌謠)』에 4수, 18세기 말~19세기 초 『병와가곡집(甁窩歌曲集)』에 5수, 육당본(六堂本) 『청구영언』에 4수, 19세기 중엽 『남훈태평가(南薰太平歌)』에 2수 등이 수록되어 있다. 김흥규, 앞의 책, 246면.

85) 심재완 편, 앞의 책, 843번.

86) 위의 책, 844번.

수 있는 것이다.87) 이는 뒤의 작품 중장에서 장사치가 의식적으로 팔고자 하는 물건의 정체를 번거롭게 에둘러 말한 것과 아낙네의 직선적 응답 보다 구체화된다.

이처럼 암묵적인 최소한의 사회적 도덕률을 조롱하는 듯한 내용 때문에 이 작품군은 『가곡원류』 편찬자에 의해 가집에 수록될 수 없었다고 할 수 있다. 물론 육담풍월에 대한 거부감이 당대 수용층의 전반적 상황은 아니었을 것이다. 또한 『가곡원류』 편찬자들의 말하기 방법이 여타 가객들과 달랐기 때문에 이 작품이 누락되었을 수도 있다. 그러나 무엇보다도 이 작품군이 『가곡원류』 계통의 이본에 누락된 이유는 장사치와 아낙네 사이의 대화라는 상황 설정 자체가 속되고, 그 내용에 있어서도 성 문제를 골계화하여 직설적으로 희언(戱言)화한 데 있다고 할 수 있다.

따라서 대화체는 직설적 대화의 방식을 통해 생동감을 살려 내용을 명료하게 전달할 수 있을 뿐만 아니라, 이를 받아들이는 수용자의 가치 판단에 조력하는 표현기법이라고 할 수 있다. 그리고 '장사치-여인 문답형 사설시조'를 대화체 가사에 대입해 볼 때, 특정 갈래의 하위 표현 방식을 통해 그 갈래 전체가 명멸(明滅)해간 흔적을 조망할 수 있는 바로미터(barometer)적 의미를 지닌다고 할 수 있다.

마지막으로 대화체는 신속한 사건 전개에 필수적이다. 장황한 설명이나 상황 묘사를 배제하고, 대화 중심으로 내용을 전개함으로써 주제의식을 쉽게 전달할 수 있다. 이는 대표적 서사문학인 소설은 물론이고, 서사적 내용을 음악적 기법으로 전달하는 판소리 사설에서도 찾아볼 수 있다.

---

87) 조규익은 "삿 대혀 보으소"가 단순히 '사서 때어 보소'라는 의미와 음성적 유사성을 떠올리며 성행위를 권장하는 '샅을 대어 보소'라는 두 가지 의미로 해석될 수 있다고 분석했다. 또 "잘 붓슴ᄂᆞ니"도 '불이 잘 붙나니'와 '남자와 여자의 성기가 잘 교합되나니'로 분석했다. 따라서 이 노래는 외연은 나무장사 노래이되, 내포는 진한 섹스의 노래로서 중의법의 극치를 보여준다고 보았다. 조규익, 앞의 책, 197면.

<춘향가(春香歌)>에는 정절을 내세우는 춘향에게 변학도가 '절'자를 가지고 어르는 부분이 있다. 다음은 신재효(申在孝, 1812~1884) 남창 <춘향가>의 일부분이다.

> "어허 이런 시절보소 기생 수절하던 말은 누가 아니 요절하리 내 분부를 거절키는 간부 사정 간절하여 필유곡절 잇을터니 그 소위가 절절 가통 형장 아래 기절하면 네 청춘이 속절없다."
> 준절히 호령하니 춘향이가 절이 나서 불고사생 대답한다.
> "절행에는 상하 없어 필부의 가진 정절 천자도 못 뺏거든 사또 탈절하실 테요 예양의 본을 받아 재초수절하라시니 사또도 그 본 받아 두 임금을 섬기시오."[88]

여기에서 변학도와 춘향은 '절'자 운을 맞추어 대화하고 있다. 위의 대화에서 절자가 들어간 어휘는 '시절', '수절', '요절', '거절', '간절', '절절', '기절', '속절', '정절', '탈절' 등으로 춘향의 수절을 빼앗기 위한 대화의 의미를 살리면서 압운 효과를 거두고 있다. 서대석에 따르면, 이는 타령류에 많이 등장하는 재담의 기법인데, <춘향가>에서는 이를 대화에 수용하여 운율적 효과를 거두고 있다.[89]

<춘향가>의 주제가 열녀의 정절임은 주지의 사실이다. 기약 없는 임과의 약속만 믿고 끝까지 정절을 지킨 춘향의 고초는 짐작하고도 남음이 있다. 굳이 그 고초의 순간들을 일일이 나열하지 않고, 악인 변학도와의 대화만을 제시하더라도 수용자들이 <춘향가>의 주제를 수용하는 데는 아무런 제약이 없다. 오히려 춘향의 정절이 강조됨을 확인할 수 있다.

이처럼 대화를 통한 사건의 신속한 전개는 대화체 가사 작품에서도 확인할 수 있다. 다음은 <여자가>의 일부분이다.

---

88) 강한영 교주, 『신재효 판소리사설집』(전), 민중서관, 1971, 41면.
89) 서대석, 『한국 구비문학에 수용된 재담 연구』, 서울대 출판부, 2004.

후힝왓든 오라바님　　　　울며보고 ᄒ는말이
여긔두고 엇지가랴　　　　하일읍다 도로가자
오라바님 실말리오 허언이요　　가잔말이 엇젼 말삼이요
여자의 삼종지의 미진 뜻션　　출가ᄒ면 남편을 셩기미라
빈부을 엇지 의논ᄒ리오　　　조젼비로 온 셜믜난
기한을 견듸지 못ᄒ리니　　　다리고 가시ᄋᆞ소셔
셜믜 겻톄셔 듯다가　　　　울며 ᄒ는 말이
소녀는 소져의 수죡이라　　　거취을 갓치 ᄒ고
고락을 갓치 ᄒ미　　　　　짜ᄒ난지라
심닉의 긔특이 여기고　　　탄식ᄒ야 왈
연분을 엇지ᄒ며　　　　　팔자을 속일손가
출가외인 싱각말고　　　　평안이 도라가오

이상은 시적 화자의 혼인길에 후행(後行) 왔던 오빠가 빈궁하기 그지 없는 시집의 상황을 보고 다시 친정으로 돌아가자고 하는 대목이다. 시적 화자는 극구 사양하고, 몸종 '셜믜' 역시 주인인 시적 화자와 동고동 락할 것을 다짐하는 내용이다. 이 부분을 만약 설명이나 묘사로 표현했다면 여기에서 느낄 수 있는 비애감이 독자에게 효과적으로 전달되지 않을 수도 있다. 여자의 일생이라는 측면에서 내용상 불필요하게 전개 속도가 반감될 수 있기 때문이다. 하지만 대화체를 사용함으로써 어려운 시집의 상황을 정리하고, 뒤를 이어 이를 극복하는 시적 화자의 행위와 신속하게 연결시키고 있다. 이처럼 작품 내에 등장인물을 내세워 그들의 압축된 대화에 현재성을 부여하면 신속한 내용 전개를 실현할 수 있다. 따라서 대화체는 작품에 대리 화자라고 할 수 있는 작중 인물들을 직접 등장시켜 자신의 생각을 보다 신속하고 정확하게 효과적으로 전달할 수 있다.

이상의 사실들을 종합해 볼 때, 대화체는 작가 의식을 그 어떤 방식보다 효과적으로 전달할 수 있는 표현 기법이다. 작품에 대리 화자에 해당하는 등장인물을 설정하고, 언술을 통해 작가가 제삼자에게 전달코자 하는 주제 의식을 직설적으로 전달할 수 있다. 아울러 사건의 전개에 있어서도 장황한 설명이나 상황 묘사 보다 효과적이며 신속하다. 따라서 표현 기법적 측면에서 볼 때, 대화체는 그 연원의 유래를 따지기가 무색할 만큼 인간의 삶과 밀접한 연관을 맺고 있는 문학적 표현 방식이며, 여러 갈래에 두루 적용된 기법이다. 그리고 이러한 기법이 우리 가사 문학의 토양에 뿌리내려 대화체 가사라는 특정한 방식으로 꽃을 피우게 된 것이다.

가사는 어느 특정 장르로서의 개성을 규범적으로 내포하고 형성되었다기 보다는 '4음 4보격 연속체'라는 일정한 율격을 형식으로 지닌 가요의 하나로서 관습적으로 전수되어 온 관습상의 장르[90]이다. 따라서 가사의 진술 방식은 서정적인 것은 물론이고, 서사적·극적·교술적인 것들이 결합되어 표현될 수 있는 갈래 개방적 가능성을 내포하게 마련이다. 가사의 성격에 대한 올바른 가치 평가는 이와 같은 다양성 가운데서 어느 한 쪽만 유효한 것으로 간주하여 논지를 일방적으로 전개하는 데서 찾을 것이 아니라, 오히려 그 개방적 가능성들을 염두에 두고 가사를 어떻게 이해하고 해석할 것인가를 고민하는 데서 실마리를 찾아야 할 것이다.

본 논문은 그러한 고민의 시발점이다. 지금까지 가사를 시가 갈래의 하나로 보고, 그 성격과 가치를 논의해왔던 관점에서 벗어나, 대화체가 사용된 가사들을 통해 가사가 지니고 있는 또 다른 측면의 성격을 조망한다는 데서 본 논문이 지닌 의의를 찾을 수 있을 것이다.

아울러 가사 작품에서 적지 않은 부분을 차지하는 대화체 가사의 유형화 작업을 통해 가사라는 특정 갈래 안에 세부적으로 사용된 표현 방식의 다양성을 고찰하는 기회가 될 수 있으리라고 본다.

---

90) 김학성, 「가사의 장르성격 재론」, 『한국시가문학연구』, 신구문화사, 1983.

3. 대화체 가사 유형 분석의 기준과 실례

대화체 가사를 유형화함에 있어 설정할 수 있는 기준은 다양하다. 우선, 제명(題名)상으로 〈고공가〉와 〈고공답가〉, 〈목동가〉와 〈목동답가〉처럼 본가와 답가가 분명하게 존재하는 경우의 작품과 그렇지 않은 작품으로 나누어 살펴볼 수 있다. 또 작가의식과 결부시켜 그 주제와 논조(論調)의 일관성을 살펴볼 수 있다는 전제하에 동일 작가의 연작형인 〈목동가〉와 〈목동답가〉, 〈만언스〉와 〈만언스답〉과 개별 작가의 연작형 〈고공가〉와 〈고공답가〉 등으로 나누어 살펴보는 방법도 가능하다.

그러나 이들 방법은 가사 작품의 특성상 작가 미상의 작품이 많은 관계로 어려움이 수반될 수 있고, 화자적 특성과 연관된 도식적 결론이 도출될 수 있다. 그리고 시적화자의 성격이나 목소리를 기준으로 유형화시킬 수도 있겠지만, 이는 시적 담론의 대상으로서 가사 작품들을 유형화하고 분석했던 기존의 연구에서 충분히 논의되었기 때문에 지양하는 편이 바람직하다.

위에 간략하게 제시한 유형 분류 대신 본 논문에서 대화체 가사의 유형 분류에 적용한 기준은 그 형식과 내용을 기준으로 한 ①"텍스트 구조상의 유형"과 ②"대화 방식에 따른 유형"이다.

먼저 ①"텍스트 구조상의 유형"은 대화체 가사 텍스트가 존재하는 양상에 따른 분류이다. 이 유형은 다시 '텍스트 간 연작의 방식으로 본가와 답가가 존재하는 유형'과 '개별 텍스트 내에서 대화가 이루어지는 유형'으로 하위 유형화할 수 있다. 전자의 유형과 후자의 유형이 나뉘게 된 원인은 주제 전달의 방법과 관련하여 작가의 의도에서 비롯된 것으로 파악할 수 있다.

즉 전자는 작가가 주제의 전달에 직접 개입하지 않고, 수용층으로 하여금 두 작품을 근거로 적절한 판단과 선택을 유도하는 방식이라고 할 수 있다. 그리고 대부분 본가에 해당하는 답가가 존재하는 작품 군이 여기에 속한다고 할 수 있다. 3장에서는 편의상 이를 '텍스트 간 대화의 방식'이라고 명명한다.

작품의 예를 들면, 바람직한 정사(政事)의 조건을 비유적으로 주인과 머슴의 역할로 나누어 제시함으로써 그 책임 소재에 대한 수용층의 판단 유보를 꾀한 〈고공가〉와 〈고공답가〉, 유배로 인한 상황을 절망과 희망이라는 극단적 관점으로 나누어 보여줌으로써 현실적 대처 방안에 대한 판단의 여지를 남긴 〈만언ᄉ〉와 〈만언ᄉ답〉 등이 이 범주에 속하는 대표적 작품이다.

아울러 규방가사 중 고향에 대한 향수와 혈육에 대한 그리움의 정서를 노래한 '사친가' 및 '답사친가'류, '사향가'류 및 '답사향가'류의 작품 군도 이 범주에 속한다고 하겠다. 이들 작품은 본가와 답가의 관계가 정서의 심화 내지는 부연의 연관성을 맺고 있다. 즉 그리움의 토로를 다른 방식의 접근을 통해 보여줌으로써 그 정서의 당위성에 대한 평가를 수용층에게 전가(轉嫁)하고 있는 것이다.

반면에 '개별 텍스트 내에서 대화가 이루어지는 유형'은 작가가 주제의 전달에 어느 정도 개입하여 방향을 설정하고, 시종일관 그 주제의 전달을 도모하는 유형이다. 3장에서는 편의상 이를 '개별 텍스트 내부 대화의 방식'이라고 명명한다.

개별 텍스트 내에 '생원'과 '갑산민'이 등장하여 '생원'의 역할은 '갑산민'의 대화를 도출하는 기능을 하는 데 그치고, 줄곧 세태 비판적 관점을 견지한 '갑산민'에 의해 이야기가 전개되는 〈갑민가〉가 여기에 속한다. 그리고 사랑과 이별로 인한 회한과 그리움의 감정을 '갑녀'와 '을녀'의 방식으로 나누어 보여준 〈속미인곡〉 역시 이 유형에 속하는 작품이다. 둘 이상의 담화 주체가 차례로 등장하여 논의를 진행하는 대화체 개화가사들도 이 유형에 포함된다.

다음으로 ②"대화 방식에 따른 유형"은 내용상 대화의 방식 가운데 해당 작품에 지배적인 화법에 따른 분류이다. 그리고 이 유형 분류는 본 논문의 핵심적 유형 분류이다. 이 유형은 다시 '화답(和答)', '문답(問答)', '언쟁(言爭)'의 방식으로 하위 유형화하여 구분할 수 있다.

그 세부적 내용과 작품의 예를 간략하게 살펴보면, 먼저 '화답'의 방식은 앞서 제시했던 '갱가'적 전통의 연장이며, 수창(酬唱)적 전통의 연장이라고 할 수 있는데, 다른 사람에 이어서 자신의 의견을 진술하는 데 주안점을 둔 대화 방식이다. '화답'의 방식은 작품에 등장하는 화자가 서로 다른 의견을 일방적으로 주장하는 태도를 지향하는 것이 아니라, 상대방의 견해를 일부 수용하면서 한편으로는 문제 해결에 대한 다른 접근법을 모색하는 태도를 견지한다.

예를 들면, 은혜를 모르는 머슴들을 불신하고 비난하는 화자가 새로운 머슴을 들이는 데서 그 해결책을 찾는 〈고공가〉와 중간적 존재인 장자(長者) 머슴을 화자로 내세워 머슴들의 나태를 비난하고, 주인에게도 관리 소홀의 책임을 지워 문제 해결에 대한 다른 접근법을 보이는 〈고공답가〉를 그 예로 들 수 있다. 또 유배로 인한 비참한 생활과 고난, 그리움의 정조로 점철된 화자를 내세운 〈만언스〉에 대해 해배(解配) 이후의 상황을 묘사함으로써 희망의 믿음을 역설하는 화자가 등장한 〈만언스답〉도 그 범주에 넣을 수 있다. 그리고 여자로 출생한 데 대한 한탄의 정조를 토로한 〈기망회〉와 〈기망회답가〉, 태평성대가 농업에 기반하고 있으며, 농업에 힘쓰는 것이야말로 태평성대의 근본임을 역설한 〈농가〉와 〈답농가〉, 인간의 본성과 관련된 도덕적 윤리의 문제를 담고 있는 〈붕우가〉와 〈붕우스모답가〉도 이 유형에 속하는 작품이라고 할 수 있다.

따라서 대화체 가사의 유형 중 '화답'의 방식은 본가와 답가가 동일한 제재 및 주제와 관련되어 각 텍스트의 작가가 시적 화자를 대리로 작품의 전면에 내세워 자신의 입장을 정리하는 방식의 대화체라고 할 수 있다. 즉 본가와 답가의 지향점은 같지만, 답가는 본가의 정조(情調)를 계승하면서 경우에 따라 그 정조를 확장하거나 다른 관점에서 문제의 본질에 접근하는 태도를 지향하는 방식이다.

둘째, '문답'의 방식은 두 인물이 등장하여 주객의 입장에서 문답을 진행하며, 개별적 가치관을 드러냄으로써 자연스럽게 당면한 현실적 문제의 바람직한 해결책을 제시하는 방식이다. 그 해결책 제시는 작가가 자신의 생각을 담아 내세운 작중 화자에 의해서 일방적으로 이루어지는 경우가 대부분이다.

예컨대, 마치 인간의 존재 의미가 부귀공명에 있다는 듯한 태도의 화자가 등장하는 〈목동가〉와 목동으로 대표된 화자가 등장하여 부귀공명의 위험성과 덧없음을 진술하는 〈목동답가〉가 이러한 방식의 작품이다. 아울러 동학의 창시자인 최제우의 출생과 득도 과정 및 그 의미를 담고 있는 〈몽중로쇼문답가〉도 이 범주에 해당된다. 즉 이 작품은 금강산에서 만난 도사와의 문답을 제시함으로써 현세의 위기를 알리고, 후천개벽의 필연성을 강조함으로써 수용자로 하여금 동학의 종교적 정당성을 암암리에 받아들일 수 있는 계기를 부여하고 있다. 〈초당문답〉에 등장하는 걸객 노인이 초당 주인에게 들려주는 훈계도 이와 같은 방식의 맥락에서 이해할 수 있다.

문답의 방식에서 주목할만한 작품군은 '상사가'와 '상사답가'류이다. '상사가'는 〈규수상사곡〉, 〈별별상사가〉, 〈상사회답가〉 등의 많은 제명에서도 확인할 수 있듯이 이본이 상당수 존재하는 작품군이다. 그리고 본가에 해당하는 '상사가'에 대한 답가의 응답 내용은 사전(事前)에 작가에 의하여 명확하게 답변이 정해져 있다. 그것은 상대방의 사랑을 받아들이는 방식과 거부하는 방식으로 표출되는데, '상사가'류에 대한 답가에는 이들 작품이 모두 내포되어 있다.

'문답'의 방식에서 문가(問歌)의 작가는 작품 내의 문제의식에 대한 답변을 미리 기대하는 경우가 많다. 그리고 그 답변은 바로 답가(答歌)를 통해 구현된다. 〈몽중로쇼문답가〉와 같이 그 문답의 상황이 동일 작품 내에서 이루어지는 경우는 말할 필요도 없거니와 '상사가'류와 같이 문가와 답가의 작가가 동일인이 아닌 경우에도 답가를 통해 문가의 작가가 미리 기대하고 있던 특정 사안에 대한 생각이 구체화되는 것이다.

셋째, '언쟁'의 방식은 작가가 작품에 상이한 입장을 지닌 대리화자들을 내세워 그들이 대화를 진행하는 방식이다. 아울러 그들을 통해 당대의 첨예한 사회 현상을 폭로하고, 비판함으로써 당면한 문제에 대한 작가의식을 간접적으로 제시함은 물론 수용자의 공감을 불러일으키는 방식이다.

예를 들면, 생원과 갑산민이 등장해서 이주(移住)의 논리를 내세워 조선 후기 민중의 비참한 생활을 폭로하고, 나아가 불합리한 수취제도 등 왜곡된 현실을 비판한 〈갑민가〉가 그 예에 해당하는 작품91)이다. 또한 사랑과 이별로 인한 회한과 그리움의 감정을 갑녀와 을녀의 방식으로 나누어 보여준 〈속미인곡〉 역시 이 유형에 속하는 작품이다.

〈송여승가〉 연작 역시 '언쟁'의 방식에서 빼놓을 수 없는 비중을 점하는 작품이다. 서간문의 형식으로 짜여진 이 작품은 양반 자제와 여승 사이의 사랑을 그리고 있는바, 각 작중 화자의 서신이 왕래하는 가운데 사랑에 대해 첨예하게 대립하는 서로간의 입장을 확인할 수 있는 좋은 본보기이다. 〈여자가〉와 〈여ᄌ답가〉는 그 시적 화자의 성별부터 대립적이다. 〈여자가〉의 시적화자는 여자인데 반해, 〈여ᄌ답가〉의 시적화자는 '화수회(花樹會)'를 만끽하는 남자이다. 한 마디로 〈여자가〉의 화자가 여자의 삶은 볼품없지만, 노력 여하에 따라 집안을 흥기시킬 수도 있다는 입장이라면, 〈여ᄌ답가〉의 화자는 남자만이 이 세상에서 존재 가치를 인정받을 수 있다는 논지를 견지한다.

이외에도 『역대가사문학전집』에는 수록되지 않았지만, 〈화전가〉에 대한 〈조화전가(嘲花煎歌)〉와 〈반조화전가(反嘲花煎歌)〉도 언쟁의 범주에 속한다. 〈조화전가〉는 안동 권씨의 친정 쪽으로 육촌(六寸)인 홍원당이

---

91) 졸고, 「〈갑민가〉의 이본 및 대화체 형식 연구」, 『열상고전연구』 제18집, 열상고전연구회, 2003.

집안 여성들의 화전놀이를 비아냥거리느라고 지은 작품이고, 〈반조화전가〉는 안동 권씨가 〈조화전가〉에 응대해서 반박의 논지를 전개한 작품이다.92) 특히 이러한 언쟁의 방식은 우국이나 계몽의 문제가 화두(話頭)였던 개화가사에서 사용되었음을 구체적으로 확인할 수 있다.

그런데 대화체 가사의 유형을 분석함에 있어서 직면하는 문제 가운데 하나는 '과연 개별 텍스트 간의 본가와 답가의 형태를 대화로 볼 수 있는가'하는 문제이다. 이는 연작으로 다루어진 작품들과 대화체 가사 작품들과의 변별성에 대한 문제이기도 하다. 여기에 대한 의문을 해소하기 위해서는 다음과 같은 사실에 주목할 필요가 있다.

첫째, 작품 제목의 친연성이다. 개별 텍스트 존재 유형은 본가와 답가의 제목이 유사할 뿐만 아니라, 대부분 본가는 '○가', 답가는 '○답가' 또는 '답○가'라는 전형성을 지니고 있다. 물론 대화체 가사 중에는 단순한 관습의 형식으로 본가와 답가가 결합된 형태를 보이는 작품도 있다. 대화체 가사의 특성 자체는 수창(酬唱)적 관습에서 힘입은 바가 크다고 할 수 있기 때문이다. 하지만 단순한 수창적 관습으로 간주하기에는 지나친 작품들이 있다. 즉 답가에 해당하는 작품의 서두에서 이미 본가를 염두에 두고 답가를 만든다는 점을 분명히 밝힌 작품들이 존재한다. 이는 텍스트 간 유사한 주제에 의해 연결된다는 차원에서는 연작임이 틀림없다. 그러나 이것은 내용적 측면에서 텍스트 간 대화를 통해 본가의 작가나 화자에 대해 답가의 주체가 응답하고 있음을 암묵적으로 보여주는 것이다. 이를 구체적으로 확인할 수 있는 작품으로 〈상사

---

92) 〈반조화전가〉를 학계에 처음 소개한 이원주에 따르면, 〈반조화전가〉의 작가는 이중실(李重實)의 아내 안동 권씨(安東權氏, 1718~1789)이다. 안동 권씨는 경북 봉화 생이며, 안동으로 출가했다. 이 작품은 안동 권씨녀가 소설과 가사 및 제문(祭文) 등을 필사해 놓은 『잡록』에 수록되어 있으며, 창작연대는 1746년(영조 22)이다. 이원주, 「잡록과 반조화전가에 대하여」, 『한국학논집』 7, 계명대 한국학연구소, 1980. 〈반조화전가〉에 대한 논의는 이동연의 연구(「화전가로서의 〈반조화전가〉」, 『규방가사의 작품세계와 미학』, 역락, 2002)를 참고할 만하다.

가)와 〈상사답가〉를 제시할 수 있다.

어와 처량할사 상스지곡 쳐량할사

위의 예문은 〈상사가〉에 대한 〈상사답가〉의 서두 부분이다. 물론 여기에 제시된 제명을 사랑노래를 의미하는 일반 명사처럼 볼 수도 있다. 하지만 '상스지곡'이라는 본가의 구체적 제목을 제시함으로써 이 작품이 앞서 선보였을 〈상사가〉에 대한 답가임을 분명히 하고 있다. 이는 대화체 가사의 본가와 답가가 비록 별개의 텍스트로 존재하더라도 그 내용상 이미 수창으로 연결되는 하나의 작품이며, 개별 작품 간에도 대화가 이루어질 수 있음을 암시하는 명징(明澄)한 예이다.

또한 〈고공가〉나 〈목동가〉 등의 작품을 예로 들 때, 그 답가에 해당하는 작품명이 아예 '答歌'라고만 제시되어 있어 본가에 대한 답가로서 개별 텍스트 간에 대화가 이루어지고 있다는 확실한 근거를 제공받을 수 있다. 아울러 〈답가라〉, 〈답가서〉, 〈답가셔라〉, 〈답회가〉, 〈운졍답가〉, 〈즈답가〉, 〈이샤답곡〉 등 『역대가사문학전집』 가운데 답가 유형만 존재하는 작품들의 제명에서도 본가의 존재 여부를 가늠할 수 있으며, 개별 작품 간의 존재 당위성이 단순한 수창의 범주를 넘어 대화로 성립할 수 있는 근거로 작용한다.

둘째, 본가와 답가가 마치 처음부터 한 작품처럼 결합된 텍스트가 존재한다. 이 경우에 속하는 작품으로는 〈고공가〉와 〈고공답가〉, 〈목동가〉와 〈목동답가〉 등이 있다. 이 작품들이 흔히 〈고공문답가〉, 〈목동문답가〉로 불리어 왔음은 주지의 사실이다. 그리고 이것은 작품의 존재 양상이 본가와 답가가 애초에 구분 없이 존재해 왔음을 의미하는 것이다. 따라서 작품의 내용이 본가와 답가로 나누어진다고 해서 무조건 개별 텍스트 간 연작으로 간주하는 데는 무리가 있다.

셋째, 본가와 답가가 제재 및 주제를 포함한 내용의 통일성을 지니고 있다. 즉 각각의 작품에 등장하는 시적 화자를 통한 논지 전개 방식에는 차이가 있을지라도 그 전체 구도는 결국 하나로 결합하는 공통분모를 항상 내포하고 있다.

예를 들어 〈붕우가〉와 〈붕우스모답가〉의 경우, 제명에서는 차이를 확인할 수 있지만, 실제 내용상으로는 그 지향점이 동일하다. 〈붕우가〉의 시적 화자는 시집살이로 인한 고달픔 때문에 벗에 대한 그리움의 정서를 갖게 되었고, 이를 해소할 수 있는 계기로 귀녕(歸寧)의 기회를 맞이한다. 그리고 이를 통해 얼마간의 그리움을 해소하게 된다. 〈붕우스모답가〉는 〈붕우가〉의 정서에 부모에 대한, 엄밀히 말하면 모친에 대한 그리움까지 결부되는 확장형 답가인데, 결국 두 작품 모두 시집살이로 인한 '향수(鄕愁)'라는 공동 주제를 지향점으로 하고 있다.

넷째, 답가 형식의 작품은 늘 본가를 보완하고, 종합하는 양상을 보인다. 즉 답가의 시적 화자는 본가에 등장했던 시적 화자의 의견을 공감하고 수용하면서 거기에 자신의 생각을 보완하여 종합하는 태도를 견지한다. 아울러 본가는 일반적으로 서두에 '어와 ○야 이 니 말숨 들어보소' 식의 관용구를 사용함으로써 청자를 다수로 설정하는 반면에, 답가는 '어와 긔 뉘신고 이 니 말숨 들어보소' 식의 관용구를 서두에 배치함으로써 본가에 대한 응답임을 확실히 설정한다. 아울러 청자에 연연하지 않고 자신의 경험을 보다 구체적으로 제시함으로써 특정 사안(事案)에 대해 본가에서 제시된 일반적·보편적 정서를 답가에서 특수화·개별화시킨다. 결국 본가와 답가의 형태는 대리로 내세운 시적 화자들을 통한 작가 간의 대화 방식이라고 할 수 있다.

다섯째, 본가에 해당되는 작품 중 다수의 이본(異本)이 확인되는 작품들이 존재한다. 그 대표적 예로는 〈사친가〉, 〈사향곡〉, 〈상사가〉, 〈송여승가〉 연작 등을 들 수 있다. 이들 작품은 대화체 가사 중 비교적 많은 이본이 존재하면서 각각 유형의 전형성을 지니고 있는 작품들이다. 본가의 이본이 다수 존재한다는 사실은 그 작품이 향유되던 당시에 이것이 적어도 특정 계층에 널리 인지(認知)되고 있었다는 점을 입증하는 것이다. 그리고 이 점은 그 작품에 대한 어떤 형태의 응답이 존재할 수 있는 필요충분조건이라고 할 수 있다.

　따라서 이러한 사실들을 종합해보면, 아무리 개별 텍스트라고 할지라도 본가와 답가에 해당하는 작품들이 존재한다면 이는 그 개별 작품들을 창작한 작가들 간의 암묵적 대화라고 간주할 수 있다.

제3장

대화체 가사의 유형화 및 분석

앞서 2장에서 논의했던 바를 정리하여 형식과 내용을 기준으로 대화체 가사의 유형을 분류하면 "텍스트 구조상의 유형"과 "대화 방식에 따른 유형"으로 나누어 살펴볼 수 있고, 이에 해당하는 작품들의 예는 다음과 같다.

1. 텍스트 구조상의 유형 분류와 분석

이는 텍스트의 존재 방식에 따른 분류이다. 즉 작품 분석을 통해 동일한 제재와 주제를 가진 작품이라고 판단되었을 때, 그 작품들이 본가와 답가의 방식으로 각각 개별 텍스트로서 존재하는가, 아니면 한 텍스트 내에서 등장인물들에 의한 대화를 통해 주제 의식이 전달되고 있는

가를 그 분류의 변별점으로 삼는 것이다. 작품의 분석은 다음 절(節)인 대화 방식에 따른 유형 분류와 분석에 자세하므로 여기에서는 작품의 개략적 내용을 살펴보고, 필요한 작품만 분석하는 방식으로 논의를 전개하겠다.

1) 텍스트 간 대화의 방식

우선 작품의 제명과 제재 및 주제 형상화의 관련성을 중심으로 '텍스트 간 대화의 방식'에 속하는 작품들을 정리하면 다음과 같다.

작품 명	자료 출처
〈고공가〉와 〈고공답가〉	『역대가사문학전집』
〈기망회〉와 〈기망회답가〉	
〈농가〉와 〈답농가〉	
〈만언亽〉와 〈만언亽답〉	
〈목동가〉와 〈목동답가〉	
〈붕우가〉와 〈붕우亽모답가〉	
〈사친가〉와 〈답사친가〉	
〈사향곡〉과 〈답샤향곡〉	
〈상사가〉와 〈상사답가〉93)	
〈셩회가〉와 〈셩회답가〉	
〈송여승가〉와 〈승답사〉94)	
〈여자가〉와 〈여亽답가〉	
〈팔부가〉와 〈팔부답가〉	
〈희도샤〉와 〈답희도사〉	
〈화슈가〉와 〈화슈답가〉첫쩨~넷쩨	
〈권농가〉와 〈권농답가〉	『경향신문』

---

93) 본가인 '상사가'류에 속하는 연정가사 작품은 〈고상사곡(古想思曲)〉, 〈규수상사곡(閨秀相思曲)〉, 〈단장사(斷腸詞)〉, 〈별별상사가(別別想思歌)〉, 〈상사곡(相思曲)〉, 〈상사별곡(相思別曲)〉, 〈옥인상사곡(玉人想思曲)〉, 〈홍도상사가(紅桃想思歌)〉 등이 있으

이 방식에는 유사한 제목을 가진 본가와 이에 대한 답가가 개별적으로 존재하는 작품군이 속한다. 대부분 비슷한 시적 화자가 본가와 답가에 등장하여 동일한 제재하에 내용을 전개한다. 그 주제의 전달에 있어서는 작가가 작품에 직접 개입하지 않고, 작품 수용층으로 하여금 본가와 답가를 근거로 적절한 판단과 선택을 유도하는 방식이라고 할 수 있다.

작품의 예를 들면, 작중 등장인물을 주인과 머슴의 역할로 나누어 바람직한 정사(政事)의 조건을 비유적으로 제시함으로써 그 명확한 책임 소재에 대한 수용층의 판단 유보를 꾀한 〈고공가〉와 〈고공답가〉를 제시할 수 있다. 그리고 부분적으로 여자의 일생을 보여주고, 여자의 처지를 한탄한 〈기망회〉와 남자의 삶과 여자의 삶을 극단적으로 비교한 후, 여자의 삶에 비중을 두어 이를 보다 긍정적으로 그린 〈기망회답가〉도 이 유형에 속하는 작품이다. 철마다 농사에 진력하는 것이야말로 요순시대와 같은 태평성대를 이루는 국가 경영의 기본임을 천명한 〈농가〉와 이에 대한 답가인 〈답농가〉도 여기에 포함된다. 흥미로운 점은 개화가사 가운데에도 '농가'적 전통에 힘입은 작품이 존재한다는 점이다. 〈권농가〉와 〈권농답가〉가 여기에 속하는 작품이다.

① 농부농부 뎌농부들	이내말을 드러보소
이식위턴 지중ᄒ니	턴하근본 이아닌가
신농씨의 유업이며	후직씨의 신공일새
몬져ᄒ새 몬져ᄒ새	왕셰브터 몬져ᄒ새
풍년락토 이아니며	턴하지락 이아닌가

며, 답가인 〈상사답가〉와 유사한 작품으로는 〈상사회답가〉와 〈정찰회답가〉가 있다. 이들 작품에 대해서는 다음 절 '문답'의 방식에서 자세히 고찰토록 한다.
94) 본가인 〈송여승가〉와 답가인 〈승답사〉에 연결되어 동일한 작중 인물이 다시 등장하는 작품으로 〈재송여승가〉와 〈여승재답사〉가 있다. 그리고 〈송여승가〉와 유사한 작품으로 〈승가〉가 있으며, '답가의 형태만 존재하는 작품' 가운데 〈즁답가〉는 〈재송여승가〉의 이본이다. 이외에 유사 계열의 작품으로 〈송여승가〉와 〈승답사〉의 합본(合本)적 성격을 지니는 〈승가타령〉이 있다.

술도ᄒ고 쩍도ᄒ여　부모전에 헌슈ᄒ새
풍년이　뉘덕인가　황뎨폐하 은덕일새
됴흘시고 됴흘시고　이아니　됴흘쇼냐
춘경ᄒ운 힘써ᄒ고　츄슈동장 만히ᄒ여
종묘샤직 쳔신ᄒ고　빅관발록 후히ᄒ니
공납도　ᄒ려니와　부모봉양 ᄒ여보새
부모전에 헌슈후에　쳐ᄌ의식 넉녁ᄒ니
황뎨폐하 은덕인가　황뎨폐하 은덕이지

② 양셩일군 농군님네　권농답가 ᄒ여보새
궁힝려리 막디집고　가유호셜 ᄒ눈말슴
(…중략…)
어와　　벗님네야　이런군슈 ᄯᅩᅴ실가
일변으로 흥학ᄒ니　학교졍ᄉ 분분ᄒ다
삼빅여군 군슈되여　우리군슈 본을밧소
(…중략…)
됴흘시고 됴흘시고　우리양셩 됴흘시고
라귀등에 샹샹남초　권농가를 손에들고
신고ᄒ다 신고ᄒ다　담비먹고 쉬여ᄒ소
위로ᄒ고 도라설제　이연인심 쪄에졋니
쇼부두모 닐넛스나　졍ᄉ마다 이러턴가
공부ᄒ는 뎌션비야　어셔어셔 공부ᄒ야
됴ᄒ시다 됴ᄒ시다　우리군슈 됴ᄒ시다[95]

①은 〈권농가〉이며, ②는 〈권농답가〉로 모두 『경향신문』 1908년 8월 14일 제96호에 실린 작품이다. 작가와 관련하여 〈권농가〉에는 "양셩 군슈의 권농가"라는 부제가 달려 있고, 〈권농답가〉에는 "인민들이 답샤한 노래"라는 부제가 달려 있다. 발표 지면이 동일하고, 특히 답가에 대화

---

95) 김근수 편, 『한국개화기시가집』, 태학사, 1991, 491~492면.

상대자인 본가의 작가가 명시되어 있으므로 이 작품도 텍스트 간 대화의 방식에 속한다. 주제는 농업의 장려와 혜택이라고 할 수 있는데, 〈권농가〉에서는 그 은덕의 발원지를 '황제'에게서 찾고 있고, 〈권농답가〉에서는 〈권농가〉의 작가인 '양성 군수'에게서 찾고 있다. 따라서 당시의 정책적 냄새가 물씬 풍기기는 하지만, 어쨌든 〈권농가〉는 천하의 근본을 농업에서 찾고 있으며, 제 때에 알맞게 농사를 지어 국가적으로는 종묘사직을 안정시키고, 개인적으로는 부모 봉양에 힘쓰는 것이 농군의 직분이라고 역설하고 있어서 이 작품이 '농가'적 전통의 연장선상에 있음을 잘 보여주고 있다.

또한 이 방식에 속하는 작품으로 〈만언亽〉와 〈만언亽답〉을 제시할 수 있다. 〈만언亽〉와 〈만언亽답〉은 유배에서 기인한 극한의 상황을 각각 절망과 희망이라는 극단적 관점으로 나누어 보여주고 있다. 그리고 현실적 대처 방안에 대해서 수용층이 가늠할 수 있는 판단의 여지를 남긴 작품이라고 할 수 있다. 즉 〈만언亽〉와 〈만언亽답〉의 작가는 본가와 답가를 통해 작품 내에 주어진 유배의 상황을 제시할 뿐이고, 그 상황을 긍정하든 부정하든 어떻게 받아들인 것인가의 문제는 순전히 수용층의 몫인 셈이다.

인간의 존재 의미를 부귀공명에서 찾는 듯한 태도를 보이는 작중 화자의 〈목동가〉와 목동으로 대표된 작중 화자가 부귀공명의 위험성과 부질없음을 언술한 〈목동답가〉 역시 이 방식에 속하는 작품이다. 그런데 사실 이 작품은 〈고공가〉 및 〈고공답가〉와 더불어 한 텍스트로 이루어진 작품으로 간주할 수도 있다. 이본에 따라서는 〈고공문답가〉, 〈목동문답가〉라는 제명에서도 확인할 수 있듯이 이 작품들을 하나의 텍스트로 간주키도 하기 때문이다.

특히 주목할 점은 규방가사 계열에 속하는 작품들 가운데 텍스트 간 대화의 방식에 속하는 작품들이 많다는 것이다. 규방가사 중 향수와 벗에 대한 그리움을 진솔하게 언술한 〈붕우가〉와 여기에 부모에 대한 그리움과 효를 부연하여 강조한 〈붕우ㅅ모답가〉가 그러한 작품이다. 그리고 고향에 대한 항수와 혈육에 대한 그리움의 정서를 노래한 〈사친가〉 및 〈답사친가〉도 텍스트 간 대화의 방식에 속하는 작품이다. 특히 이 작품은 '사친가'류와 '답사친가'류로 명명할 수 있을 만큼 현존하는 그 이본의 수가 많은데, 이본간의 내용은 몇몇 구절에서만 차이를 보일 뿐 서로 동일하다. 이 작품들은 그 구성에 있어 다음과 같은 도식적 구조를 보인다.

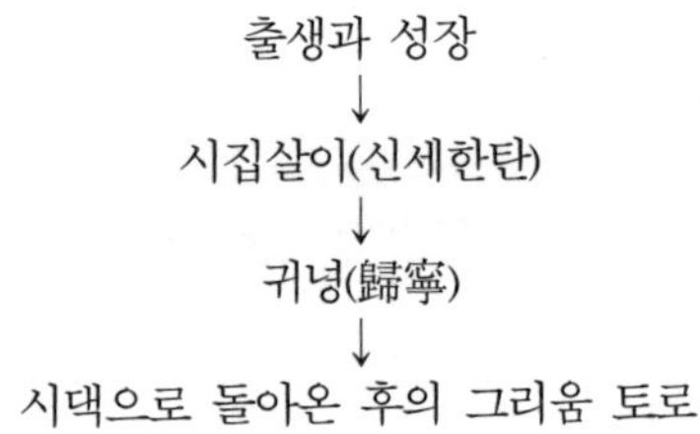

이러한 제재와 구조를 지니는 범주의 작품으로 역시 규방가사에 속하는 〈사향곡〉과 〈답샤향곡〉을 들 수 있다. 이들 작품도 〈사친가〉와 〈답사친가〉의 구성 방식과 크게 다르지 않다. 다만 이들은 〈사친가〉와 〈답사친가〉에 드러난 세부적 그리움을 고향에 대한 그리움이라는 큰 범주로 묶어 제시하고 있다는 점만 다를 뿐이다.

규방가사에 속하는 이들 작품은 본가와 답가의 관계가 정서의 심화 내지는 부연이라는 연관성을 맺고 있다. 즉 본가에서 제시된 그리움의 정서를 답가에서 통합하거나 다른 각도에서의 접근을 통해 보여줌으로써 제재나 주제에 있어서는 그 지향점이 동일할지라도 각각 본가와 답가에 구현된 그와 같은 정서의 당위성에 대한 평가를 수용층에게 전가하고 있다.

〈상사가〉와 〈상사답가〉 역시 상당량의 이본이 존재하는 작품이다. 그리고 이 작품은 남녀의 사랑과 상사의 감정을 그 주제로 하고 있다. 주

목할 점은 〈상사답가〉의 경우에 〈상사가〉에 대한 답변의 방식이 긍정
적 유형과 부정적 유형으로 나뉘어 존재한다는 점이다. 이 점에 대해서
는 다음 절에서 자세하게 살펴보기로 한다.

〈성회가(盛會歌)〉의 전반부는 규방가사에서 확인할 수 있는 여자의
박복(薄福)한 일생을 언술하고 있지만, 후반부에서는 놀이를 통해 이를
긍정적으로 승화시키는 태도를 드러낸 작품이다.

> 셩하도다 우리노름　　사노면　　청음이라
> 젹연만　　생면ᄒ니　　소회좃챠 업슬손가
> (…중략…)
> 육칠세　　언문갈쳐　　국문문정 희망하고
> 십여세　　침션방젹　　낫낫치　　가랏친이
> (…중략…)
> 슈슈당음 홀홀하야　　십오륙세 도엿고나
> 고법에　　빙ᄌ하여　　미파를　　심방노아
> 명문대족 조혼집에　　연분자랑 조심하고
> 일관에게 ᄉ시물어　　길일언신 퇴졍하야
> (…중략…)
> 부모슬하 이별하고　　형제친우 작별하야
> 츄풍에　　낙엽처름　　동셔남북 흣터졋니
> (…중략…)
> 어언간　　동졀되여　　쳔지가　　폐색되고
> 눈와셔　　젹셜되니　　경희가　　완연하다
> (…중략…)
> 야화를　　어이할고　　생하촌　　여러집에
> 사발통문 돌인후에　　신용잇난 권실이름
> 임시유사 분부하여　　집집이　　도라단여
> 유루업시 샘거두어　　머든떡　　둘게만이[96]

---

96) 임기중 편, 『역대가사문학전집』 제13권, 아세아문화사, 1998, 366~372면.

이상은 〈셩회가〉 서사와 본사의 일부분이다. 전반부는 규방가사 계열
에서 확인할 수 있는 여자의 불행한 일생에 대해 추보식(推步式)으로 서
술하고 있지만, 후반부에서는 마을에 사발통문을 돌려 성대한 모임을
갖고, 놀이를 통해 품은 소회(所懷)를 발산하려는 작중인물의 태도를 엿
볼 수 있다. 이에 대한 응답인 〈셩회답가〉의 시적 화자는 남자인데, 당
대의 도덕률로 〈셩회가〉의 화자를 비난한다.

<pre>
가소롭다 여자들아   우리말슴 들어보소
쳔지가   초만한후   만물이   샘겨슨이
영지한게 사람이라   남여분간 달나시나
오헹졍기 일만이요   부모에   깁흔즈에
남여분간 달알손가   은사ᄌᆞᆺ 길너니여
(…중략…)
너헤게   엇더하여   사발통문 돌엿든가
일제히   모혀든이   풀미간에 헌쇠갓치
감종쇠   슈친갓치   족족들   다모혀셔97)
</pre>

〈셩회답가〉의 일부분이다. 서두에서 〈셩회가〉에 표출된 여자들의 행
동이 가소롭다고 전제하고, 남녀의 유별은 없는 것처럼 생각할 수도 있
지만, 사발통문을 돌려 성회를 마련한 여자들의 처사는 대장간에 모아
놓은 헌쇠와 같이 하잘 것 없는 것이라고 비하하고 있다.

〈송여승가〉 연작도 텍스트 간 대화의 방식을 잘 보여주는 작품이다.
〈송여승가〉 연작은 〈송여승가〉를 포함하여 〈승답사〉와 〈재송여승가〉,
〈여승재답사〉의 4편으로 구성되어 있다. 작중 상사의 감정을 지닌 양반
자제와 이를 거부하다가 순응하는 여승의 응답이 번갈아 제시되는 구
조를 지니고 있다. 또한 〈여자가〉와 〈여ᄌ답가〉도 〈셩회가〉 및 〈셩회답
가〉와 같이 여자와 남자가 작중 화자로 등장하여 서로 대립되는 성적

---

97) 위의 책, 376면.

입장의 차이를 언술하는 작품이다.

한편, 〈팔부가〉는 남아선호사상을 여실히 드러내고 있는 작품이다. 다음은 〈팔부가〉의 서사이다.

<pre>
어와   경ᄉ로다   우리집안 경ᄉ로다
각집들의 조혼일을   무와보면 경세로다
(…중략…)
ᄌ손지회 혹만알지   아들나면 디경이오
요조션시 유일치말고 문호부지 디경이오
(…중략…)
우리집안 분여들아   이닌말슴 드러보소
형시로   이는말고   정물이   후자일시98)
</pre>

위의 인용문에서 확인할 수 있듯이 인생사에서 한 집안의 여덟 가지 큰 경사(慶事) 중 으뜸은 아들을 낳는 일이라고 전제하였다. 그리고 작중 화자가 며느리에게 아들의 출산을 독려하는 내용을 언술하고 있다. 한편 〈팔부답가〉는 〈팔부가〉에서 지고(至高)의 선(善)으로 묘사되었던 남자로 태어나지 못한 여자의 넋두리를 주된 정조로 담고 있다.

〈희도사(諧嘲詞)〉는 규방가사에 속하는 작품이다. 반가(班家)의 규수가 출가하여 체험한 시집살이의 고달픔을 노래하였다. 여자로서 감내해야만 했던 인고(忍苦)의 미덕과 다시 태어나면 남자로 태어나고 싶다는 내세에 대한 희망을 보여주고 있다. 그런데 사실 이 작품은 〈답희도사〉와 연관시킬 때, 오히려 그 시적 화자를 남자로 설정해야 타당한 측면이 있다. 즉 남자가 여자의 처지를 빌어 그야말로 농담하고 장난하는 작품으로 파악할 수 있는 것이다. 아래 인용문에서도 그러한 분위기는 곳곳에서 확인할 수 있다.

---

98) 위의 책, 제28권, 308~313면.

어와   여랑들아   우리세덕 상상하니
백년교목 고게어날   국천명   화별이라
남자낳아 빈빈하니   문장학사 도덕군자
여자낳아 현찰하니   명규와   숙녀로다
(…중략…)
어와   여자들아   쳔고에   쳥유로다
아즉은   너의물이   친정에   있기로서
거룩하신 남형들이   하해갓흔 덕택으로
산봉의   화전하기   병암의   해초하기
여자의   소원대로   허급하여 주려니와
그몃달   지낸후에   시댁으로 가렷마는
어이갈고 생각하니   우리도로 치근하다
효전의   샛별갓치   동서로   훗허질제
이별가   한곡조에   철석간장 다녹는다
(…중략…)
관장의   풍악소래   석연의   노든일이
속절업시 춘몽이라   그젼의   노든벗님
구람갓치 훗허졌네   귀령부모 언제할고
공회형제 난감하다   우자하니 남스럽고
참자하니 억색하다   아무리   슬픈회포
뉘다려   말할손가   슬프다   우리여자
후생에   남자되야   쳔원리슈 좋은곳에
생이사이 하여보세[99]

〈희도샤〉의 서사와 본사의 일부분 및 결사이다. 서사에서부터 군자와
숙녀의 대비를 함으로써 남녀유별의 당위성을 간략하게 소개하고, 본사
에서는 '귀녕조차도 거룩하신 남형들의 하해와 같은 은덕으로 가능하다'
고 하여 시집살이의 고달픔을 극명하게 표현하고 있다. 결사에서는 마치

---

99) 위의 책, 제29권, 610~622면.

꿈과 같이 아득하기만 한 귀녕의 달콤함 뒤에 밀려오는 회한을 술회하면서 다음 세상에서는 남자로 태어날 것을 간절히 희망하고 있다. 이와 같은 남존여비(男尊女卑)적 상황 설정과 언술이 역설적이게도 여자의 입을 빌린 남자에 의한 술회일 가능성을 내포하고 있으며, 그 설정을 염두에 두어야만 다음에 살펴볼 〈답히도사〉의 존재 당위성이 성립하게 된다.

〈답히도사〉의 시적 화자는 확실히 여자이다. 그런데 이 작품에서는 〈히도샤〉에 주된 정조인 회한의 정서와는 다른 분위기를 감지할 수 있다.

<blockquote>

무식한   소년들아   해조사는 무삼일로
자른글로 조롱말고   이내말슴 들어보소
(…중략…)
입문하신 부모훈계   수건에   둘러벳고
만당한   형제붕우   잘가거라 전송하여
홍장분태 성직하고   교자문에 들어가니
청산회포 잠간잇고   쾌활심사 그지없다
가세   자랑마라   우리시댁 자랑하세
반지도   높거니와   산천도   명승하다
울울천택 좋은생니   소붕의   후의어날
혁혁한   좋은가세   사대부의 벌열이라
(…중략…)
너는사시 말슴바다   귀령부모 좋을시고
바꼬아   웃음짓고   밧고아   속옷지어
앙산가철 좋은날에   고향이라 돌아오니
강잉하신 당상쌍친   손을잡고 반기시고
활셩붕우   당회하여 즐기더라
(…중략…)
옹졸한   남자들아   이른노름 못해보고
장장춘일 긴긴날에   복공중을 못이겨서
걸식차로 왔었고야   해조사를 후회하고
협서하기 가이업네

</blockquote>

(…중략…)
신농씨의 비러   제현제황 길삼고
직녀의   반날비러   요지국의 의복짓자
애들하다 우리몸이   여자신이 되여나서
츄풍의   낙엽갓고   천지의   의유같이
고락이   음월이라   홍진비래 탄식말고
훗봄을   긔약하세

　〈답희도사〉의 본사와 결사 부분이다. 본사의 서두에서 〈희도샤〉의 작가가 철부지 소년으로 비유된 남자임을 밝히고 있다. 그리고 계속해서 시댁의 가문을 높이고 시집살이에서 느낄 수 있는 여유와 행복감을 언술하는 등 〈희도샤〉에서 형상화된 여자의 시집살이와는 다른 모습을 그리고 있다. 나아가 남자를 옹졸하다고 비하하며, 〈희도샤〉의 과오를 신랄하게 비판하고 있다. 결사에서는 오히려 여자로서의 운명을 넉넉히 받아들이는 비장감마저 느낄 수 있다. 따라서 답가로서의 〈답희도사〉를 설정하면, 본가에 해당하는 〈희도샤〉는 지금까지 알려진 것과는 달리 여자의 입을 빌린 남자에 의해서 반어적으로 술회된 작품일 수 있다. 그리고 이들 작품은 텍스트 간 대화의 방식을 잘 보여준다고 하겠다.
　이외에 이 방식에 속하는 작품으로 문중 사람들의 모임인 ‘화수회(花樹會)’를 계기로 만들어진 작품인 〈화슈가〉와 〈화슈답가〉가 있다. 아울러 〈상원화슈가〉와 〈상원화슈회답가〉도 이 계열에 속하는 작품이다. 그 내용은 다소 차이는 있지만, 화수회(花樹會)를 맞이하여 선조부터 시작되는 그 집안의 내력 술회와 문중 모임을 개최하는 시적 화자의 정서를 주로 언술하고 있다. 그리고 〈화슈답가〉의 경우는 4편의 작품이 연결되어 있다.
　이상에서 개별 텍스트 간 본가와 답가의 형식으로 대화가 전개되는 ‘텍스트 간 대화의 방식’에 대해 고찰해보았다. 이 방식에는 주로 화답적 성격이 짙은 작품들이 다수 존재하며, 주로 규방가사 계열에 속하는 작품들이 많다. 가사 발전의 도식상 규방가사는 적지 않은 비중을 차지하는데, 텍스트 간 대화의 방식에 규방가사 계열의 작품이 많다는 것은 그 담당층이 비교적 작품의 창작에 연속적으로 투여할 수 있는 시간적 여유가 충분하며, 어떤 문제에 대한 대립되는 입장을 남녀의 입을 빌어 표현하기가 용이하다는 데서 기인한다고 할 수 있다.

2) 개별 텍스트 내부 대화의 방식

작품의 제명과 제재 및 주제 형상화의 관련성을 중심으로 '개별 텍스트 내부 대화의 방식'에 속하는 작품들을 정리하면 다음과 같다.

작품 명	자료 출처
〈갑민가〉	『역대가사문학전집』
〈관동별곡〉	
〈몽중로쇼문답가〉	
〈속미인곡〉	
〈초당문답〉	
〈농화농가〉	『경향신문』
〈병문수작〉 (1909. 5. 15. 作)	『대한매일신보』
〈병문친고육두풍월〉	
〈삼인답가〉	
〈석상문답〉	
〈설창기어〉	
〈세사우탄〉	
〈순검총원〉	
〈시담일총〉	
〈시사문답〉	
〈여담일속〉	
〈여항기문〉	
〈완고자탄〉	
〈월하문답〉	
〈춘성유람〉	
〈충혼소한〉	

이는 '개별 텍스트 내에서 대화가 이루어지는 유형'이다. 이 방식도 물론 작중 인물이 설정된다. 그런데 개별 텍스트 내에서 대화가 이루어지는 만큼 작가가 주제의 전달에 어느 정도 개입하여 방향을 설정하고, 시종일관 그 주제의 전달을 도모하는 방식이라고 할 수 있다.

먼저, 〈갑민가〉가 이 방식에 속한다. 이 작품은 개별 텍스트 내에 '생원'과 '갑산민'이라는 작중 인물이 등장한다. 그런데 전자의 역할은 후자의 대화를 도출하는 기능을 하는 데 그치고, 줄곧 세태 비판적 관점을 견지한 '갑산민'에 의해 이야기가 전개된다. 그리고 비록 짧기는 하지만, 천상(天上) 선인(仙人)과의 대화를 통해 시적 화자가 자아의 정체성을 인식함은 물론 선정(善政)에 대한 다짐의 계기를 촉발시키는 〈관동별곡〉의 대화도 이 방식에 속한다. 최제우의 득도(得道) 과정과 깨달음의 과정을 선인과의 문답으로 표현한 〈몽중로쇼문답가〉 역시 이러한 맥락과 연관되어 있다. 아울러 사랑과 이별에서 기인한 회한과 그리움의 감정을 작중 인물인 '갑녀'와 '을녀'의 대응 방식으로 나누어 보여준 〈속미인곡〉 역시 이 유형에 속하는 작품이다. 〈초당문답〉은 사실 여러 편의 작품이 묶여 있는 구성상의 특징을 보이지만, 이는 작중 인물을 중심으로 작품을 세분화했을 때 확인할 수 있는 인위적 구분일 뿐이다. 이 작품을 관류하는 도덕적 교훈의 틀 안에서는 개별 텍스트 내부 대화의 방식으로 파악하는 데 무리가 없다.

주목할 점은 개별 텍스트 내부 대화의 방식은 이른바 개화가사에서 두드러진다는 점이다. 이는 특히 당대의 사회적 문제를 다룬 작품들에서 어렵지 않게 찾아볼 수 있다.

大朝一進	兩政黨이	聯合旗를	세운後에
虛欲만흔	日人들은	됴흔時機	맛낫다고
억씨츔을	츄어가며	朝日聯合	鼓吹라네
글셰그런	貌樣이야	小聯合이	싱기더니

大聯合이　쏘싱기나　　國是遊說　團에셔난
무삼수가　크게나셔　　돈이만히　싱겨난지
大同日報　引繼ᄒᆞ야　　新聞까지　發刊ᄒᆞ여
大擴張을　準備라네　　글셰그런　貌樣이야
口遁說이　不足ᄒᆞ야　　筆遊설을　兼ᄒᆞ랴나
商務組合　所에서난　　道頭領을　賣食ᄒᆞ미
蠅群갓흔　愚民들은　　氣를쓰고　運動ᄒᆞ니
官職賣買　업셔지자　　負商賣買　代身낫네
글셰글셰　그런貌樣이야　商務組合　그兩斑들
큰富者가　되야볼쩔　　엇던頑學會에난
二十萬圜　싱겻다니　　至今韓國　各社會가
無錢不成　혼다난더　　運動費가　만이싱긴
그學會난　잘되깃네　　글셰그런　貌樣이야
惡臭맛흔　動物들이　　무리무리　드러가네
安東고을　愚民들은　　書院復設　運動타가
志士에게　辱을먹고　　아무對答　못힛다니
녀도亦是　사람이라　　羞恥心이　난나보데
글셰그런　貌樣이야　　어셔밧비　나려가셔
敎育이나　힘셔보지　　神官奉敬　會에셔난
韓城新報　그新聞을　　機關紙로　만들고져
四百圜式　닌다ᄒᆞ니　　혼바리에　실을것들
同類相聚　잘맛낫데　　글셰그런　貌樣이야
이常토다　그會에난　　무삼돈이　그리만아100)

『대한매일신보』에 게재(揭載)되었던 〈시사문답(時事問答)〉의 전문(全文)
이다. 제명(題名)의 뉘앙스(nuance)처럼 두 명의 작중 인물을 내세워 1900
년대 초반 우리나라의 시사적 문제를 다루고 있다. 앞선 화자가 시사적
문제를 '~했다데' 투의 전언(傳言) 형식으로 이야기하면, 뒤따르는 화자

---

100) 김근수 편, 『한국개화기시가집』, 태학사, 1991, 200~201면.

가 그 말을 받아 '글쎄 그것은 ~이지' 투로 답변하는 구조가 반복되고 있다. 작중 인물들의 대화를 통해 다룬 시사적 문제는 친일 정당의 연합, 어용 단체의 언론 장악, 관직매매 및 상권매매, 학회의 부정부패, 구습(舊習)에 연연하는 태도 등이다. 이는 모두 당시 사회의 부정적 측면을 상징적으로 보여주는 것들이다. 즉 앞선 화자는 르포(reportage)적 방식을 사용하여 사회적으로 관심거리가 될 수 있는 부정적 현실을 고발하고 있다면, 뒤따르는 화자는 그 문제에 대한 정확한 판단을 내리기에는 내 소견이 짧다는 태도를 보이면서도 사실 우회적으로 그 사안을 비판하고 있다. 한마디로 〈시사문답〉에 등장하는 작중인물들은 '뺨 때리고 어르는 식'의 대화를 통해 당대의 부정적 사회상을 고발하고 비판하는 태도를 보여주고 있다고 할 수 있다. 다음 작품에서는 사회 고발적 태도가 더욱 노골적으로 두드러진다.

枯渴枯渴 ᄒ더니	춤말 마르나부데
무엇시 마르단 말인가	압다 모를 것 잇나
요시閭巷 도라보면	짐장ᄡ에 菁根을 못사너니
朝夕ᄢ에 쌀이 업느니	집집마다 걱정소리난
玉皇上帝를 보러가넌 듯시	하늘ᆽ테 다앗데 그려
허 그 뿐이라던가	日前巡査 試取에
皇室近戚이	入格되엿단 말 못드럿나
仁王山 虎狼이가	왕기암불알을 할는다난 말은 잇지마난
以若兄弟의 戚으로	여북ᄒ면 그 地境이 되깃나
춤말 쑥ᄒ여	韓國形便 親密ᄒ세
친밀ᄒ세 ᄒ더니	춤말 드러붓나부데
왜	遊說團에셔난
隣誼를 敦睦ᄒ다고 밤낫 써들고	敬義會에셔난
兩國國祖ᄭ지 合奉ᄒ더니	엇던 분네난
兩國皇帝ᄭ지 合奉ᄒ기로 發起힛다지	君民國祖가 그러키 密接ᄒ면
畢竟 드러붓난 쇽이니	허 두고보세 그분네들

그러키 남들다가　　　　　　畢竟 두 나라를 하나만들기 쉬우리
아무러턴지 짝장을 이어　　　우리 먹을 곳 싱겻네
왜　　　　　　　　　　　　압다 南山골 쏠각발 生員들이
司法權委任에 興致가 나셔　　祝賀宴을 한다네
受托者가 잔치ᄒ난듸　　　　委托者가 가고보면
不托一梡이야　　　　　　　게잇지 어듸 가것나
알사 잘도 가것네　　　　　韓人各色은 그림ᄌ도 얼는 못ᄒ다네
그러면 남의물건 가져가고　　物主도 모로난 경위가 잇나
압다 이사람　　　　　　　　좀을 ᄌ나 꿈을 쒸나[101]

　이 작품 역시 『대한매일신보』에 게재되었던 〈시담일총(時談一叢)〉의 전문(全文)이다. 이 작품의 주제는 '우국(憂國)'이라고 할 수 있다. 그리고 그 우국의 저변에는 고발과 사회 비판 의식이 자리 잡고 있다. 그 비판의 대상은 서민 경제 몰락, 황족(皇族)이라도 '호랑이가 개암 같은 불알을 핥듯' 일제에 아부해야만 하는 나약한 현실, 공리공론을 일삼는 사대부 계층 등이다. 그리고 작중 인물은 마치 일제에 의해 우리가 망국의 설움을 겪게 될 것임을 예견하는 듯한 태도를 보인다.

　앞선 〈시사문답〉이 개별 텍스트 내에서 대등한 위치의 두 화자에 의해 고발과 비판이 이루어지는 대화체라면, 이 작품에서 이루어지는 대화의 양상은 사뭇 다르다. 앞선 화자가 당시의 시국과 관련된 부정적 사건들을 고발하는 태도는 두 작품이 비슷하다. 그러나 〈시사문답〉의 뒤따르는 화자는 그 사건들에 대해 이유를 반문할 만큼 잘 모를뿐더러 분석의 능력조차도 결여되어 있다. 그리고 급기야 마지막에는 앞선 화자에게 꿈을 꾸고 있느냐는 핀잔까지 듣게 된다. 따라서 〈시담일총〉은 〈시사문답〉보다 고발적 성격이 강화된 작품이며, 개별 텍스트 내에서

---

101) 위의 책, 211~212면. 이 작품의 구절 구분은 작중 인물의 언술 상황을 고려하여 필자가 나누었다. 이 작품은 민찬과 장성남이 엮은 자료집 『대한매일신보의 시가』(II)(형설출판사, 2001)의 가사 항목에 누락되어 있다. 그것은 이 작품이 가사라고 하기에는 그 형식적 율격이 지나치게 파괴되었기 때문에 배제된 것으로 보인다.

앞선 화자에 의해서 일방적으로 주도되는 대화 방식을 보여주는 작품이다. 따라서 두 작품에 주로 사용된 문답 방식의 대화 진행이 지니는 의미는 결국 질문자와 답변자가 진행하는 대화의 내용을 교체적으로 반복하는 구조로써 내용상의 변화감과 생동감을 더해주는 역동적 가사 양식의 실험102)이라고 할 수 있다.

『대한매일신보』는 1904년에 창간되어 1910년 한일합방으로 폐간될 때까지 대한제국의 국권 수호와 애국 계몽에 주도적 역할을 수행한 민족지였다. 이 시기 가사는 당시의 상황 때문에 그 사회적 기능이 강화되던 때였다. 각종 지면을 통해 발표된 수많은 세태 비판적 가사 작품들이 이를 입증한다. 〈시담일총〉은 『대한매일신보』의 역사상 말기에 해당되는 작품이다. 그 형식이 가사라고 할 수 없을 만큼 파격적인 측면을 보이는 것은 이미 가사가 담당하고 있던 사회적 기능이 논설 등으로 이양되고 있었다는 점을 암시한다. 굳이 언론 매체에 발표한 가사가 아니더라도 각종 연설회에서 사용된 연설문이나 논설 등을 통해 현실 고발 기능을 수행하고 받아들일 수 있는 분위기가 조성되었음을 반영한다고 할 수 있다.

이러한 상황은 같은 시기 안국선의 단편 논설류에서 확인할 수 있다. 「大韓 今日의 善後策」103)이나 「레닌主義는 合理한가」104)는 그 실증적

---

102) 김교봉·설성경, 『근대전환기 시가 연구』, 국학자료원, 1996.
103) 「대한 금일의 선후책」은 국한문혼용체로 1907년 9월에 출판된 김대희(金大熙)의 저서 『이십세기 조선론』에 실린 글이다. 안국선은 여기에서 20세기 조선의 선후책으로 '교화(教化)'와 '실업(實業)'의 장려를 내세웠다. 특이한 점은 다른 사람의 저서에 서문(序文) 형식으로 실린 안국선의 유일한 글이라는 점과 구어체(口語體) 형식을 그대로 옮긴 문체라는 점이다. 이와 같은 '구어체의 문어체(文語體)화'는 단편 논설 「레닌主義는 合理한가」나 『演說法方』 등 안국선의 다른 글에서도 적지 않게 그 용례를 확인할 수 있다. 따라서 이 점은 안국선 문체의 한 특성내지는 계몽을 목적으로 한 연설문이 성행했던 그 당시 문체의 보편적 특성을 이룬다고 할 수 있다. 김대희, 『이십세기 조선론』, 중앙서관, 1907, 1~7면.
104) 「레닌주의는 합리한가」는 국한문혼용체로, 문체가 질문이 생략된 답변 위주의 대담(對談)체인 것으로 보아 연설에 사용된 글이거나 어떤 대상을 전제로 강의하였던 내용

예가 된다. 다음은 두 글의 일부분이다.

응, 今日 韓國의 善後策 믈슴이오? 此 問題는 實로 難問題오. 또 不可
不 硏究홀 問題오. 大韓 人民된 者의 知치 아니치 못홀 問題오. 至今 吾
兄이 此 問題로써 問ㅎ시니 實로 國을 憂ㅎ야 將來를 圖ㅎ는 衷心에서
發ㅎ심을 感謝ㅎ오. 余 엇지 淺學蔑識이라ㅎ야 意見의 陳述를 拒絶ㅎ리
오 …… 하하! 今日 韓國의 形便이야 共知ㅎ는 바이니 更言홀 必要가 無
ㅎ려니와 …… 아이고, 政治上으로는 莫言ㅎ라구? 믈슴 아니 ㅎ야도 余는
政治上에는 속이 상ㅎ야 言치 아니 ㅎ겠소 …… 왜, 안되겟서? 宗敎를 改
宗ㅎ면 孔子의 道가 泯沒ㅎ겟다구? 아니여, 그것은 아직 모로는 믈슴이오
…… 허허, 엇지히서 日本은 宗敎를 改宗치 아니ㅎ야도 如許히 文明富强
ㅎ얏느냐 ㅎ는 믈슴이오? 그것은 日本이 萬若 宗敎신지 改ㅎ얏더면 참 西
洋과 同班 文明에 列홀 것을, …… 무어ㅡ, 敎育문 잘ㅎ면 아니 되겟느냐
구? 아, 아니되지오. 아니되지오. 敎育이야 不可不홀 것이지문은 …… 예ㅡ,
實業上의 믈슴을 듯고 싶허요 我國 今日의 善後策은 實業에 在ㅎ오 ……
무어ㅡ 資本이 無ㅎ야 不能ㅎ다구 아무렴, 實業에야 資本을 要홈이 勿論
이지문은, …… 너무 오리 無用혼 言論을 짓거려셔, 심심ㅎ겟소 平安히 가
시오 또 보입시다.

— 「大韓 今日의 善後策」 중에서

레닌主義가 合理하냐고? 나에게 이러한 問題를 말삼하라 하니 내가 레
닌을 아지도 못하는데 甚히 困難한 問題라 하겟습니다. …… 무엇 레닌主義
에 合理와 正道가 업스면 行하지 못하는 것이요 …… 응 레닌의 主張하는
學理 말심이요? 레닌은 페트로그랏大學을 卒業하고 法律과 經濟의 學問

을 정리한 글로 보인다. 특히 흥미로운 점은 글의 말미에 "또 잇소"라는 문구가 있는
것으로 미루어 혹시 이 글이 미완성된 글일 수 있으며, 후속편의 기획이나 실재(實在)
도 짐작케 하지만 현재 밝혀진 자료를 가지고는 확인할 수 없다. 내용을 살펴보면, 안
국선은 먼저 레닌의 가계와 전기적 사실을 서술했고, 이어서 레닌의 이론을 학문적으
로 분석하여 설명하였으며, 그 사상의 위험성을 경계했다. 그리고 앞으로 레닌주의에
대한 찬반 세력간 투쟁의 결과는 어떻게 전개될지 알 수 없다고 하면서 글을 맺었다.
중앙기독교청년회, 『청년』 7·8월 하기증대호(제1권 5호), 청년잡지사, 1921.6, 4~6면.

을 硏究하야 辯護士가 되야……所有權을 認定할 權利가 아모에게도 업
는 것이라 한대요! 엇재 그러하냐고? 그것은 土地는 空氣와 日光과 갓치
天然的으로 人生에 必要한 것인대 何人이던지 獨占하야 他人의 共用을
排斥할 슈 업는 것이라……何人이던지 平等으로 使用할 것이라 하는 理
論이올시다. 理論으로는 그러할 듯 하지 안슴닛가 葡萄牙人이 印度에 至
하는 喜望峰의 航路를 發見하고……하, 하, 그럿치요! 레닌主義의 運動과
各國이 禁遏하는 勢力과 互相對峙하야……예, 平安히 가시오 (또 잇소)
─「레닌主義는 合理한가」 중에서

이상에 인용한 두 글은 주로 문답에 의한 대화 형식의 글이다. 여기
에서 확인할 수 있는 것은 두 대화자 중에서 질문자는 드러나지 않고,
한쪽의 질문에 답변하는 화자만 문면에 등장하고 있다는 점이다. 이처
럼 대화의 한쪽 상대자가 뒤로 숨어 있는 논설이라 하더라도 독자에게
그 주제의식을 전달하는 데는 아무런 지장이 없으며, 대화체 가사가 수
행하던 사회 고발과 계몽의 문제를 무리 없이 담아낼 수 있었던 것이다.
따라서 〈시담일총〉은 당대의 다른 갈래와 비교해 볼 때, 가사의 사회
적 기능이 강화되던 시기에 역설적이게도 가사가 다른 갈래에 그 기능
을 이양하는 상황을 짐작할 수 있는 예라고 할 수 있다.
다음에 제시된 개화가사 〈등산문불〉은 앞선 두 작품과 비교해 볼 때,
개별 텍스트 내부 대화의 방식이 조금 다르다.

登彼北山 徘徊하니　　滿壑秋風 蕭瑟하고
四顧無人 寂寞ᄒ더　　惟有壹團 石佛이라
三尺短杖 依立ᄒ야　　世上事를 壹問ᄒ니
無情ᄒ다 뎌石佛은　　行人心事 不知하고
空自闔眼 靜坐로다　　부처님아 들어보소
人生壹世 不學이면　　牛馬豚犬 無異하고
牛馬豚犬 되고보면　　愛人虐待 預定이니
人獸之判 何在런고　　敎育善否 이아닌가

無情홀ᄉ 뎌石佛은　　聽若不聞 ᄒ는고나
부처님아 들어보소　　社會改良 된然後에
國家維持 可期어늘　　近日社會 볼작시면
有志士가 許多ᄒ나　　脣舌假粧 熱心이오
實施着手 未冷尸라　　無情홀ᄉ 뎌石佛은
聽若不聞 ᄒ는고나　　부처님아 들어보소
無廉無恥 元老들이　　爲國報酬 今日인대
安危興亡 不關이오　　壹身富貴 是貪ᄒ니
昆虫尙有 報復이라　　諸君何其 靦然인가
無情홀ᄉ 뎌石佛은　　聽若不聞 ᄒ는고나
부처님아 들어보소　　無知無覺 觀察守令
視民如子 못홀망뎡　　浚民膏血 무슴일고
割其肉而 充腹ᄒ고　　撫其肚而 云飽ᄒ면
爾能幾日 生活인가　　無情홀ᄉ 뎌石佛은
聽若不聞 ᄒ는고나　　부처님아 들어보소
各地方의 判檢事가　　貪叨消息 浪藉ᄒ니
法律學을 鍊習ᄒ졔　　平法正刑 公決ᄒ야
結冤必伸 ᄒ지안코　　侵奪生靈 目的인가
無情홀ᄉ 뎌石佛은　　聽若不聞 ᄒ는고나
부처님아 들어보소　　沓沓ᄒ다 內閣諸公
靜夜無寂 貳思ᄒ고　　保國安民 重大責任
懸於誰手 不知런가　　別般政策 若無어든
不如早時 退去로세　　無情홀ᄉ 뎌石佛은
聽若不聞 ᄒ는고나　　부처님아 들어보소
君雖壹片 石人이나　　此國江山 雨露中에
幾千百年 洽受어든　　頓然不顧 무슴인가
風雨暴注 ᄒ는날은　　君亦不免 溝渠ᄒ리
無情홀ᄉ 뎌石佛은　　聽若不聞 ᄒ는고나105)

---

105) 김근수 편, 『한국개화기시가집』, 태학사, 1991, 428면.

이 작품은 『대한매일신보』 1908년 9월 3일자에 실린 가사 작품 〈등산문불(登山問佛)〉의 전문이다. 등장인물의 대화 상대자는 '석불'이며, 그가 각 장의 끝마다 되뇐 언술에 드러나 있듯이 그 석불은 대답이 없다. 따라서 이 작품은 일방적 대화 방식으로 되어 있다고 볼 수 있다. 그러나 대화 상대자로 석불이 설정되어 있기는 하지만, 사실 이 작품의 암묵적 대화 상대자는 신문을 읽는 독자라고 간주해도 무방하다. 대답 없는 석불은 당시의 부조리한 사회 현실에 대해 듣지 못한 듯 침묵하고 있는 대중을 상징하기 때문이다. 그리고 화자는 그러한 사회 현실을 방백체로 고발하고 있다.

서사에서는 가을날 산행을 했다가 인적 없는 산에서 석불을 만나 답답한 세상사에 대한 자신의 소회(所懷)를 토로하게 된 배경을 설명하고 있다. 본사에서 다루고 있는 내용은 차례대로 교육과 사회 개량의 필요성 강조, 사회 지도층과 원로 비판, 관리들의 수탈 비판, 법조인의 불공정함 비판, 내각을 비롯한 위정자들의 무기력함 비판이다. 결사를 보면, 등장인물은 자신이 본사에서 늘어놓았던 우국적 의견에 동조할 것을 석불에게 종용(慫慂)하고 있으며, 만약 외세에 의해 우리나라가 망하는 날이면 당신도 성할 수 없으리라고 으르고 있다. 사실 이 작품에서 석불에게 종용하고, 으르는 행위는 넌센스(nonsense)에 가깝다. 그렇지만, 그 석불은 부조리한 현실에 침묵하고 있는 대중을 상징하기 때문에 석불과의 암묵적 대화로 성립할 수 있다. 따라서 〈등산문불〉이라는 개별 텍스트에서 주도적으로 대화를 이끌어 나가는 등장인물의 대화 상대자는 『대한매일신보』의 당시 독자층이라고 할 수 있다.

〈농화농가〉는 농부들의 대화가 서사로 제시되고, 본사에서는 농부들이 부르는 〈농가(農歌)〉를 제시한 독특한 형식의 개화가사 작품이다. 서사로 제시된 농부들의 대화는 일종의 작품 소개를 위한 배경 설명으로 여러 명이 화답하는 방식으로 전개된다.

화산사는 흔 농군이 양성군을 지날 시 길ㅅ가 밧두둑에셔 흔 사룸이 신농씨의 ᄉ업이오 텬하의 대본이라 ᄒ며 북을 치더니 쏘흔 농부가 춤을 츄며 북을 치고 권농가를 ᄒ니 밧는 쟈ㅣ 수십인이라 긱이 곳 즐거워셔 거름을 그치고 그 농군의게 말이 나도 쏘흔 농부ㅣ라 이 노래를 드르니 려항 간에셔 ᄆᄃᄔ 것이 아니오 곳 어지신 태슈의 빅셩을 권ᄒ시는 노래니 다시 흔번 더 듯기를 원ᄒ노라 ᄒ니 흔 농부ㅣ 흔연히 웃고 니러나며 ᄒ는 말이 이는 우리 원님의 권농가ㅣ라 ᄒ고 다시 흔 곡됴를 브르는디 그 쌍은 우공이오 그 소ᄅᄔ 빈풍이라 ᄒ며 쏘흔 로인 농군은 술을 마시며 말이 이 술은 우리 원님ᄭᅵ셔 빅셩의게 베푸신 은혜라 ᄒ고 쏘흔 로인 농군은 은담비를 퓌우며 말이 이는 우리 원님ᄭᅵ셔 베푸신 은혜라 ᄒ는디 흔 담연흔 관쟈ㅣ 흔 큰 술병을 가지고 나를 쳥ᄒ여 마시라 ᄒ며 ᄒ는 말이 이 술이 우리 원님ᄭᅵ셔 주신 권농쥬ㅣ니 량대로 잡수시오 ᄒ는지라 나는 본디 유쥬무량이라 량ᄭᅩᆺ 먹고 취흔 후에 흥을 씌고 니러나 그 노래를 의지ᄒ여 흔 곡됴를 부르니

요봉일월 붉은후에	우공산쳔 열녀셔라
션리건곤 화권즁에	불탈농사 풍년일새
쥬력연화 삼쳔리에	민간일ㅅ 태평이라
잘도ᄆᄀᆫ 잘도ᄆᆡ니	얼널널 샹ᄉ듸아
(…중략…)	
농부님네 농부님네	금일취표 긱도포하
깁히갈고 자조ᄆᆡ새	농부홀일 더잇는가
션치슈령 찬양홀졔	탐관오리 붓그럽다
어인셕양 지산ᄒ니	나갈길이 멀엇고나
잘도ᄆᆡ고 잘도ᄆᆡ니	얼널널이 샹ᄉ듸아
북은둥둥 쟁가리쟁쟁	셔산락일 셕양홍이러라

—九月 二十八日 양성 도일면 현동녕106)

〈농화농가〉는 『대한매일신보』 1908년 10월 9일 제104호에 게재된 개화가사 작품이다. 인용문을 통해 확인할 수 있듯이 가사 작품의 배경

---

106) 위의 책, 494~495면.

설명에 대화체가 사용된 독특한 방식의 작품이다. 이 작품의 서사에 해당된다고 할 수 있는 배경 설명의 내용은 다음과 같다.

화산에 사는 한 농부가 양성군을 지나다가 농부들의 〈권농가〉를 듣고, 그 자리에 참석하게 되어 그 고을 태수의 선덕(善德)을 확인하며, 술을 얻어 마신 후 흥에 겨워 〈답농가〉를 지어 부르게 되었다는 것이다. 대화에는 주도적 인물인 화산에 사는 농부와 양성에 사는 농부 및 노인 두 명이 등장한다. 화산에 사는 농부는 자신이 이곳을 지나게 된 내력을 이야기하는 데 그치지만, 양성에 사는 농부들은 태평성대를 구가할 수 있는 근원이 고을 태수의 어짊에 있다고 반복하여 언술하고 있다. 이는 앞선 시기의 〈농가〉와 〈답농가〉에서도 확인할 수 있는 위정자에 대한 칭송 일변도의 관습적 태도이다. 즉 〈농화농가〉에서는 관습적이면서 장황하여 가사 작품 자체에는 담기 부적절한 배경 설명을 새롭게 대화의 형식으로 작품에 결부시킨 것이다. 따라서 〈농화농가〉는 개별 텍스트 내부 대화의 방식이 사용된 작품 중에서도 특이하게 답가로서의 역할을 지닌 작품의 소개와 배경 설명에 대화체를 사용한 개화가사 작품이라고 할 수 있다.

이상에서 개별 텍스트 내에서 작중 인물에 의해 대화가 전개되는 '개별 텍스트 내부 대화의 방식'에 대해 고찰해보았다. 앞서 살펴본 '텍스트 간 대화의 방식'에 화답적 성격이 짙은 작품들이 존재하는데 비해, 이 방식에는 '문답'이나 '언쟁'에 해당하는 방식의 작품이 대다수이다. 특히 그 시기적 특성상 개화가사 작품에서 그 편린(片鱗)을 어렵지 않게 찾아볼 수 있다. 이는 사회 고발을 포함한 비판적 성격을 보이는 개화가사의 존재 당위성과 결부하여 이해할 수 있다. 즉 작품 내에 당시의 첨예한 문제를 노출시키는 데 있어서 되도록 작가를 드러내지 않고, 작중 인물을 통해 주제 의식을 신속하게 전달함으로써 혹여 발생할 수도 있는 불이익을 미연에 방지하려는 의도로 파악할 수 있다.

결국 대화체 가사를 분류하는 기준으로 텍스트 구조상의 유형을 설정했을 때 다음과 같은 특성을 확인할 수 있다. 먼저, 개인적 정서를 표현한다거나 비교적 사회적 갈등 발생의 소지가 적은 문제를 다룬 화답식 대화체 양상은 '텍스트 간 대화의 방식'을 통해 구현된다. '화답'은 텍스트를 통해 의견 정리가 필요한 보편적 문제들을 그 제재로 삼고 있다. 그리고 이는 '수창'의 전통에 힘입어 이미 두 화자 간 동일 주제에 대한 암묵적 공유가 이루어진 상태이기 때문이다.

반면에 개인적 입장과 인식에 따라 의견이 나뉠 수 있는 사안이나 당대의 첨예한 사회적 문제를 담보한 문답식이나 언쟁식 대화체 양상은 '개별 텍스트 내부 대화의 방식'을 통해 구체화 된다. 이는 당대의 관심사에 대한 대립적 입장의 두 화자를 한 텍스트에 등장시켜 논의를 전개함으로써 그 문제에 대한 첨예성을 수용자에게 명확하게 전달할 수 있기 때문이다. 이는 텍스트를 나누어 상황을 제시하는 것 보다 효과적일 수 있다.

3) 혼합적 대화의 방식

'혼합적 대화의 방식'은 텍스트 간에 대화가 성립하면서 개별 텍스트 내부에도 대화가 이루어지는 방식이다. 대화체 가사 중 '텍스트 간 대화의 방식'에 해당하는 본가 가운데에는 답가와 무관하게 본가 작품 내에서도 대화체가 사용되는 작품이 존재한다. 그리고 이것은 〈만언스〉, 〈사친가〉, 〈여자가〉 등에서 확인할 수 있다.

〈만언스〉에는 주로 시적 화자(작가) 보다는 그의 대화 상대자(집주인)에 의한 일방적 대화가 주를 이룬다. 대부분 시적 화자에 대한 경멸 내지는 조롱의 태도를 견지하고 있다. 예문을 제시하면 다음과 같다.

　　① 셰간그릇 홋더지며　　넉졍니여 흐눈말니
　　　　져나그니 혜여보소　　쥬인아니 불상훈가

니집보다 잘사는집   한두집니 아니여던
관속들   인졍밧고   손임네는 츄김드러
굿ᄒ여   니집으로   연분잇셔 와계신가
니살이   담박ᄒᆫ쥴   보다아녀 모르시나
압뒤히   젼답업고   물속으로 싱이ᄒ여
압녀흘의 고기낙고   뒤녁흐로 장사가니
사망어더 보리셥니   밋을거시 아니로셰
신겸쳐자 셰식구도   호구ᄒ기 어렵거든
양식업는 나그니는   무엇먹고 살야는고

②혼자안자 군말ᄒ든   날다려   들라ᄒ는말니
건년집   나그니는   졍승의   아돌이오
뒤집의   손임니는   판셔의   아오로셔
나라의   득죄ᄒ고   졀도의   드러오니
이젼말은 ᄒ도말고   여긔사롬 일을비화
고기낙기 나무븨기   자리치기 신삼기와
보리동양 ᄒ여다가   쥬인양식 보티거든
한곤디는 무삼일노   공한밥을 자시랴도
쓰자ᄒ는   열발락   꼼작도   아니ᄒ고
것자ᄒ는 두다리는   움작도   아니ᄒ니
뼈은남게 박은ᄭᅳᆯ가   젼당잡은 쵸디런가
죵차지련 상젼인가   빗바드련 치쥬런가
동이셩의 권당인가   풋낫치   친구런가
양반인가 상인 〃 가   병인 〃 가 반편인가
화쵸라고 두고보며   고셕이라 노코볼가
은혜씨친 일이잇셔   특명으로 먹으려나
져지은죄 뉘탓신고   졔셜음을 뉘아던가
밤낫으로 우는소리   슬푼소리 듯기슬타

③양반도   홀일업다   동양도   ᄒ시난고
듕인도   속졀업니   등짐도   지신는고

밥쏜노릇 호오시니   져역밥은 만히먹소

④ 뭇노라   져농부야   밥우히   보리단슐
  멋그릇   먹언눈다
  쳥풍의   취호얼골   씨온들   무삼호리
  연〃이   풍연드니   히마다   보리븨여
  마당의   두다리고   용졍의   쓰러니여
  일분은   밥쌀호고   일분은   슐쌀호여
  밥먹어   비부르고   슐먹어   취호후의
  함포고복호고   격양가   부르눈가
  농사의   조흔흥미   져런쥴   아라시면
  공명을   탐치말고   농사롤   힘쓸거슬
  빅운니   질기눈쥴   쳥운니   아라시면
  탐화봉졉니   망나의   걸녀시랴

①은 작가가 처음 유배지에 도착해서 거처를 장만하고자 했을 때 집주인의 역정이다. ②는 거처 장만 후에 더부살이나 다름없는 삶을 살던 처지의 작가를 동냥질이라도 해서 가세(家勢)에 보태라고 집주인이 다그치는 부분이다. ③은 동냥을 다녀온 작가에 대한 집주인의 비아냥거림이다. ④는 앞의 대목과는 다른 양상의 대화체이다. 즉 형식은 대화이지만, 시적화자가 질문과 상대자의 행위를 직접 제시하여 답변으로 삼은 경우이다. 여기에서 ④의 경우 보다는 앞선 세 경우가 주목을 요한다.

물론 이러한 집주인의 말들은 작가의 입장에서 파악한다면, 유배생활 기간 동안의 잊을 수 없는 비참했던 삶의 편린(片鱗)이고, 이 때문에 대화 상대자를 등장시켜 서술했을 수 있다. 그런데 위에서 확인되듯이 집주인이 던지는 그 대사의 수준은 보통이 아니다. 이 작품이 출현했던 18세기 말엽 조선의 사회적 상황을 감안한다고 하더라도 집주인의 대사는 세태 비판을 넘어서 있다. 양반 계층의 무능과 위선에 대한 정면 공격이라고 할 정도로 냉소적이며 공격적이다. 즉 〈만언스〉에서의 대화체 사용은 작가가 대화 상대자를 내세워 당시 중앙에서 밀려나 유배지에서 조차 양반 행세를 하려는 유배객과 당시 양반 계층에 대한 서민들의 불만과 분노를 우회적으로 반영한 것이다. 따라서 당시 〈만언亽〉를 접한 독자들은 이와 같은 대목 등을 통해서 대리만족을 경험했을 것이며, 억눌렸던 자신들의 분노를 표출하는 수단으로 삼았다고 할 수 있다.

또한 조선 후기로 오면서 가사는 시적 화자의 생애와 관련된 장황한 서사에 작중 인물을 내세우고, 대화체를 발화 방식으로 사용하는 풍토가 자리 잡았음을 보여준다. 이는 신속하게 내용을 전개하고, 효과적으로 주제 의식을 전달할 수 있는 기법으로 대화체가 사용되었으며, 그만큼 엄청난 사회 내부적 변화가 작품을 통해 구현된 것이라고 할 수 있다. 아울러 간과할 수 없는 사실은 본가에 해당하는 〈만언亽〉와 답사에 해당하는 〈만언亽답〉이 동시에 존재하여 전체 구조상으로도 '화답' 방식의 대화체가 사용된 독특한 작품이라는 점이다.

〈사친가〉에서는 시적 화자가 유년 시절의 어느 날 병이 났을 때, 모친께 보살핌을 받으면서 함께 나눈 대화가 인용된 부분을 들 수 있다.

<blockquote>

잠을조곰 드디쩨면   어머님이 와서서
수족도　만치보며   머리도　짚어보며
일바드며 하는말이   어대가　앞우나냐
기운이　피곤하야   밥을조곰 덜먹어도
근심하야 하는말이   얼골도　변색하고
음식좋아 약기난고

</blockquote>

작가는 이 대목을 통해 시적 화자에 대한 모친의 사랑을 대화로 묘사했다. 〈사친가〉도 전기적 요소가 강한 작품이다. 현장감이나 생동감이 반감될 수 있는 설명을 배제하고, 그 당시 상황을 모친과의 대화체로 처리함으로써 이를 생생하게 전달하고 있다. 이는 작품 수용자로 하여금 유년기 경험을 되새길 수 있는 여지를 제공한다고 할 수 있다.

결국 이 사실들은 답가가 존재하는 본가 내에 다른 화자를 작중 인물로 직접 등장시켜 상황을 보여주는 표현 방식이다. 이것은 현장감의 고취와 직면한 상황을 보다 구체적으로 극화시키려는 작가의 의도로 파악할 수 있다. 극적 양식의 내용 전개에서 등장인물이 차지하는 비중은 매우 크다. 상황 설명 없이 등장인물이 수용자에게 던지는 대사만으로도 사건과 내용이 무리 없이 전개된다. 그리고 작가의 의도와 메시지가 수용자에게 충분히 전달된다.

한편, 〈여자가〉에서도 이와 같은 사실을 확인할 수 있다. '여자의 일생'이라는 긴 서사적 내용을 수용자에게 전달하는 데 전형적인 가사의 형식에 대화체적 기법을 사용하고 있다. 아울러 별다른 설명 없이 전기적 내용을 수용자에게 전달하고 있다. 표현 기법으로서의 대화체를 작품 내에 무리 없이 사용하기 위해서는 작품 내에 작가 의식을 대변할 수 있는 작중 인물의 설정이 반드시 필요하고 전제되어야 한다. 아울러 〈여자가〉의 답가인 〈여주답가〉의 존재도 〈여자가〉의 작중 인물에 대한 반동적 시적 화자의 언술을 통해 텍스트 간 대화를 전개하고 있다. 이는 대화체 가사에서 작중 인물이나 시적 화자의 설정이 얼마나 큰 비중을 차지하는 것인지를 확실하게 보여준다.

'혼합적 대화의 방식'은 주로 전기적 내용을 지닌 작품의 본가에 사용되었다. 다시 말하면, 이 방식은 서사적 내용을 전달하기 위해 율격을 지닌 서정적 형식에 작중 인물이나 시적 화자 간의 대화체를 표현 기법으로 사용함으로써 그 일반적 구조를 완성한다.

2. 대화 방식에 따른 유형 분류와 분석

이는 텍스트 내·외적으로 작중 화자간의 대화가 전개되는 양상에 따른 분류이다. 대화체 가사 작품을 대화의 방식 중 해당 작품에 지배적인 화법의 유형에 따라 분류하면 '화답(和答)', '문답(問答)', '언쟁(言爭)' 등의 세부 방식으로 구분할 수 있다.

1) '화답(和答)'의 방식

여기에서 지칭한 '화답'은 말 그대로 시가(詩歌)를 가지고 서로 수작(酬酌)함을 의미한다. 다시 말하면 본가의 성격을 지닌 특정 작품과 이에 대한 응답 내지는 답가로서의 성격을 지닌 작품이 동시에 존재하는 방식이다. 이러한 화답의 방식은 대화체 가사 중에서도 가장 많은 비중을 차지하는 방식이다. 즉 제목에 있어서 '〈○가〉'에 대한 '〈답○가〉', '〈○답가〉', 혹은 이와 유사한 형태로 존재하는 가사 작품들 중 상당수가 이 방식에 속한다. 따라서 작품의 제목이 '〈○가〉'에 대한 '〈답○가〉', '〈○답가〉'의 형태로 대화체 가사가 존재한다고 해서 이를 무조건 개별 텍스트 간 문답의 방식이라고 보기에는 무리가 있다. 그것은 가사 갈래의 관습적 전통에 의해서 작품의 내용과는 무관하게 붙여진 제목이라고 볼 수도 있기 때문이다.

시가를 가지고 서로 수창(酬唱)하는 전통적 의사소통의 연원은 매우 오래되었다. 그러므로 여기에서 가사를 제외한 다른 갈래 중 화답의 방식에 대해서 논의한다거나, 그것들과 가사의 화답 방식을 대비하는 데는 무리가 따른다. 그 범위가 넓고도 깊기 때문이다. 다만 가사 갈래에 국한시켜 볼 때, 가사에 있어서 화답의 방식은 다른 사람에 이어서 자신의 의견을 진술하는 데 주안점을 둔 대화 방식이다. 즉 화답의 방식은 작품에 등장하는 화자가 서로 다른 의견을 일방적으로 주장하는 태도를 지향하는 것이 아니라, 상대방의 견해를 일부 수용하면서 한편으로는 문제 해결에 대한 다른 접근법을 모색하는 태도를 견지한다.

(1) 〈관동별곡〉-자아의 정체성 확인

'화답' 방식에 속하는 작품으로 우선 송강의 〈관동별곡〉을 제시할 수 있다. 대화체 가사에 있어서 '화답'의 방식은 주로 본가와 답가 형식의 개별 텍스트 간에서 형성된다. 그러나 예외적으로 아래에 제시한 예문과 같이 하나의 개별 텍스트 내에서 이루어지기도 한다.

숑근(松根)을	볘여누어	풋잠을	얼픗드니
쉼애	혼사롬이	날두려	닐온말이
그디를	내모르랴	상계(上界)예	진션(眞仙)이라
황뎡경(黃庭經)	일ᄌᆞ(一字)를	엇디그릇	닐거두고
인간(人間)의	내려와셔	우리를	쏠오는다
져근덧	가디마오	이술혼잔	머거보오
북두셩(北斗星)	기우려	창힌슈(滄海水)	부어내여
져먹고	날머겨놀	서너잔	거후로니
화풍(和風)이	습습(習習)ᄒᆞ야	냥익(兩腋)을	추혀드니
구만리(九萬里)	댱공(長空)애	져기면	놀리로다
이술	가져다가	스히(四海)예	고로ᄂᆞᆫ화
억만(億萬)	창싱(蒼生)을	다취(醉)케	밍근후(後)의
그제야	고텨맛나	쏘혼잔	ᄒᆞ잣고야
말디쟈	학(鶴)을투고	구공(九空)의	올나가니
공듕(空中)	옥쇼(玉簫)소리	어제런가	그제런가[107]

이상은 정철의 〈관동별곡(關東別曲)〉 결사 가운데 일부이다. 이 대목은 작중 화자가 꿈이라는 장치를 통하여 선계(仙界)에 들어가 선인(仙人)과 수작(酬酌)하는 대목이다. 이 부분은 본사부(本辭部)를 통해 현세에 대한 미련과 집착 때문에 풍경과 내면이 원융한 조화를 이루어내지 못했던 현세의 모든 차별과 갈등의 해소와 극복을 보여준다.108)

여기에서 수작하는 두 주체는 선인과 작중 화자로 화(化)한 작가이다. 그리고 작가는 선인과의 대화를 통해 단지 자신의 정체성을 확인하는 데 그치고 있다. 다시 말하면, 선인과 작가의 대화는 작품 전개상 도입된 일반적 대화의 양상을 보일 뿐이다. 적극적인 '화답'의 형태로 나아가지 못하고 있다. 그 이유는 가사 갈래의 발전사를 통해 볼 때 이 작품이 비교적 이른 시기에 만들어진 작품이라는 데 있다. 즉 〈관동별곡〉에 사용된 대화의 기법은 비단 가사 갈래뿐만이 아닌 전대(前代)의 다양한 문학적 대화 기법을 관습적으로 사용한 것에 지나지 않는다고 할 수 있다.

대화체라는 국면에 주목해보면, 〈관동별곡〉에서 대화체를 사용한 목적은 결국 작가가 선정(善政)을 베푸는 목민관으로서의 소임을 다하고자 하는 포부를 재차 확인하는 데 그치고 있다. 대화체 기법을 통한 그 주제 구현의 문제가 지극히 개인적인 문제로 축소된 것이다. 또한 '꿈'이라는 장치를 사용함으로써 문학적 형상화에 있어서 그 문예적 미의식을 고양(高揚)시켰지만, 앞서 살펴본 대화체 가사 작품들과 비교했을 때 그 현장감이 줄어들어 그만큼 비현실적일 수밖에 없다. 따라서 대화체 가사 중 '화답'의 방식에서 조망한 〈관동별곡〉은 뒤를 잇는 대화체 가사 작품들에 대한 선구적 작품이라고 평가할 수 있을 뿐, 본격적인 '화답'의 방식이라고 할 수는 없다.

---

107) 성균관대 대동문화연구원, 『송강전집』, 1964, 326~327면.
108) 윤덕진, 『가사읽기』, 태학사, 1999, 126면.

(2) 〈고공가〉와 〈고공답가〉 —국가 재건에 대한 의견 교환

'화답' 방식에 속하는 또 다른 작품으로 〈고공가〉와 〈고공답가〉를 제
시할 수 있다. 〈고공가〉는 국사(國事)라는 거대한 함의(含意)를 한 집안
존망의 문제로 좁혀서, 은혜를 모르는 머슴들을 불신하고 비난하는 화
자가 새로운 머슴을 들이는 데서 그 해결책을 찾고 있다. 〈고공답가〉는
중간적 존재인 장자(長者) 머슴을 화자로 내세워 머슴들의 나태를 비난
하고, 주인에게도 관리 소홀의 책임을 지워 문제 해결에 대한 다른 접
근법을 보인다.

① 金哥李哥 雇工들아　시ᄆᆞ음　먹어슬라
　　너히니　졀머는다　혬혈나　아니손다
　　흔소티　밥먹으며　매양의　灰灰ᄒ랴
　　흔ᄆᆞ음　흔ᄯᅳᆺ으로　녀름을　지어스라[109]

② 이집　　이리되기　뉘타시라 홀셔이고
　　혬업는　죵의일은　뭇도아니 ᄒ려니와
　　도로혀　혜여ᄒ니　마누라　타시로다
　　니항것　외다ᄒ기　죵의죄　만컨마는
　　그러타　뉘을보려　민망ᄒ야 숩ᄂᆞ이다
　　숫쪼기　마르시고　내말슴　드로쇼셔
　　집일을　곳치거든　죵들을　휘오시고
　　죵들을　휘오거든　賞罰을　불키시고
　　賞罰을　발키거든　어른죵을 미드쇼셔
　　진실노　이리ᄒ시면　家道절노 닐니이다[110]

①은 〈고공가〉의 화자가 바람직한 가정의 근원을 머슴들에게서 찾고,

---

109) 임기중 편, 『역대가사문학전집』 제31권, 아세아문화사, 1992, 557~558면.
110) 위의 책, 제31권, 563~564면.

각자의 직분에 충실할 것을 머슴들에게 권면(勸勉)한 부분 중 한 대목이다. ②는 〈고공답가〉의 화자가 마지막으로 주인에게 권면하는 부분이다. 두 작품의 전면에 등장한 화자는 각각 '주인'과 '머슴'이다. 이것은 작품에 드러난 당대의 그 신분적 층위만을 고려한다면 분명 대립적 구도이다. 하지만 〈고공가〉와 〈고공답가〉의 내용에 천착(穿鑿)하면 두 인물의 의견이 결코 대립적이지만은 않다는 결론에 이르게 된다. 만약 각각의 화자가 당대 부조리한 현실의 원인과 해결책을 자신의 처지와 주변 상황에서 찾으려 했다면 두 사람의 의견은 첨예하게 대립함이 마땅하고, 나아가 쟁의(爭議)의 방식으로까지 충분히 발전할 수 있었을 것이다. 그런데 〈고공답가〉의 화자는 예문에서 확인할 수 있듯이, 집안 불화의 원인은 물을 것도 없이 〈고공가〉의 화자와 마찬가지로 머슴들의 태만에서 찾고 있다. 아울러 여기에 주인이 지녀야할 태도를 부연하였다. 그 까닭은 두 작품의 작가가 모두 양반이라는 데서 찾을 수 있다. 아울러 〈고공가〉와 〈고공답가〉는 마치 『서경』「우서(虞書)」「익직(益稷)」 장의 '갱가(賡歌)'111)처럼 그 구조가 문무백관의 역할에 대한 군주의 견해와 이를 수용하는 신하의 충고로 이루어져 있기 때문이다.

이와 관련해서 〈고공가〉와 〈고공답가〉를 실사(實事)의 작품화라고 주장한 김용섭의 논의112)에 주목할 필요가 있다. 그에 따르면, 〈고공가〉와 〈고공답가〉는 임진왜란 이후 피폐해진 조선의 농업 생산 재건을 위해서 정부가 마련한 방안의 하나로 만들어지게 되었고, 이것이 농업 사회에 보급된 것이다.

---

111) 『서경』「우서(虞書)」「익직(益稷)」 장은 주로 '순(舜)'과 '우(禹)', '고요(皋陶)'의 대화로 이루어져 있는데, 특히 '순'과 '고요'의 대화가 갱가(賡歌)의 형식으로서 그 구조가 임금의 견해에 대한 신하의 충고로 이루어져 있다. 즉 '순'이 먼저 신하가 기쁜 마음으로 일하면 임금의 다스림은 자연스럽게 흥기할 것이라는 견해를 내세우자, '고요'는 임금이 먼저 법도를 삼가 공경하며, 현명하다면 신하도 자연스럽게 어질게 되어 만사가 편안할 것이라고 말하고, '순'이 '고요'의 의견에 동조하는 구조이다.

112) 김용섭, 「선조조 〈고공가〉의 농정사적 의의」, 『학술원 논문집』 42, 대한민국학술원, 2003.

그는 〈고공가〉의 작사자를 선조(宣祖)나 허전(許墺) 중 한 사람이라고 보는 종래의 견해에 회의(懷疑)를 품고, 선조가 작품 창작의 필요성을 허전에게 말함으로써 허전이 국왕 대신 대작(代作)한 후, 국왕과 함께 추고하고 다듬어서 농촌 사회에 보급한 것으로 봄이 온당하다고 하였다.

이들 작품의 목표와 성격에 대해서, 〈고공가〉는 임진왜란 이후의 혼란한 상황 속에서 자경(自耕) 농민과 고공(雇工)들에게 이 작품을 통해 권농(勸農)함으로써 파괴된 농업 생산을 조속히 재건하고자 하는 데 보다 큰 관심과 본 뜻이 있었던 것이고, 〈고공답가〉는 전국적으로 명성이 잘 알려져 있던 어느 지주가(地主家)나 대농장(大農庄)을 중심으로 강제성(强制性)·독려(督勵)·상벌(賞罰)을 통해서 수행하고자 했던 가사 작품이라고 하였다.

결국 이들 작품은 임진왜란 직후의 파괴되고 쇠잔(衰殘)했던 농업 현실 속에서 그것을 숙지(熟知)하고 있던 국왕·정치인·지식인들이 그러한 농업 생산을 재건하기 위한 방안을 두 계열의 계통으로 인식하고 있었음을 보여주는 것이라는 견해이다. 즉 농업 생산을 재건하기 위한 방안을 국왕과 진보적인 관료 지식인 계열에서는 '자경농(自耕農)' 중심의 방향으로 진행하고, 보수적 양반사대부 관료층 계열에서는 '지주제(地主制)' 중심의 방향으로 인식하여, 그것을 각각 〈고공가〉와 〈고공답가〉라고 하는 두 가사의 형식을 통해서 제기한 것이다. 결론적으로 〈고공가〉는 '자경농' 중심의 농업 재건을 역설하는 것이고, 〈고공답가〉는 '지주층' 중심의 농업 재건을 역설한 것이라는 견해로 집약할 수 있다.

따라서 임진왜란 후의 농업 생산을 재건하는 데 있어서 〈고공가〉는 자경농민층을 육성하는 데 기여하고, 후자는 지주제의 발전을 촉진시키는 가운데 기여했을 것이다. 그리고 '주인'과 '머슴'이라는 상징적 인물의 형상화를 통하여 그 입장을 대변(代辯)하고 있다. 이와 같은 견해를 염두에 둘 때, 대화체 가사와 관련하여 중요한 점 하나를 발견할 수 있다. 그것은 바로 대화체 가사가 실사(實事)를 효과적으로 재현해 낼 수 있는 유용한 표현 기법이며, 대화체 가사에 구현된 구체적 상황 설정의 다수가 실사일 수 있는 근거를 제공한다는 점이다. 아울러 부연할 것은 〈고공가〉와 〈고공답가〉는 대화체 가사 작품 가운데, 대화 주체들이 주제 표출에 있어 보다 적극적인 쟁의의 방식으로 발전하지 못하고, 의견 개진(開陳) 수준에 머문 화답의 방식에 해당되는 작품이다.

(3) 〈만언亽〉와 〈만언亽답〉-유배의 현실과 전망 제시

〈만언亽〉와 〈만언亽답〉도 '화답'의 방식에 속한다. 〈만언亽〉는 유배로 인한 비참한 생활과 고난, 그리움의 정조로 점철된 화자를 내세우고 있다. 반면에 〈만언亽답〉에는 해배(解配) 이후의 상황을 묘사함으로써 희망의 믿음을 역설하는 화자가 등장한다.

<pre>
①슈로쳔니 다지니고   츄자셤이 여긔로다
  동즁을   도라보니   젹막도   틱심ᄒ다
  사면을   살펴보니   날알니   뉘잇시리
  뵈눈거시 바다히오   들니ᄂ니 물소리라
  벽희슈   갈인후의   모리모혀 셤이되니
  츄자셤   삼길졔눈   쳔작지옥 여긔로다113)

②어와   손임네야   다시니말 드러보소
  져도이도 다바리고   망극쳔은 니졋눈가
  은인옥쳑 낫가다가   기소홈도 쳔은니오
  벌목졍 〃 뷔여다가   온슉홈도 쳔은니오
  쳥풍북창 누엇실졔   혼가홈도 쳔은니오
  만경창파 바롬불졔   장관홈도 쳔은니오
</pre>

---

113) 임기중 편, 『역대가사문학전집』 제10권, 아세아문화사, 1998, 173~207면.

나아가도 천은니오　　물너가도 천은이오
손임흔번 죽어지면　　큰죄가　　둘리로세
부모롤　　니져시니　　불효도　　되려이와
천은을　　니져시니　　불튱이　　아니신가
(…중략…)
어와　　손님네야　　마음을　　곳쳐먹어
듁잔말　　다시말고　　사라홀일 혜여보소114)

　①은 〈만언〉의 화자가 유배지인 추자도(楸子島)에 처음 도착했을 때의 감회를 토로한 부분이다. 〈만언〉에는 이외에도 차마 형언(形言)할 수 없는 유배생활의 비참한 실상과 절망적 심회가 곳곳에 산재해 있다. 그것을 모두 아울러 짐작컨대, 유배지는 화자에게 인용문의 적실함처럼 '지옥'이었을 것이다. 그리고 내내 고향 하늘을 바라보며 해배(解配)를 기원하는 장소였을 것이다. 그런데 ②에서 〈만언답〉의 화자는 이 모든 고통조차 '천은(天恩)'이라고 역설하고 있다. 나아가 마치 '삶이 그대를 속일지라도' 모질게 살아남는 것만이 '충효'라는 듯한 태도를 보이고 있다. 이쯤 되면 〈만언〉 화자의 입장에서 이러한 의견은 현실과 이상의 이율배반(二律背反)이며, 어불성설(語不成說)이라고 일갈(一喝)할 만도 하다. 그런데 그 어디에도 그의 반론은 없다. 이러한 현상은 〈만언답〉 화자의 의견이 유배에 대한 그저 피상적인 생각이 아닌 데서 기인한다. 즉 〈만언답〉 화자의 의식 속에는 이미 유배지에서의 생존을 위한 어업이나, 몸소 나무하는 일, 초라한 거처에서 떨며 밤을 지새우는 일 등이 고난이라는 생각이 자리 잡고 있지만, 이러한 일들은 해배의 개가(凱歌)를 부를 그날을 생각하고 목숨을 부지하는 일에 비하면 아무것도 아니라는 의견이 자리 잡고 있는 것이다. 그러므로 이것은 〈만언답〉 화자의 유배 체험 유무를 떠나서 그가 〈만언〉의 화자에

---

114) 위의 책, 153~163면.

게 현실에 대한 발상의 전환을 권고하는 것일 뿐이기에 반론이 있을 수 없는 것이다. 따라서 〈만언亽〉와 〈만언亽답〉 역시 화답의 방식에 속할 수 있는 근거를 갖는다.

(4) 〈농가〉와 〈답농가〉—농업의 역할과 중요성 역설

'농가' 계열의 전통을 계승하고 있는 〈농가〉와 〈답농가〉도 '화답' 방식의 대화체 가사 작품이다.

솔토	싱민들아	이니말숨 들어보소
홍몽	옛亽젹을	모로눈냐 드럿눈다
반고씨	터흘닥가	음양을 비판후의
쳔황씨	지은집의	지황씨 더을이어
인황씨	구형졔로	구쥬에 분쟝ᄒ여
(…중략…)		
신농씨	즉위년의	오곡을 분별ᄒ여
짜뷔쟝기 만든후의		셔직슉믹 벼을심어
수인씨	쑬은불노	익여니니 밥이로다
밥먹고	술녀ᄒ니	농亽밧긔 쏘잇눈가
하우씨	치수ᄒ고	후직이 짜흘보아
(…중략…)		
부상하민 시골의		도읍ᄒ니 죠션이라
픠강가	묵은짜희	명젼법 그려니여
팔도의	발근교화	동민을 교도ᄒ니
단군의	옛풍토의	변ᄒ거다 예악문물
찌은쓸	씨셔니여	비져니니 쳥쥬탁쥬
옥누의	잔드리고	만수무강 비논고나
셰亽을	싱각ᄒ니	이에셔 더잇눈가

아희야 명심ᄒ여   이닉말ᄉᆞᆷ 잇지마라[115]

위의 예문은 〈농가〉의 일부분이다. 〈농가〉는 농사의 유래를 중국 상고사(上古史)와 교묘하게 결합시켜 설명하고 있는 가사 작품이다. 그런데 단순히 그 유래의 설명에서 끝나는 것이 아니라, 그 결과로 우리나라의 농사가 영향 받게 되었음을 강조하고 있다. 즉 반고(盤古)·천황씨(天皇氏)·지황씨(地皇氏)·인황씨(人皇氏)·신농씨(神農氏)·수인씨(燧人氏)·우(禹)·후직(后稷) 등에 의해 중원(中原)의 인프라(infra)가 구축되었다. 이를 기반으로 농사가 시작되었으며, 순(舜)으로 대표되는 태평성대의 조성을 거치게 되었다. 그 분위기가 한반도에 정착된 후, 단군(檀君) 이래의 우리 역사가 시작되었다는 것이다. 사실 이처럼 중국 역대의 사적(史蹟) 등 전고(典故)에 기반을 둔 내용들을 나열함으로써 은연중에 그 주제를 전달하는 것은 신득청(申得淸, 1332~1392)의 〈역대전리가(歷代轉理歌)〉 이래로 가사 내용 구성에 사용되어 왔던 하나의 전형적 기법이다. 그리고 이러한 사실은 중국과 조선의 역사 및 지리(地理)를 나열함으로써 마치 교양적 선습(先習) 텍스트와 같은 분위기를 보여주는 〈옥설화담(玉屑華談)〉 등에서도 확인할 수 있다.

〈농가〉 역시 이들 일군의 작품과 그 수법은 유사하지만, 〈농가〉의 시적 화자는 작품의 수용층을 다수의 청자로 설정하여 서두에 제시하고 있다. 이는 〈농가〉가 그 내용과 기법상 유사한 유형의 작품들과 대별되는 변별점이다. 나아가 '농사'라는 제재는 물론, 그 수용층을 다수의 청자로 미리 설정함으로써 전고를 사용한 도식적 어투의 가사가 수용 계층적으로 하향화되고, 거기에 대화체가 조력하고 있음을 입증하는 것이다. 또한 아래와 같이 작품의 중간에 '〈격양가(擊壤歌)〉'를 부르는 노인을 암묵적 대화 상대자로 설정하여 작품의 현장감을 고조시키고 있다.

---

115) 위의 책, 제8권, 391~397면.

모궁의　　회가듯고　　강구의　　니꾸인졔
비부른　　져노인아　　격앙가는 무슴일고
네열름　　잘된힘을　　뉘공인쥴 모로논가116)

결국 〈농가〉는 작품의 후반부로 갈수록 우리나라의 태평성대는 농사에 기반하고 있으며, 그 기저(基底)는 역사적으로 중국에서 발원한 농사 풍토에 힘입은 바 크다는 논조(論調)를 견지(堅持)하면서 철마다 농사에 힘쓰는 것이야말로 태평성대를 이루는 국가 경영의 기본임을 역설하고 있다. 물론 그 논의의 중심에는 위정자가 아닌 백성이 자리 잡고 있다는 사실도 간과할 수 없다.

〈답농가〉는 이와 같은 〈농가〉에 대한 '화답'의 입장에서 만들어진 답가적 형식의 작품이다. 그 내용은 남아로 태어나서 글공부를 통한 입신 양명도 할만한 일이지만, 무엇보다도 근본 되는 것은 농사일이라는 것이다. 〈농가〉와 〈답농가〉 모두 저변에는 농사가 국가 경영의 기본이라는 의식이 전제되어 있다고 할 수 있다. 따라서 전고의 나열로 농사의 근본을 보여준 〈농가〉와 뒤를 이어 농사의 중요성을 강조한 〈답농가〉도 화답 방식의 대화체 가사라고 할 수 있다.

특이한 점은 〈농가〉와 〈답농가〉 사본(寫本)의 형태나 자형(字形)이 완전히 다른 것으로 미루어 이들 작품은 각각 다른 작가의 작품이거나 적어도 다른 필사자(筆寫者)를 거쳤을 수 있다는 점이다. 이 사실은 대화체 가사의 존재 양상과 관련하여 우리에게 다음과 같은 사항을 시사한다. 그것은 작품의 존재 양상에 있어서 본가와 답가의 작가가 다르더라도 공통 제재와 주제를 가진 개별 텍스트가 연작의 형식으로 연결된 작품의 경우에는 대화체라는 벼리로 묶을 수 있는 근거를 제공한다는 점이다.

---

116) 위의 책, 392~393면.

(6) 〈붕우가〉와 〈붕우ᄉ모답가〉—향수와 벗에 대한 그리움

'화답'의 방식은 인간의 본성과 관련된 도덕의 문제를 다룬 가사 작품에도 적용된다. 아래의 ①과 ②는 각각 〈붕우가〉와 〈붕우ᄉ모답가〉의 일부분이다.

① 편지를　급히본이　　　니행하라 ᄒ엿기애
　　(…중략…)
　　부모젼인 이별ᄒ고　　동유의　손을잡고
　　낙누하여 하는말리　　잘잇거라 동유드라
　　인지보면 언제볼고　　산지사방 우리동유
　　상봉자약 하올손야　　너가온들 너가올가
　　참으로　　　　　　　붕우이별 슬풀거던
　　(…중략…)
　　불출한　이니몸이　　어디로　가는길고
　　부모형재 이별하고　　졍든붕우 다두고셔
　　어난사람 차져가노　　남ᄌ몬된 타시로다
　　남ᄌ만　되어스면　　이런길이 이슬손야
　　(…중략…)
　　그리워라 그리워라　　고향산쳔 그리워라
　　보고지고 보고지고　　우리붕우 보고지고
　　오매불망 우리붕우　　일시상별 어려운디
　　누위불경 무삼일고
　　(…중략…)
　　그력저력 지니다가　　영츈삼월 도라와셔
　　고향애　가기되면　　두손을　휘여잡고
　　가진졍회 풀려보셰　　백골리　진토되더라도
　　붕우유별 변치마소[117]

---

117) 위의 책, 제24권, 233~237면.

②슘월츈풍　십삼일은　슘종질부　회갑이라
　간쳥ᄒ니　　　　　　　그소식　　반겨듯고
　노소로　　홉심ᄒ고　슘슘오오　작반ᄒ야
　평싱의　　원ᄒ든　　춍슈연을　다다라
　산쳔경기를　둘너보니
　(…중략…)
　우리각각　도향의셔　빅발되여　쳐음이라
　결ᄉ훈지　슈십연의　금일쳐음　숭디ᄒ니
　(…중략…)
　붕우난　　슈십여ᄌ이　각각으로　노리지여
　풍월리　　난만ᄒ니　여ᄌ힝낙　안이로다
　고셔를　　너야녹코　ᄌᄌ이　　숭고ᄒ니
　문왕갓흔　디셩인도　후셰계　　힘을입어
　형우광쳔　되야스니　우리도　　늘글망졍
　틱ᄉ의　　쳬법ᄒ시
　(…중략…)
　우리와　　슉향이나　슉으로　　디졉훈들
　붕우유신　당할손가
　(…중략…)
　이곳든　　바이공지　무칙하오나
　유졍으로　바드시고　푸르른
　송쥭각치　변치마셰[118]

　〈붕우가〉는 어려서 타향으로 시집간 시적 화자가 내행(內行)하라는 친
정의 편지를 받고, 고향으로 귀녕(歸寧)하는 것으로 시작한다. 부모를 뵙
고, 보고 싶던 옛 친구들을 만났지만, 너무나도 짧은 만남이었던 탓에 시
댁으로 돌아오는 길에서 느낀 회한의 감정을 진솔하게 토로한 작품이다.
시적 화자가 고달픈 시집살이에 지친 마음을 견디고 위로 받을 수 있었던

---

118) 위의 책, 238~245면.

원천은 고향과 부모형제 그리고 벗들에 대한 그리움이었다. 그러나 짧았던 만남 탓에 그러한 그리움이 오히려 사무친다는 절절함을 고향에 나비처럼 날아가고 싶다는 애틋함으로 승화시키고 있다. 제시문에서 확인할 수 있듯이, 내용 가운데 시댁으로 돌아가면서 고향의 친구들과 이별하는 장면을 대화의 형식으로 보여줌으로써 현장감을 배가(倍加)시키고 있다. 또한 시종일관 비통한 시적 화자의 정서를 적실하게 전달하고 있다.

〈붕우ㅅ모답가〉의 시적 화자 역시 〈붕우가〉와 마찬가지로 시집간 여성이다. 다만 차이점이 있다면 이 작품의 시적 화자는 〈붕우가〉의 시적 화자 보다 연배(年輩)가 훨씬 위라는 점이다. 그리고 〈붕우가〉의 시적 화자 보다 훨씬 처절한 삶을 살았다는 점도 차이를 보인다. 물론 이 작품에서는 시적 화자가 시집살이 중간에 고향에 다녀왔던 내력을 편의상 누락시켰을 수도 있지만, 이 텍스트만 놓고 볼 때 시적 화자는 어려서 떠나온 고향을 백발이 다된 나이가 되어서야 가보게 되는 것이다. 그것도 삼종질부(三從姪婦)의 회갑연이라는 옹색한 구실을 내세워서 말이다. 좌우간 고향에 도착한 시적 화자는 옛 친구들과 어울려 즐거운 시간을 보내지만, 그 시간이 결코 유쾌하지만은 않다. 오히려 함께 즐기던 여성들에게서 그 당시 유교적 테두리 안에서 살아야 했던 아녀자들의 법도에서 어긋나는 바도 발견한다. 결국 고서(古書)를 들추며 문왕(文王) 등 성인(聖人)들의 삶을 반추(反芻)한 후, 그리움을 삭이며 최소한 아녀자로서의 법도에 맞는 삶을 살고자 스스로 다짐한다. 아울러 결사에서는 도덕적으로 붕우유신의 중요성을 다시 한번 강조하고 있기도 하다.

이처럼 〈붕우가〉와 〈붕우ㅅ모답가〉는 두 작품 모두 여성이 그 시적 화자라는 점을 공통점으로 들 수 있다. 전면에 노골적으로 드러내지는 않고 있지만, '시집살이 노래' 유형에서 느낄 수 있는 여성의 고된 일상사와 고향에 대한 향수를 엿볼 수 있다는 점도 공통점이다.

반면에 두 작품에 드러난 차이점 역시 간과할 수 없다. 우선, 앞서 살펴보았던 〈농가〉 및 〈답농가〉와 마찬가지로 사본의 양태(樣態) 등을 고려

할 때 이 작품의 작가나 필사자 역시 각각 다른 인물인 것으로 파악된다. 또한 〈붕우가〉는 시댁으로부터 친정에 다녀오는 여정이 중심이며, 그 동적(動的)인 상황의 사이에서 느낀 그리움의 정서가 지배적이다. 〈붕우ᄉ모답가〉는 그 여정을 마친 정적(靜的)인 상황에서 정리한 복합적 정서가 주를 이루고 있다. 이 복합적 정서에는 벗에 대한 그리움은 물론 그 당시 아녀자로서 지녀야 했던 최소한의 도덕률을 지키려는 의지가 담겨 있다. 이것은 시적 화자의 연령상 설정에 기인한 것으로 파악할 수 있다. 즉 〈붕우ᄉ모답가〉의 시적 화자가 〈붕우가〉의 시적 화자 보다 연륜(年輪)에서 우러나오는 원숙함을 지니고 있기에 가능하다. 결국 〈붕우ᄉ모답가〉는 벗과의 신의(信義)에 있어서 "빅셰 쳥풍ᄒ라"는 부제(副題)에서도 확인되듯이, 본가인 〈붕우가〉의 지배적 정서인 벗에 대한 그리움을 계승하면서 한편으로는 이를 도덕적 문제와 결부시켜 답가로서 동일한 문제에 대해 다른 각도에서 접근하는 태도를 보여주고 있다.

(6) 〈사친가〉와 〈답사친가〉 ─ 향수와 효의 중요성 강조

〈사친가〉는 대화체 가사 작품 가운데 이본이 상당히 많은 작품이다. 『역대가사문학전집』소재 〈사친가〉 이본의 수효만 헤아려도 13편에 이른다. 이를 『역대가사문학전집』의 수록번호와 내용에 따라 분류하고, 그 서두를 제시하면 다음과 같다.

> ① 613〈사친가 事親歌〉, 614〈思親歌〉, 615〈思親歌 사친가라〉, 1191〈사친가〉, 1823〈사친가〉
> 　　서두: 正月이라 十五日　　　　　玩月하는 少年들아
> ② 616〈사친가〉, 617〈사친가〉, 1192〈사친가〉, 1193〈사친가〉, 1194〈사친가〉, 1834〈사친가〉[119]

서두: 가소롭다 가소롭다　　　　여자유행 가소롭다

③ 618〈회혼경회가 (사친가)〉

서두: 댁당인히 축은택의　　　　유황생애 영영우슈

④ 1190〈사친가〉

서두: 백니밧께 출가한이　　　　할말도　가득하고

　이들 네 유형의 〈사친가〉 이본은 시집간 여성이 친부모를 그리워하는 주제를 담고 있다는 공통점을 지녔다. 그러나 그 형식이나 내용에는 약간의 차이가 있다. 이 가운데 ③ 유형은 제목 아래에 '사친가'라는 부제가 붙어 있지만, 결혼 예순 돌인 '회혼(回婚)'을 맞이하여 이를 축수(祝壽)하는 내용과 관계가 있으므로 논외로 한다. 아울러 ④ 유형은 ② 유형과 내용상 친연성이 있으므로 논외로 한다. 따라서 여기에서는 비교적 이본의 수량이 풍부한 ①과 ② 유형에 대해 살펴보기로 한다. 먼저 ① 유형은 그 형식이 '월령체(月令體)'이다. 그리고 아래와 같이 각 달거리의 시작과 마무리가 반복되는 전형성을 보이고 있으며, 특히 마무리 부분은 후렴구로 끝내고 있다.

正月이라	十五日	玩月하는	少年들아
凶豊도	보려니와	父母奉養	生覺하라
(…중략…)			
陰風이	寂寞하고	消息이	永絶하니
슲으다	우리父母	上元日을	모르시나
그달을	虛送하니	二月이라	寒食日에
千秋節이	寂寞하다	介子推의	넋이로다
(…중략…)			
슲으다	우리父母	淸明인줄	모르시나
그달금음	다보내고	三月이라	三辰날에[120]

---

119) 북한에서 출판된 『가사선집』에는 이 유형의 〈사친가〉만 실려 있다. 정렬모 편주, 『가사선집』, 조선문학예술총동맹출판사, 1964, 499~514면.

① 유형 〈사친가〉의 서두인 '정월령(正月令)'과 '이월령(二月令)'의 시작과 마무리 부분이다. 이처럼 각 달거리의 시작 부분에는 그 달을 대표하는 절기(節氣)를 배치하였다. 다음 달거리로 넘어가는 부분마다 "슯으다 우리父母 ○인줄 모르시나"로 끝나는 후렴구를 사용함으로써 대표적 절기를 매개로 부모를 그리워하는 애틋한 마음을 증폭시키고 있다. 각 달거리의 중간에는 진시황(秦始皇), 개자추(介子推), 소부(巢父)·허유(許由)의 고사 등을 채용하였고, 『논어(論語)』의 구절인 "樹欲靜而風不止 子欲養而親不在"를 직접 인용하였으며, "나물 먹고 물 마시고 팔을 베고 누었스니 大丈夫의 살림사리 이 아니 넉넉한가"라는 〈장부가(丈夫歌)〉를 수록하였다. 이외에도 〈백구사(白鷗詞)〉의 한 구절인 "白鷗야 나지마라 너 잡을 내 아니라" 등을 직접 인용하였다. 이는 작품에 고사 채용을 관습적으로 일삼는 가사 갈래의 특성에서 기인한 것이라고 할 수 있다.

이 작품이 다른 주제를 담고 있는 가사 작품들과 대별되는 점은 자칫 무겁게 보일 수 있는 '사친'의 문제를 월령체라는 친숙한 형식과 적절하게 결합시킴으로써 보다 많은 수용자들에게 공감을 불러일으키려는 시도를 했다는 사실이다. 이는 이미 많은 사람들이 알고 있는 사실이었겠지만, 수용자들을 의식하고 각 달거리마다 그 달에 포함된 절기를 낱낱이 나열함으로서 수용자들의 이해를 돕고 있다는 점에서도 거듭 확인할 수 있다.

父母奉養	힘을쓰고	浮浪放蕩	말지어다
靑年	子弟들아	부대부대	銘心하고
슯으도다	우리父母	한번가면	다시오나
사라生前		極盡奉養	힘을쓰오[121]

<hr>

120) 임기중 편, 『역대가사문학전집』 제24권, 아세아문화사, 1998, 188~190면.
121) 위의 책, 203면.

〈사친가〉의 결사 부분이다. 시적 화자의 부모는 돌아가셨을지라도 수용자들을 향한 당부를 잊지 않았다. 그것은 늘 부모를 생각하고, 그 은혜를 잊지 말며, 살아 계실 때 힘을 다해 봉양하라는 것으로 이 작품을 더욱 돋보이게 한다. 아울러 '정월령'에서는 정월 대보름에 달맞이하는 소년들을 청자로 설정했다. 또 '유월령(六月令)'에서는 "어화 벗님네야 貧賤을 恨치 마라"고 함으로써 〈사친가〉도 여타 대화체 가사들과 마찬가지로 계층을 불문한 다수의 수용자를 설정하고 있음을 확인할 수 있다.

②유형은 '시집살이 노래'에 속한다고 할 수 있다. 즉 작품의 시적 화자를 통해 시집살이와 관련된 '여자의 일생'을 이야기하고 있다. 그 중간에 친부모에 대한 그리움을 서술하고 있음은 물론이다. 그 전개는 다음과 같이 정리할 수 있다.

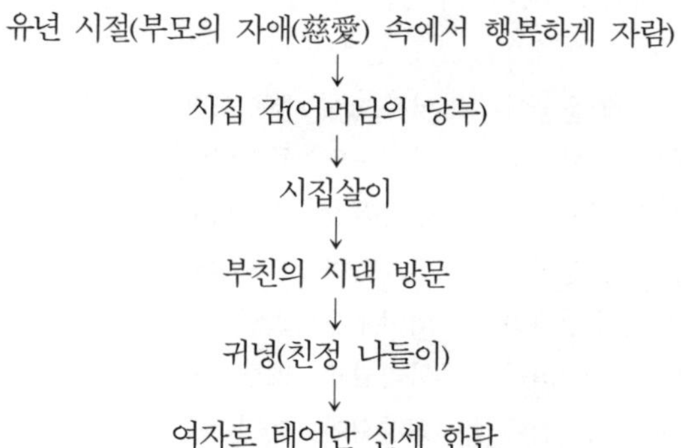

흥미로운 점은 답가와 무관하게 작품 내에서도 대화체가 사용되고 있다는 점이다. 이는 같은 유형인 〈만언스〉에서도 확인할 수 있는 바, 작품 내에 다른 화자를 작중 인물로 직접 등장시켜 대화를 통해 상황을 보여주는 설명 방식이다. 이는 현장감을 살리는 동시에 직면한 상황을 극화(劇化)시키려는 작가의 의도로 파악할 수 있다.

잠을조곰　드디쎄면　　어머님이　와서서

수족도	만치보며	머리도	짚어보며
일바드며	하는말이	어대가	앞우나냐
기운이	피곤하야	밥을조곰	덜먹어도
근심하야	하는말이	얼골도	변색하고
음식좇아	약기난고[122)		

시적 화자가 유년 시절에 받던 모친의 사랑을 묘사한 부분이다. 만약 여타 가사 작품들과 마찬가지로 이 부분을 전고가 섞인 전형적 율문(律文)으로 처리했다면 생동감이나 현장감은 대단히 반감되었을 것이다. 그런데 이 작품에서는 그 당시 상황을 모친의 간접 대화체로 처리함으로써 이를 생생하게 전달함은 물론, 작품 수용자로 하여금 몰입을 초월하여 자신의 경험을 되새길 수 있는 여지를 제공하고 있다. 이는 다음과 같은 부분에서도 재차 확인할 수 있다.

이십년	키운공이	헛부고	헛부도다
우리엄마	거동보소	가메문도	들고앉아
머리함도	만치보며	구곡간장	녹는회포
말할수	없건마는	경계하여	하는말슴
우지마라	우지마라	너야무슨	할일있나
잘가거라	잘가거라	아바님게	배행하고
칭칭시가	가진집에	백양같이	마지하니
무신근심	또잇느냐	친정을	생각마고
구고생기믈	효양하라		
(…중략…)			
근친오면	볼것이라	시가가	너집이라
친가는	아조잊고	시가만	생각하라[123)

---

122) 위의 책, 252면.
123) 위의 책, 255~256면.

이십여 년 키운 여식(女息)을 시집보내는 날, 모친의 당부를 대화체로 표현한 부분이다. 한편으로는 새로운 세상에 대한 두려움으로 불안할 딸을 안심시켜야만 하고, 다른 한편으로는 한없이 섭섭한 자신의 심회를 안으로 삭이면서 시댁에서의 행동거지를 경계하는 어머님의 모습이 눈물겹다. 사실 '시집살이 노래'는 인간의 원초적 감정, 특히 서러운 시집살이를 경험한 과거 여성들의 감정을 잘 표현한 시가 유형이라고 할 수 있다. 그만큼 '시집살이 노래'는 이 유형이 통용되던 당대에 누구나 여성 계층 대부분이 공감할만한 광범위한 호응을 받았던 것이고, 나아가 '시집살이 노래' 계열이 소위 규방가사 계열 중 하나의 트렌드(trend)로 자리매김할 수 있었던 직접적 근거가 되기에 충분했다고 할 수 있다.

문을닷고	혼자앉아	소리없이	울기하니
그록하신	시모님이	시수대이를	손에들고
내방안에	들어와서	손을잡고	하는말이
우지마라	우지마라	부모동생	생각이야
갈바없이	잇근마는	여자유행	원부모는
옛적부터	그려하니	어여뿐	내뜻바다
수삭만	지나가면	귀령부모	할것이라
이달만	얼는가면	밧사돈	청하리라
시수하고	분성경해라	안손도	많기온다124)

더욱이 〈사친가〉의 시어머님은 으레 '범'같이 묘사되곤 하는 엄한 인물이 아니다. 위에 제시된 대화체 예문과 같이 고향 생각과 혈육 생각에 서러운 며느리를 달래고 배려하는 자상한 인물이다. 이 부분 역시 직접 작중 인물을 등장시키고 대화의 방식을 사용함으로써 단순 서술로는 그 상황을 효과적으로 묘사하기에 부족한 한계를 극복하고 있다.

이상에서 살펴본 내용을 중심으로 보건대, 〈사친가〉 ① 유형은 구체

---

124) 위의 책, 258면.

적 상황 설정 없이 부모에 대한 그리움과 그 은혜를 불망(不忘)코자 하는 스스로의 다짐뿐만 아니라 이를 널리 계도(啓導)하려는 의지를 월령체에 담고 있다. ② 유형은 '여자의 일생'과 '혼인'이라는 구체적 상황을 설정하고, 그 속에서 그리움의 정서 때문에 발생하는 갈등과 극복을 작중 화자의 대화를 통해 표출하고 있다.

〈답사친가〉125)는 이상의 '사친가'류 작품에 대한 화답적 성격을 지닌 작품이다. 그런데 ①과 ② 유형의 〈사친가〉 보다 시적 화자가 처해 있는 상황이 보다 구체적이며, 그 현실은 비극적이다. 다음은 〈답사친가〉의 서두이다.

<blockquote>

어와　　　반가울사　　셔간음신 반가울사
신기하고 황홀하다　　우리왕모 하찰리야
天降인야 地出인야　　진몽인야 리몽인야
장중통첩 황홀ᄒ니　　이쑴이　　정쑴인고
졍당싱민 쑴이련가　　남희상에 쳥죠런가
북희상에 하찰인들　　이에셔　　더할손냐
쌍슈에　　놉피드러　　익읍유의 하얏셔라126)

</blockquote>

예문을 통해 알 수 있듯이 〈답사친가〉의 시적화자는 부모의 모습조

---

125) 필자는 연구 과정에서 〈답사친가〉 이본(異本) 2종을 확인했다. 하나는『역대가사문학전집』제24권 소재(所在) 1138〈답사친가〉이고, 다른 하나는『한국가사자료집성』二 소재 〈답사친가〉이다. 모두 필사본인데, 사본의 상태와 자형(字形)이 다른 것으로 보아 필사자는 각각 다른 인물이라 짐작된다. 흥미로운 점은『집성』소재 〈답사친가〉의 제목 아래에 세로로 "著作者 安東河回 柳京佑 所有者 安東河回 柳時郁"이라고 써놓아 작가와 사본의 소유자를 밝혀 놓았다는 점이다. 이들은 모두 서애(西厓) 류성룡(柳成龍, 1542~1607)을 배출한 풍산(豊山) 류씨 가문의 후손들이며, 안동 하회는 이들의 집성촌이다. 따라서 이 작품은 풍산 류씨 집안의 아녀자에 의해 지어진 작품일 가능성이 크다.『전집』소재 〈답사친가〉는 서사와 결사 부분이 상당 부분 누락되어『집성』소재 〈답사친가〉 보다 분량이 짧다. 그 이외 부분의 형식이나 내용은 두 본이 동일하다. 그리고『전집』의 목록에 그 제목이 "답사천가"로 되어 있는데, 이는 "답사친가"의 오기(誤記)인 듯하다.

126) 단국대율곡기념도서관소장본『한국가사자료집성』2, 태학사, 1998, 142면.

차 만날 수 없는 처지에 있다. 그의 처지는 ① 유형처럼 부모가 생존치 않기 때문이 아니고, ② 유형처럼 출가(出嫁)에 의한 것도 아니다. 그야 말로 '생이별'인 것이다. 따라서 고향 소식을 담고 있는 서신(書信) 한 통도 소중할 수밖에 없고, 서신을 받아든 상황조차 꿈만 같다. 서신을 받쳐 들고 감격하는 〈답사친가〉의 시적 화자에게 〈사친가〉의 상황인 친정나들이는 부득불(不得不) 사치일 수밖에 없다.

<blockquote>
고국산천 하즉ᄒ니　　쇽졀업산 離別이야
이길이　무삼길고　　여리여광 이니심회
눈물이　하직이라　　明天白日 말근날에
뇌셩벽역 나리는듯　　만슈산　원함졍은
이별인가 안이련가[127]
</blockquote>

　〈답사친가〉의 시적 화자가 머나먼 타국으로 떠나며 남긴 이별의 회한을 서술한 부분이다. 앞서 살펴본 '사친가'류의 시적 화자도 어떤 계기에 의하여 부모와 이별하게 된다. ② 유형의 경우만 보더라도 '혼인'이라는 인륜지대사(人倫之大事)가 그 계기로 작용한다. 그런데 사실 〈사친가〉는 그 계기가 작품 내에서 중요한 자리를 차지하지 않는다. 오히려 이로 인한 그리움에 정조의 초점이 맞춰져 있다. 그러나 〈답사친가〉는 그 그리움의 원인인 혈육과의 이별에 정조의 무게를 더하고 있다. 이 점이 〈사친가〉와는 다른 방식의 접근법이며, 〈답사친가〉가 〈사친가〉에 대한 발전적 화답으로서의 구실을 할 수 있는 원동력이다. 따라서 그로 인한 〈답사친가〉의 그리움은 〈사친가〉보다 애절한 것이다.

<blockquote>
나리둧친 학이되야　　나라가셔 보고지고
말니장쳔 明月되야　　빗치되셔 보고지고
落落長松 바람되야　　부려가셔 보고지고
</blockquote>

---

[127] 위의 책, 144면.

한강슈   압녹강에   망망중유 창파되여
흘너가셔 보고지고   츄월춘풍 몇시졀에
슬푸다   부모자최   언계한번 다시보랴
(…중략…)
쳔슈만한 이닉회포   몽혼이나 가고져라
부모슬하 가고져라   자손지명 다가면서
나만엇지 못가난고   지졍친쳑 다가면서
나만엇지 못가난고   연마쳑당 다가면서
나만엇지 못가난고[128]

현실적으로 이루기 힘든 상황을 빗대어 자신의 그리움을 극대화한 시적 화자는 급기야 부모에게 갈 수 없는 자신의 처지를 비관하고 한탄한다. 하지만 이별로 인한 그리움을 토로하는 데 그쳤다면, 〈답사친가〉는 단지 '사친가'류에 속하는 작품으로 남았을지도 모른다. 〈답사친가〉는 〈사친가〉를 관류하는 그리움의 정조를 다음과 같이 효의 강조와 고국에 대한 축원(祝願)으로 승화시키고 있다. 즉 부모께서 길러 주신 은혜를 선조의 은덕으로 확대시킨 후, 그 근원의 지평을 확대하여 국가의 존재에서 기원을 찾고 있다. 따라서 마지막에 만사(萬事)의 발상지인 국가 존망의 대사(大事)를 하늘이 지켜줄 것을 기원한 것이다.

소산디랄 농사ᄒᆞ여   셔슉갈고 감자심거
남산갓치 쪅을하여   한강슈로 술을빗어
삼각산을 지어보○   우리○○ ○○○○
두쌍으로 ○○○○   노러자에 아롱오시
춘풍에   나붓기며   남산에   슈을빌고
셔강에   복을빌어   만당열좌 제바드련
초기발월 춤추난가
(…중략…)

<hr>

128) 위의 책, 146~149면.

복원복망 하나임젼   산두갓탄 기상잇셔
쳔호만축 하옵나니   경윤더지 품어스니
상쳔이   늣기소셔
(…중략…)
우리고국 보국ᄒ사   사화셰풍 외압소셔[129]

〈답사친가〉의 결사 부분이다. 부모와 멀리 떨어져 있어 자신은 당장 실천할 수 없지만, 고향에 있는 동류(同類)들에게 부모 봉양에 힘쓸 것을 역설하고 있다. 아울러 꿈에도 잊지 못하는 고국에 대한 축원으로 마무리하여 그리움으로 점철된 〈사친가〉의 정조를 보다 확장하여 발전적으로 계승하고 있다. 이는 〈답사친가〉도 그 사상적 측면에 있어서 유교 이념에서 벗어나지 못했다는 한계를 보여준다. 그런데 대화체 가사적 측면에서 보면, 역설적이게도 이것이 바로 〈답사친가〉가 〈사친가〉의 답가로서 두 작품이 대화를 통한 화답이 될 수 있는 근거이기도 하다.

결국 〈사친가〉는 늘 부모를 그리워하고, 그 정조의 결과로 '효'의 중요성을 일깨우고 있다. 한편, 〈답사친가〉는 '이별'이라는 극적 상황을 제시함으로써 부모에 대한 자식의 애틋한 그리움을 보다 구체화시키고 있다.

따라서 이들 작품은 본가에 등장한 시적 화자의 의견을 답가의 시적 화자가 공감하고 수용하면서 자신의 생각을 보완하여 종합하는 응답의 형식으로 얽힌 대화체 가사라고 할 수 있다. 아울러 본가가 수용자를 다수로 설정하는 반면에 답가는 수용자에 연연하지 않고 자신의 경험을 보다 구체적으로 제시하고 있다. 여기에서 특정 사안(事案)에 대해 본가에서 제시된 일반적 · 보편적 정서를 답가에서 특수화 · 개별화시키는 대화체 가사의 특성을 확인할 수 있다.

---

129) 위의 책, 152~154면.

(7) 〈사향곡〉과 〈답사향곡〉—향수와 혈육에 대한 그리움

〈사향곡〉130)은 『역대가사문학전집』에 이본 두 종이 수록되어 있다. 그리고 두 작품은 내용과 전개 방식에 다소 차이를 보인다. 1195〈사향곡〉131)과 1196〈사향곡〉132)이 바로 그것인데, 전자(前者)는 앞서 살펴보았던 〈사친가〉 계열의 연장선상에 속하는 작품이다. 유년시절의 회상으로부터 시작하여 시집간 이후로 고향을 그리워하다가 봄을 맞아 귀녕(歸寧)하고, 이를 통해 느끼는 감회를 술회하는 내용으로 구성되어 있다.

어화시상 여랑들아　　이니말슴 드려보소
니본디　셔싱으로　　심규중이 싱장하여
여공지사 던저두고　　도학을　힘을셔셔
(…중략…)
이십전　어린아희　　집을쩌나 어이하리
적막한　심노중의　　무궁한　횟포로셔
북창을　열치리고　　청쇼보절 스가한들
몽변니나 만나볼가
(…중략…)
이츠롭다 우리인싱　　금슈만　못하도다
천천　막막지로　　원한이
고향소식 어디련고
(…중략…)
청픔을　이지하고　　명월을　디로안자

<hr>

130) 『역대가사문학전집』 소재 〈사향곡〉과 제목이 유사한 624〈思鄕歌〉(서두: "어화 벗님네야 우리 본향 츠즈 가세")와 1848〈샤향가〉(서두: "어와 벗님네야 우리 락토 차자 가시")는 〈사향곡〉과 전혀 무관한 별개의 작품이다. 이들 작품은 최양업(崔良業, 1821~1861)의 저작이며, 포교(布敎)를 목적으로 한 '천주가사(天主歌辭)' 계열의 작품들이다. 즉 이들 작품에서 제시한 '향(鄕)'은 '천국(天國)'을 의미한다.
131) 임기중 편, 『역대가사문학전집』 제24권, 아세아문화사, 1998, 430~436면.
132) 위의 책, 437~441면.

고향을　스승한이　　무심히　흐른눈물
숭전벽히 막막할사
(…중략…)
다힝이　이니몸이　조흔쎄라도 다시만나
츈픙화기 조흔쎄이　언고시명으로
금이화향 하는구나

　　1195〈사향곡〉의 서두와 본사의 일부분이다. 예문을 참조하면, '여자
의 일생'이라는 큰 구도 가운데 유년시절의 회상과 시집살이의 서러움
에서 발생하는 고향에 대한 그리움이 〈사친가〉와 유사함을 확인할 수
있다. 아울러 이에 대한 반전(反轉)의 계기인 귀녕과 감상의 술회라는
이 작품의 구조도 그러하다. 단지 〈사친가〉에서는 그리움의 정점에 부
모를 중심으로 하는 '혈육'이 자리하고 있다면, 〈사향곡〉의 경우에는 그
것이 '고향'이라는 포괄적 공간으로 대치되었다는 점이 다르다.
　　이에 비해 후자(後者)는 향수를 중심 내용으로 한다기 보다는 마치 자
신의 고향 산천을 제삼자에게 소개하는 듯한 구성을 지닌 작품이다. 즉
시적 화자가 현재 살고 있는 고장에 선조(先祖)가 자리 잡게 된 내력으
로부터 시작하여 고향 근방의 산천경개를 소개하고 있다.

디져셰上 스룸더라　이릭노릭 드러보소
틱평호　이셰上에　타도타관 홀노안져
一희一비 붙너신이　볌연누졍 호지말고
자셰자셰 드러보소　유덕호신 우리션조
경상도　동닉부에　셰셰유엽 직히다가
천운이　지중호스　딕딕등명 하시던이
고향을　이별하고　셩주　　우거호스
(…중략…)
白頭山　졔一봉이　우리동방 쩌러져셔
山만이　水만이에　조션국　한양도읍

三각山이 놉허더라

(…중략…)

경상도　　디구쌍에	八공山　놉허구나
八공山　　여덜가지	八괘쳬로 버려나셔
팔도감영　되여잇네	八공山　한가지가
西方金긔 타고와셔	百유여리 회두ㅎ여
금능읍을 지여니이	금능부니 장한경긔
봉황디가 놉허구나	종황디　놉흔집은
봉거디공 하여슨이	그봉웃지 나려와셔
비봉山이 되여구나	구경ㅎ오 구경ㅎ오
우리부모 비봉山ㄱ	승지차자 복거ㅎ이
이런긔업 구경ㅎ오	

1196〈사향곡〉의 서사와 본사의 일부분이다. 역시 서두에 청자를 의식하고, "이리노리 드러보소 자셰자셰 드러보소"라는 관용적 표현을 사용했다. 따라서 이 작품도 '화답' 계열의 다른 대화체 가사와 마찬가지로 서두에 미리 청자를 설정한다는 특성을 보인다. 그리고 자신이 현재 살게 된 고향의 내력을 서술함에 있어 공간의 이동과 결부시켰다는 점이 흥미롭다. 즉 백두산에서 발원한 동방의 정기가 한양 삼각산을 거쳐 대구 팔공산으로 이어져 금릉읍 비봉산까지 뻗쳤다고 서술한 부분이 바로 그것이다. 이 점은 작품 내에, '경상도', '동래', '성주', '대구', '금릉' 등 실제 지명과 결합하여 그 현장감과 생동감을 더욱 높이고 있다.

소식이ㅈ 읍셔스니	말삼있어 디답ㅎ랴
황혼창두	일봉셔를 찌여보니
시연을　못ㄷ보ㅇ	관곡키도 그지읍고
이삼사향 ㅈㅈ보니	은근키도 ㅎ도홀셰
(…중략…)	
명문디족 후예로셔	부싱보육 슈은좇여

연광이   초오신후   고가현부 되여가니
존당에   층층권이   남딕도록 그러ᄒ며
일문에   각각은혜   졔마닥   그럴손가¹³³⁾

『역대가사문학전집』 목록에 작가가 광산김씨부인(光山金氏夫人)이라
기재되어 있는 〈답샤향곡〉의 일부분이다. 이 작품은 1195〈사향곡〉의 답
가에 보다 가깝다고 할 수 있다. 전편에 흐르는 그리움의 정조가 〈사향
곡〉을 계승한 것으로 파악되기 때문이다. 그러나 하인을 통해 전해 받
은 서신을 읽고 잠시나마 고향과 혈육에 대한 그리움을 되새긴다는 점
이나, 시집생활이 불행하지만은 않다는 내용의 나열은 그 상황 설정에
있어서 〈사향곡〉과의 차이를 발견할 수 있는 부분이다. 이외에 〈답샤향
곡〉과 유사한 계열에 속하는 가사 작품으로 〈답향가〉가 있다. 작품의
내용 가운데 "셩명조흔 안동 권씨"라는 구절이 실려 있는 것으로 보아
이 작품 역시 규방가사 계열에 속하며, 안동 권씨 집안으로 출가한 여
성의 작품인 듯하다.

어와   가소롭다   여ᄌ평싱 가소롭다
쳥츈사업 바래더니   빅발노인 되단말가
밧부도다 밧부도다   셕화광음 밧부도다
가이업다   여자평싱 가이업다¹³⁴⁾

〈답향가〉의 서사 부분이다. 앞서 살펴보았던 〈사친가〉의 서두 부분과
유사하며, 내용은 〈답샤향곡〉과 마찬가지로 출가한 여성이 혈육과 고향
을 그리워하는 심회를 서술하고 있다.

---

133) 위의 책, 제9권, 379~386면.
134) 위의 책, 제9권, 414~418면.

(8) 〈기망회〉와 〈기망회답가〉—여성의 삶 조망

아울러 '화답'의 방식에 속하는 작품으로 〈기망회〉와 〈기망회답가〉
를 제시할 수 있다. 이 작품들은 아직 연구자들의 손길이 닿지 않았다.
필자가 밝혀낸 바에 의하면, 창작연대는 20세기 초이며, 여성 화자의 언
행으로 미루어 보건대 규방가사 계열에 속한다고 할 수 있다.[135] 그리
고 이 작품은『역대가사문학전집』총목록에 의하면 장서각(藏書閣) 소장
필사본에 수록되어 있었다.

이 작품의 창작연대와 관련해서 이를 추정할 수 있는 몇 가지 단서가
작품 내에 존재한다. 먼저 이들 작품에 이른바 개화기 이후와 관련할
수 있는 사항이 언급되어 있다. 예컨대, 〈기망회〉에는 "…… 어와 조흘
시고 금일이야 유신문화 이시리니 동서양이 교통되야……", 〈기망회답
가〉에는 "…… 중학디학 다맛치고 외국유학 하여보시 윤션을 줍어타고
……" 등이 그것이다.

여기에서 '윤션'은 증기선(蒸氣船)의 다른 이름인 화륜선(火輪船)을 지
칭한다. 우리나라 해운선(海運船)의 화륜선화는 일반적으로 1876년 '강
화도조약' 체결과 함께 본격적으로 시작된 개항 이후로 보는 것이 일반
적이다. 물론 그 이전에 타 국적의 화륜선이 우리 해안에 출몰해서 그
것을 목도(目睹)했다거나, 그것을 이용함이 가능했을 수 있지만, 유학까
지 고려한다면 그 가능성은 매우 희박하다. 화륜선을 타고 갈 정도로
유학이 보편화된 것은 역시 1900년대 이후이다. 우리나라 최초의 유학
은 1884년 유길준의 미국유학으로 보는 견해가 지배적이다. 그러나 이
는 유학이 본래 목적이 아니라, 1882년 '조미수호통상조약(朝美修好通商

---

135) 이 작품들은 "여성독자층이 확대되고, 여성을 위한 독서물이 양적으로 증가한 19세
　　기 여성문화의 전통 속에서 창작·전승된" 일군의 가사 작품이라고 할 수 있다. 박애
　　경, 「조선 후기 장편가사의 생애담적 기능에 대하여—〈이정양가록〉과 〈소수록〉을 중
　　심으로」,『열상고전연구』제18집, 열상고전연구회, 2003.

條約)' 체결 뒤 보빙사(報聘使)의 일원으로 도미(渡美)한 것이다.136) 특히 '중학 대학을 다 마쳤다'는 구절을 염두에 두면 이 작품의 창작 시기는 1900년대임이 확실하다.137) 결국 이러한 제반 사항들을 종합해 볼 때, 이 작품의 창작 시기는 1900년대 이후 20세기 초로 추정할 수 있다.

앞서 언급했듯이 〈기망회〉와 〈기망회답가〉는 모두 여성이 작중화자로 등장한다. 〈기망회〉의 화자는 작품의 전반(全般)을 통해 남성으로 태어나 입신양명할 수 없는 처지를 한탄한다. 그러면서 어느 정도 여성으로서의 삶에 순응하는 듯한 태도를 보인다. 이는 작품의 후반에 여성으로서 달구경으로 대표된 세상 구경만은 마음 놓고 할 수 있다는 진술에서 확인할 수 있다. 그리고 〈기망회답가〉의 화자는 여기에서 한걸음 나아가 남성으로 태어나 제 구실을 못할 바에는 오히려 여성으로서의 삶이 가치가 있다는 듯한 태도를 보인다.

<blockquote>

① 삼종의　　정한도를　　우리드리 엇지ᄒ리
여필종부 법을ᄯᅡ라　　시덕으로 드러가니
슈다한　　시부모의　　때〃로　　ᄌᄌ셜과
박졍ᄒ신 가장게셔　　항상ᄒ신 빈졍지칙
일일이　　여ᄉᆷ츈디　　삼ᄉ연을 못할손가
(…중략…)
즁쳔의　　발근달은　　셔손의　　빗겨잇고
청손의　　부여지난　　셕별졍회 츰난구나
시듸안코 가난왕음　　우린들　　어이ᄒ노
이번노름 유쾌함을　　너의들　　슈단이나
시간의　　단츅ᄒ야　　여흥을　　못다불고138)

</blockquote>

---

136) 유길준, 허경진 역, 『서유견문─조선 지식인 유길준, 서양을 번역하다』, 서해문집, 2004.

137) 한편, 〈기망회〉에 "계희 칠월 망간이라"라는 구절에서 확인할 수 있듯이 '계해(癸亥)'라는 간지가 명시되어 있기는 하지만, 이는 특정 시기와 관련된 거의 관습적 표현이므로 이를 연대추정의 근거로 삼는 것은 부적절하다.

138) 임기중 편, 앞의 책, 제7권, 592~601면.

②무지한   소년들아   남즈직분 무어시냐
　너희가   힝복으로   남즈로   타야나셔
　부모슬하 자라날졔   보옥갓치 길너니야
　현철한   우리들을   도로혀   구박ㅎ야139)

　①은 〈기망회〉의 일부분으로 칠월 망간(望間)을 맞아 달구경을 나갔다가 작중 화자가 신세 푸념을 시작하는 부분과 달구경의 흥취를 마무리하는 부분이다. 화자는 당시 여성으로서의 운명인 삼종지도(三從之道)적 삶은 어쩔 수 없다는 태도를 보이면서도 뒤에 가서는 여성이기에 즐길 수 있는 특권을 기껍게 생각하고 있다.

　한편, ②는 〈기망회답가〉의 일부분이다. 남성들이 이른바 전통적 남아선호에 사로잡힌 부모의 은덕으로 입신양명을 위한 체계적 학문을 하고, 심지어 신학문을 했다손 치더라도 이를 적재적소에 올바르게 사용하지 못할 바에야 여성으로서의 삶이 한결 바람직한 것이 아니냐는 논지를 전개하기 시작하는 부분이다.

　이와 같이 〈기망회〉와 〈기망회답가〉는 여성으로서의 삶을 적극 옹호하거나 부정하지 않는다. 또한 이를 논쟁의 장으로 끌어내지도 않는다. 다만 여성의 처지를 남성의 경우와 대비하여 당대 남성으로서 자유롭게 학문할 수 있는 처지는 인정하고 부러워한다. 그러나 그 결과에 정도(正道)의 지향이라는 단서를 달아 제 구실을 못하는 남성보다는 오히려 여성의 삶이 가치가 있다는 결론에 이르고 있다.

(9) 화답식 개화 가사―등장인물 간 윤회(輪廻)식 세태 비판

　개화가사 중 '화답'의 방식은 앞서 살펴본 〈권농가〉와 〈권농답가〉,

---

139) 위의 책, 605면.

〈농화농가〉 외에 『대한매일신보』 소재 〈삼인답가〉, 〈병문친고육두풍월〉, 〈충혼소한〉, 〈세사우탄〉, 〈완고자탄〉, 〈순검총원〉이 있다.

이들 작품은 대부분 둘 이상의 등장인물이 돌아가며 발화를 진행한다. 그 내용은 세태 비판적 내용과 계몽이 주류를 이룬다. 다음은 1905년 11월 11일과 12일에 발표된 〈삼인답가〉의 서두 부분이다.

再昨日은 卽 大英國大皇帝陛下 萬壽聖節인 고로 本社社員들이 祝賀ㅎ기 위ㅎ야 國旗를 古懸ㅎ고 茶菓와 酒醴로 盡日祝賀ㅎ다가 日暮後 宴會를 撤흠이 月色이 滿地ㅎ고 人影이 散亂흔디 門前에 有人이 行歌相答ㅎ는지라 其歌聲이 抑揚頓挫ㅎ야 眞個是如怨如訴ㅎ고 如泣如號ㅎ야 君蒿悽愴ㅎ고 균慄俳恨ㅎ야 人으로 ㅎ야금 庚子山의 哀江南賦를 讀흠과 송玉의 九招를 聞흔듯ㅎ야 涕淚가 連如ㅎ고 離恨이 綿綿흠을 惹起ㅎ는지라 於星에 余가 愀然正矜ㅎ고 其歌를 細廳홀시 社友ㅣ 其歌腔을 濡毫寫出ㅎ니 其歌에 曰호디

母寧殺我 不死何爲오	永苦地獄 在此로다
快殺快殺 快一死ㅣ면	永樂天堂 卽此로다
我歌斯唱 不我欺라	此心不決 將何待오
我國我民 非我誰오	國民義務 在此로다
我歌斯唱 和答ㅎ야	此心一決 在此로다
快快殺我 快殺我ㅣ라	我之一死 快死ㅣ로다

其人이 歌罷에 俯首而泣ㅎ고 仰天而噓氣ㅎ니 星月이 爲之失彩ㅎ고 白雁이 唳도于天空矣러라

又一人이 踏其後而和之曰

八道江山 우리나라	四千年來 우리基業
二千萬衆 우리人口	愛國精神 日月갓고
獨立氣象 山岳갓다	우리同胞 決心ㅎ고
文明富强 速進ㅎ세	어허萬歲 어허萬歲
우리帝國 萬萬歲라	

其歌聲이 悲憤壯烈ᄒ야 行雲이 凝而不流ᄒ고 木葉이 亂下空庭이더니
又一人이 披衿拂袖而답其歌曰 (…후략…)[140]

〈삼인답가〉에는 행인(行人) 세 사람이 등장한다. 이들은 영국 황제의
탄생일 축하연장을 지나다가 각각 번갈아 국민의 의무와 애국 독립 정
신 고취, 문명 부강을 촉구한다. 여기에서 주목할 점은 이들의 등장 방
식이다. 계몽이라는 주제 의식을 전달하기 위해 서두의 설명을 통해 인
물의 등장 배경과 그들에 대한 정보를 전달하고 있다. 이는 등장인물이
바뀔 때도 마찬가지이다. 이처럼 작품에서 등장인물 간 대화가 시작되
기 전에 인물에 대한 사전 정보와 상황을 설명하는 것은 극적 양식의
특징이다. 그리고 그것은 희곡에서 '지문'의 형식으로 구체화된다. 예컨
대, 고전극 〈봉산탈춤〉의 '말뚝이'나 '양반'들이 번갈아 등장하여 발화
및 대화를 진행하는 방식과 유사하다고 할 수 있다. 이는 앞서 살펴본
〈농화농가〉의 경우도 마찬가지이다.

〈병문친고육두풍월〉은 '병문친구(屛門親舊)'들이 육두문자와 언문풍
월로 화답하는 노래이다. 여기에서 '병문친구'란, 언제나 길가에 모여
있으면서 돈벌이를 하는 막벌이꾼을 농담조로 이르는 말이다. 이 노래
는 세태 비판적 노래로 당시 일진회의 해악과 정부와 관료(官僚)의 무능
함을 비판한 세태 비판적 작품이다. 이 작품 역시 서두에 "모쳐 병문을
지나다가 그 병문장셕에 안져 노는 친고들이 육두문자 즈를 너허 언문
풍월로 화답흠을 들은즉"이라는 배경 및 등장인물 설명으로 시작하고
있다. 이 작품은 3회에 걸쳐 연재되었는데, 두 번째 연재에서는 외교권
을 비롯한 실권을 일본에 빼앗기고 오히려 백성에게 해악을 끼치는 대
한제국 정부의 무능함을 비판했다. 세 번째 연재에서는 화폐개혁의 모
순과 탐학한 관리를 재 등용하는 실정(失政)을 비판했다.

개화기 대화체 가사의 윤회 발화 현상 및 인물 소개는 당대 대화체

---

140) 민찬·장성남 편, 『대한매일신보의 시가』(I), 형설출판사, 2001, 16~17면.

가사의 전반적 현상이다. 그런데 1908년 4월 14일에 발표된 〈충혼소한〉에 이르면, 서두의 설명 대신 율격이 있는 작품의 서사(序詞)를 통해 배경과 등장인물을 직접 보여주는 방식으로 변화됨을 확인할 수 있다. 다음은 〈충혼소한〉의 서사 및 본사의 앞부분이다.

<pre>
再昨日은   奬忠壇   招魂祭라
滿天花雨 霏霏ᄒ디   忠魂毅魄 來臨ᄒ듯
沉沉兮雲 冥冥ᄒ니   戰亡士卒 울음운다

ᄒ士卒이 우는고나
國家藩屛 排置흠은   우리皇上 恩德이라
危急之時 當코보니   죽지안코 무엇ᄒ가
泉臺경경 不忘이라   이國事가 엇지되나
익고지고 셜운지고141)
</pre>

〈충혼소한〉은 '장충단'에서 행해진 '초혼제'에서 '전망사졸'의 입을 빌어 기울어가는 국운(國運) 때문에 희생을 강요당하는 약소국 군사의 신세를 여러 사졸이 번갈아 한탄한 내용의 작품이다. 앞선 〈농화농가〉, 〈삼인답가〉, 〈병문친고육두풍월〉과 다른 점은 배경 및 등장인물 설명이 작품의 서사로 유입되었다는 점이다. 이는 개화가사의 전형적 체계가 이 시기에 이르러 자리 잡았음을 입증하는 예이다. 그 전형적 체계를 도식화하면 다음과 같다.

서사(시·공간적 배경 및 등장인물 소개)
↓
서두어+본사의 각 장+후렴구
↓
결사

---

141) 위의 책, 252면.

또한 이 사실은 극적 양식의 특성이 가사 갈래와 효과적으로 접목되었음을 보여주는 예이다. 이 점은 각 장이 시작되는 서두와 후렴구를 통해서도 확인할 수 있다. 개화가사 중 화답의 방식에 속하는 대부분의 가사 작품에서 서사가 작품 전체의 설명 구실을 함과 서두어와 후렴구 구성을 확인할 수 있다.

작품 명	서두어	후렴구
〈세사우탄〉	혼老人이歎息혼다 (또혼老人歎息혼다)	이身世를엇지홀쏘
〈완고자탄〉	혼頑固가自歎혼다 (또혼頑固自歎혼다)	이事情을엇지홀쏘
〈순검총원〉	혼巡檢의흐는말이 (또혼巡檢의흐는말이)	목구녕이怨讐로다

이처럼 본사의 각 장이 반복되는 서두어로 시작하고, 후렴구로 마무리된다는 점은 극적 양식의 막이나 장 구분처럼 다른 사건이나 새로운 인물의 등장을 알리는 구실을 한다. 특히 이것은 대화체 개화가사에서는 새로운 인물의 발화가 시작되는 기점으로서의 기능을 한다.

〈세사우탄〉은 녹음이 우거진 때, 백발 노인들이 모여서 학문과 세태에 대한 의견을 나누면서 스스로 탄식하는 내용이다. 그 탄식의 근원은 입신양명을 위해 열심히 학문에 정진하였지만, 신학문의 영향과 세상의 급격한 변화로 인하여 설 자리를 잃게 된 데서 기인한다.

〈완고자탄〉은 앞선 〈세사우탄〉과 형식·기교·내용 면에서 유사한 작품이다. 다만 등장인물인 '백발 노인'이 '완고옹(頑固翁)'으로 바뀌었을 뿐 서두어와 후렴구까지 유사한 양상을 보인다. 이러한 양상은 다른 작품에서도 확인할 수 있는데, 1908년 2월 27일에 발표된 '백악산인(白岳山人)'작 〈병문수작(屛門酬酌)〉과 1909년 5월 15일에 발표된 〈병문수작(屛門酬酌)〉도 독백체와 대화체라는 차이만 제외하면 내용이 동일하다. 작가의 성명이 없거나 익명화된 개화가사의 특성상 유사 제목이나 내용을 지닌 작품의 작가를 동일인으로 단정하는 데는 무리가 있다. 하지만 적어도 그 제

목이나 내용이 유사한 작품이 존재한다는 사실은 당시 개화가사의 전형
적 틀이 널리 파급되었음을 입증하는 것이라고 할 수 있다.

〈순검총원〉은 제목처럼 당시 '순검'들의 신세 한탄이다. 작가가 구국
기도를 위해 맑은 계곡물을 찾아 목욕을 하고 돌아오다가 등장인물인
순검들의 탄식을 듣고 이를 가사 작품화했다. 그 탄식의 내용은 일본에
국권을 빼앗긴 현실과 같은 순검으로서 일본 순사들의 행패를 지켜보
기만 해야 하는 슬픔 등이다. 이러한 치욕을 감내해야만 하는 까닭은
후렴구에도 나와 있듯이 '목구멍이 원수'이기 때문이다.

이상에서 살펴본 바에 의하면, 대화 방식에 따른 유형 중 '화답'의 방
식에 속하는 작품으로는 ①〈고공가〉와 〈고공답가〉, ②〈기망회〉와 〈기
망회답가〉, ③〈농가〉와 〈답농가〉, ④〈만언ᄉ〉와 〈만언ᄉ답〉, ⑤〈붕우
가〉와 〈붕우ᄉ모답가〉, ⑥〈사친가〉와 〈답사친가〉, ⑦〈사향곡〉과 〈답샤
향곡〉, ⑧〈관동별곡〉을 제시할 수 있다. 그리고 개화가사인 ⑨〈삼인답
가〉, ⑩〈병문친고육두풍월〉, ⑪〈충혼소한〉, ⑫〈세사우탄〉, ⑬〈완고자
탄〉, ⑭〈순검총원〉이 포함된다.

아울러 1절 "텍스트 구조상의 유형"에서 고찰한 작품 가운데 '텍스트
간 대화의 방식'에 속하는 ①〈팔부가〉와 〈팔부답가〉, ②〈화슈가〉와
〈화슈답가〉 ③ 개화가사인 〈권농가〉와 〈권농답가〉가 포함된다. 그리고
'개별 텍스트 내부 대화의 방식'인 ④〈농화농가〉도 포함된다. '화답' 방
식의 작품을 시대 순으로 나열하면 다음과 같다.

작품 명	작중 인물	내용	창작 시기	계열
〈관동별곡〉	양반과 신선	기행과 선정의 다짐	1580	紀行
〈고공가〉 〈고공답가〉	주인 머슴	국정의 무능과 부패 풍자, 근면 임금과 신하의 올바른 관계	17세기 초	敎訓
〈만언ᄉ〉 〈만언ᄉ답〉	양반 이웃 사람	유배와 신세 한탄 유배의 긍정적 승화	18세기 후반 (정조대)	流配
〈농가〉 〈답농가〉	농부	권농	조선 후기	敎訓

작품	화자	주제	시기	분류
〈붕우가〉 〈붕우ᄉ모답가〉	여성	향수, 벗에 대한 그리움 향수, 벗과 부모에 대한 그리움	조선 후기	閨房
〈사친가〉 〈답사친가〉	여성	향수, 혈육에 대한 그리움	조선 후기	閨房
〈사향곡〉 〈답샤향곡〉	여성	향수, 혈육에 대한 그리움	조선 후기	閨房
〈팔부가〉 〈팔부답가〉	여성	남아선호사상 여성의 신세 한탄	조선 후기	閨房
〈화슈가〉 〈화슈답가〉	여성	화수회의 감회	조선 후기	閨房
〈기망회〉 〈기망회답가〉	여성	여성의 신세 한탄 여성의 처지에 순응	20세기 초	閨房
〈삼인답가〉	行歌者 3명	국민의 의무와 애국 독립 정신 고취, 문명 부강	1905.11.11·12.	開化
〈병문친고육두풍월〉	屛門親舊들	일진회의 해악 고발 및 정부와 관료의 무능함 비판	1906.2.3.	開化
〈충혼소한〉	士卒들	약소국 군사의 신세 한탄	1908.4.14.	開化
〈세사우탄〉	백발 노인들	개화에 적응 못한 신세 한탄	1908.5.5.	開化
〈완고자탄〉	頑固翁들	개화에 적응 못한 신세 한탄	1908.6.6.	開化
〈권농가〉 〈권농답가〉	농부	권농	1908.8.14.	開化
〈농화농가〉	농부	권농	1908.10.9.	開化
〈순검총원〉	巡檢들	국권 상실과 신세 한탄	1908.11.26.	開化

이들 작품의 내용이나 주제 범주는 〈고공가〉와 〈고공답가〉처럼 사회 문제를 다룬 것부터 〈관동별곡〉으로 대표되는 기행까지 다양하다. '화답' 의 방식에 속하는 작품들의 특성상 주목할만한 점은 첫째, 규방가사 계열 작품들이 다수 포함된다. 이들 작품은 대부분 여자의 일생과 관련되거나 시집살이로 인한 향수와 혈육에 대한 그리움을 다루고 있다. 이는 〈사친 가〉와 〈답사친가〉 및 〈사향곡〉 관련 작품들에서 확인할 수 있다.

둘째, 대부분 개인과 관련된 문제를 다루고 있다. 규방가사가 아닌 계열의 작품들도 한탄이나 특정 사안에 대한 개인적 입장을 정리하는 태도를 보인다. 〈고공가〉와 〈고공답가〉는 효율적 정사의 문제를, 〈만언 ᄉ〉와 〈만언ᄉ답〉은 유배로 인한 개인적 정서를 제재로 하고 있다는 데 서 이를 확인할 수 있다. 이는 대화체 가사 중 '화답'의 방식이 다른 방식들 보다는 비교적 개인적 경험의 언술에 적합함을 보여주는 사례라고 할 수 있다. 즉 대화체 가사 중 '화답'의 방식은 사회 공동체의 문제보다는 개인과 관련된 정서나 입장을 토로하는 데 적합한 방식이라고 할 수 있다.

셋째, '화답'의 방식은 각각 개별 텍스트인 본가와 답가에 의해 구현되는 경우가 대부분이다. 이 경우 동일한 문제에 대해 각각의 개별 화자가 서로 다른 의견을 제시한다. 그런데 그 의견들은 본가와 답가가 서로 상반되는 것이 아니다. 즉 그 지향은 본가에서 답가로 가면서 본가의 의견을 답가가 수용하고 보다 발전적인 지점을 지향한다. 다만 '화답' 방식에 진술된 작중 화자들의 의견은 그저 서로 다른 의견 개진에 그칠 뿐, 보다 적극적인 쟁의의 방식으로 발전하지는 못한다. 이 점 역시 '화답' 방식의 특성이라고 할 수 있다.

2) '문답(問答)'의 방식

대화체 가사에서 '문답'의 방식은 두 인물이 작품에 등장하여 문답을 진행한다. 각각 개별적 가치관을 드러냄으로써 자연스럽게 당면한 현실적 문제의 바람직한 해결책을 제시하는 방식이다. 그 해결책 제시는 작가가 자신의 생각을 담아 내세운 작중 인물에 의해서 일방적으로 이루어지는 경우가 대부분이다.

(1) 〈목동가〉와 〈목동답가〉─부귀공명에 대한 경계

'문답'의 방식에 속하는 대표적 작품은 〈목동가〉와 〈목동답가〉이다. 〈목동가〉에는 마치 인간의 존재 의미가 부귀공명에 있다는 듯한 태도

의 화자가 등장한다. 한편, 〈목동답가〉에는 '목동'으로 대표된 화자가
등장하여 부귀공명의 위험성과 덧없음을 진술하고 있다.

① 逆旅乾坤의   蜉蝣ヌ치   나와다가
   功名도   못닐오고   艸木ヌ치   석어지면
   空山白骨이   긔아니   늣거온가142)

② 내노리   드러보소   혼곡죠   브르리라
   長安이   어듸메오   구름이   머흐레라
   山光이   어두오니   夕陽이   거외로다
   공명을   뉘아더야   富貴을   내몰내라
   되롱이   추혀입고   洞簫를   빗기잡아
   쇠등에   외오타고   杏花村를 향ㅎ노라143)

①은 〈목동가〉에 드러난 작중 인물의 인생관을 명징(明澄)하게 보여
주는 대목이다. 공명을 이루지 못하는 삶은 한마디로 하루살이나 썩어
버린 초목과 같이 보잘 것 없다는 투의 진술이다. 하지만 이것은 사실
작가가 추구하려는 삶은 아니다. 오히려 〈목동가〉의 화자가 얕잡아보고
무시했던 〈목동답가〉의 화자인 '목동'의 삶이 작가가 진정으로 바라는
것이다. 또한 이것은 많은 사람들이 동조하고 동화되기를 염원하는 삶
이기도 하다.

즉 〈목동답가〉의 결사에 해당하는 인용문 ②에 목가적 분위기로 상
징화된 물욕(勿慾)의 삶이 바로 작가가 작품 수용자들에게 권하고자 했
던 바람직한 삶인 것이다. 그러니까 〈목동문답가〉를 지은 작가 임유후
의 의식의 기저(基底)에는 이미 부귀공명에 집착하는 삶 보다는 주어진
삶에 만족하라는 사고방식이 자리 잡고 있다. 거기에는 그 속에서 소박

---

142) 임기중 편, 『역대가사문학전집』 제38권, 아세아문화사, 1998, 37면.
143) 위의 책, 48면.

한 인생의 의미를 찾는 편이 온당하다는 인생관이 포함되어 있다고 할 수 있다. 그리고 그러한 작가의 인생관은 '목동'으로 대표된 작중 화자에 의해 토로되고 있으며, 〈목동가〉의 화자는 그러한 핵심을 이끌어내기 위한 방편으로 기능하고 있는 것이다.

〈목동문답가〉를 통해 특징적인 사실을 발견할 수 있다. 앞서 살펴보았듯이 본가와 답가의 작가가 서로 다른 〈고공가〉와 〈고공답가〉는 '화답'의 방식에 속한다. 그런데 동일 작가의 작품으로 본가와 답가가 존재하는 〈목동문답가〉는 그 대화의 전개상 '문답'의 방식에 포함된다. 이는 대화체가 가사의 텍스트 존재 양상과 관련된 중요한 점을 시사한다.

대화체 가사가 개별 작가에 의해 만들어질 경우에는 주제에 대한 각기 다른 측면의 접근이 용이하도록 '화답'의 방식이 활용된다. 그러나 동일 작가에 의해서 만들어질 경우에는 답가에 주제적 비중이 놓일 수 있도록 '문답' 방식을 사용한다. 물론 이들 작품을 제외하고는 작가가 동일하지 않기 때문에 이를 대화체 가사 전반에 적용하기에는 무리가 있다. 하지만 이것은 적어도 작가가 확실한 텍스트에는 적용할 수 있다는 점에서 작가에 따른 텍스트 존재 양상의 특성에 실마리를 제공한다고 할 수 있다.

(2) 〈몽중로쇼문답가〉—동학의 존립 당위성 강조

최제우가 1860년부터 4년여에 걸쳐 동학의 포교를 목적으로 지은 『용담유사(龍潭遺詞)』에는 9편의 가사[144] 작품이 수록되어 있다. 이 가

---

[144] 9편의 가사 작품은 1860년에 지어진 〈용담가(龍潭歌)〉, 〈안심가(安心歌)〉, 〈교훈가(敎訓歌)〉, 1861년에 지어진 〈도수사(道修詞)〉, 〈검결(劍訣)〉, 〈몽중노소문답가(夢中老少問答歌)〉, 1862년에 지어진 〈권학가(勸學歌)〉, 1863년에 지어진 〈도덕가(道德歌)〉, 〈흥비가(興比歌)〉이다. 이들이 수록된 『용담유사』는 1881년 6월 최시형(崔時亨, 1824~1898)에 의해 처음 간행되었고, 1893년과 1922년에 각각 목판본으로 재간행되었다.

운데 그의 출생과 득도 과정 및 그 의미를 담고 있는 〈몽중로쇼문답가〉
도 '문답'의 방식에 해당된다.

이 작품은 화자가 금강산에서 만난 몽중(夢中) 도사와의 문답을 제시
하고 있다. 이를 통해 현세적 위기를 알리고, 동학에서 내세웠던 후천개
벽(後天開闢)의 필연성을 강조하였다. 아울러 수용자로 하여금 동학의
종교적 정당성을 암암리에 받아들일 수 있는 계기를 부여하고 있다.

금강산	샹샹봉의	잠간안저	쉬오다가
홀연이	잠이드니	몽의우의편	쳔일도스가
효유해서	하난말이	만학쳔봉	텹텹하고
인젹이	젹젹한대	잠자기난	무삼일고
슈신계가	아니하고	편답강산	하단말가
효박한	셰샹사람	갈불거시	무어시며
가련한	셰샹사람	리지궁궁	찻난말을
우슬거시	무어시며	불우시지	흔탄말고
셰샹규경	하야셔라	슝슝가가	알어시리
리지궁궁	엇지말고	텬운이	둘너시니
근심말고	도라가서	륜회시운	구경하소
십이계국	괴질운수	다시기벽	아닐런가
태평셩셰	다시뎡해	국태민안	할거시니
개탄지심	두지말고	츳츳츳츳	지내셔라
하원갑	지내거던	샹원갑	호시졀의
만고업난	무극대도	이셰상의	날거시니
너난쏘한	년쳔해서	억죠창싱	만은빅셩
태평곡	격양가를	불구의	볼거시니
이셰샹	무극대도	젼지무궁	아닐넌가
텬의인심	네가알가	하날임이	뜻슬두면
금슈갓흔	셰샹사람	얼푸시	알어내네
나난쏘한	신션이라	이제보고	언제볼고
너난쏘한	션분잇서	아니잇고	차저올가

잠을놀나　살펴보니　　불견기쳐　　도얏더라145)

　　이상은 〈몽중로쇼문답가〉의 후반부이다. 금강산에서 최제우가 득도하게 된 과정을 몽중 도사와의 문답을 빌어 제시한 부분이다. 실제로 최제우가 꿈 속 신선이라는 매개자를 통해 득도에 이르게 되었는지는 확인할 수 없다. 그러나 인용문에는 전국을 유랑하며 그가 고민했던 몽매(夢寐)한 민중에 대한 우려가 드러나 있다. 이것은 도사의 입을 빌어 후천 세상이 도래할 때까지 성심(誠心)으로 정진하면 구도(求道)에 이를 것이고, 민중들도 자각(自覺)의 경지에 이를 것이라는 예견으로 진술되었다.

　　주지하다시피 이 작품은 '포교'의 방편이라는 뚜렷한 목적성을 지니고 있다. 따라서 굳이 대화체를 사용하지 않더라도 그의 다른 작품들처럼 일반적 서술에 의해 포교의 목적에 다가갈 수 있는 가능성은 충분하다. 그럼에도 불구하고 이 작품이 최제우의 출생부터 현세에 대한 위기의식 자각 및 그의 방랑을 거쳐 도사와의 문답을 통한 해결책 제시에 이른 까닭은 무엇일까. 이것은 결국 동학 포교의 정당성을 획득하기 위해 작가의 일생을 시간적 순서로 나열함으로써 그 필연성을 보다 강조하기 위함 때문이다. 또한 비록 몽중 상황이기는 하지만, 주제가 집약되어 있는 후반부에서 작중화자인 도사의 입을 빌어 민중으로 하여금 현실을 자각하고 타개할 수 있는 근거를 마련케 하기 위한 것이다.

　　그러므로 작가가 〈몽중로쇼문답가〉에 '문답'의 대화 방식을 사용한 것은 일상의 한 부분이었던 몽중 경험의 선명한 재현(再現)을 통해 보다 효과적으로 수용자의 공감을 환기(喚起)하려 했던 것으로 파악할 수 있다.

---

145) 임기중 편, 앞의 책 제2권, 360~361면.

(3) '상사가'와 '상사답가'류—사랑의 고백과 두 가지 반응

대화체 가사 중 '문답'의 방식을 통해 드러난 주제 구현에는 비교적
작가의 의도가 명확하게 담겨 있다. 그리고 그 의도는 대부분 답가에 의
해 실현된다. 후기 가사로 이행하면서 구체적 사건을 설정하거나 형식적
제약을 따를 필요 없이 누구나 쉽게 향유할 수 있었던 애정가사 계열의
가사 작품들이 다수 등장한다. 그 가운데 이른바 '상사가'류 가사 작품들
에서도 '문답' 방식의 대화체가 실현된 흔적을 발견할 수 있다.

이른바 '상사가'류에 속하는 작품들도 '사친가류'와 같이 많은 이본
이 산재(散在)한다. 우선 『역대가사문학전집』에는 〈想思歌 상ᄉ가〉, 〈샹
ᄉ가 想思歌〉, 〈想思歌〉, 〈상ᄉ가〉가 실려 있다. 『한국가사자료집성』에
는 〈閨秀相思曲〉, 〈斷腸詞〉, 〈想思歌〉, 〈相思別曲〉, 〈古想思曲〉, 〈想
夫歌〉, 〈紅桃想思歌〉, 〈別別想思歌〉, 〈玉人想思曲〉이 실려 있다. 이들
작품들은 모두 『가집(歌集)』 소재 작품들로서 제목은 제각각이다. 그러
나 그 주제가 모두 '상사(想思)'로 통일되어 있다는 점에서 '상사가'류
작품으로 함께 묶어 고찰해도 무방하리라고 본다.

앞서 언급했듯이 『역대가사문학전집』에는 4편의 '상사가'가 수록되
어 있다. 629〈想思歌 상ᄉ가〉, 630〈샹ᄉ가 想思歌〉, 631〈想思歌〉, 632
〈상ᄉ가〉가 바로 그것이다. 비교적 단형(短形)이며, 시적 화자는 여성이
다. 모두 동일한 작품이지만, 629〈상사가〉의 처음은 "츄야장혜 셜운지
고 텬지상ᄉ 더욱셜다"로 시작하는 데 비해, 630·631·632〈상사가〉는
"일별랑군 쩌난후에 구십츈광 계워간다"로 시작한다는 차이점만을 지
닌다.

다음으로 『한국가사자료집성』 소재 '상사가'류를 살펴보면, 〈규수상
사곡(閨秀相思曲)〉은 서찰(書札)의 형식으로 사귀던 여인에게 버림 받아
앓아누운 남성이 시적 화자이다. 청혼한 다른 남성과 혼인키로 하였다
는 여인의 서찰을 받고, 자신이 병이 들었으며, 백약이 무효하므로 그

병을 고칠 사람은 오직 당신뿐이라는 간절한 사연을 담고 있다. 그리고
결사 부분에는 행여 임의 기분을 거스를까 우려하며, 한없이 자신을 낮
추는 절망의 심정으로 "각씨님 힘을써써 잠간잠간 생각하오 반가온 님
의소식 회답보기 기드리네"라고 하였다. 이처럼 자신을 버린 여인이 마
음을 돌리기 바라는 일말의 희망을 담고 있으며, 이 작품에 대한 답가
형식의 작품이 존재할 수 있는 여지를 마련하고 있다.

〈단장사(斷腸詞)〉의 시적 화자 역시 남성이다. 특이한 점은 상사병으
로 병들어 누운 자신에게 "미련한 규중처는 헛튼머리 헌치마에 한손에
미음들고 잡수시오 권할적에 그경상 가긍하다"라고 서술하여 자신이
이미 혼인하여 아내와 함께 살고 있는 처지임을 분명히 하고 있다. 이
를테면 도덕적으로 용납될 수 없는 불륜의 상황을 설정하고 그 심회를
노래한 작품이라고 할 수 있다. 시적 화자는 늘 임과 만나기를 병들 만
큼 간절히 바라고 있다. 그러나 〈규수상사곡〉처럼 구체적인 답신을 기
다리는 태도를 지향하지는 않는다.

〈상사가(想思歌)〉는 『역대가사문학전집』 소재 631〈상사가〉와 동일한 작
품이다.

〈상사별곡(相思別曲)〉은 두 편146)이 실려 있다. 낭군(郎君)과 이별한 여
성이 시적 화자이다. 내용은 유사한데, 전편(前篇)은 순 한글체로서 축약
된 형태를 보이며, 후편(後篇)은 국한문혼용체로서 전편의 구절을 대부분
수용하면서 보다 확장된 형태를 보인다. 그 내용은 다른 '상사가'와 마찬
가지로 이별한 대상에 대한 그리움을 토로하고 있다. 후편의 본사뿐만
아니라 결사 부분에서 "有情無情 할지라도 다시보게 삼기소셔 明天이
이뜻 알으셔 한번보게 하시소셔"라고 하는 등 다른 작품들에 비해 천지
신명(天地神明)에게 임과의 재회를 간절히 기원하는 태도가 첨가되었다.

〈고상사곡(古想思曲)〉도 문구에만 약간의 첨삭(添削)이 있을 뿐 『역대

---

146) 전편(前篇)은 『한국가사자료집성』 十二, 332~333면에 수록되어 있고, 후편(後篇)은
　　같은 책, 333~337면에 수록되어 있다.

가사문학전집』 소재 631〈상사가〉와 동일한 작품이다.

　〈상부가(想夫歌)〉는 제목에서도 알 수 있듯이, 지아비와 이별한 여성이 시적 화자이다. 본사에서 임과의 이별 상황을 이별과 관련된 중국 고사와 자연물에 의탁하여 "銀河鵲橋 새벽비난 織女星의 리별이요 垓螢夜月 슯은노래 虞美人의 離別이요"라는 식의 문구를 반복하여 나열하고 있다. 결사에서는 "이니셜음 任이만일 알으시면 木石肝腸 아니시니 어이아니 感動하리"라 하면서 자신의 진심이 상대방에게 받아들여질 것을 기대하면서 끝을 맺었다.

　〈홍도상사가(紅桃想思歌)〉는 여성이 시적 화자로서 전형적인 '상사'의 심회를 서술하고 있다. 특히, 서사부에 '상사가'류 작품의 내용 중에 대부분 포함되어 있는 "일조랑군 하직후에 소식좃차 돈절한가"라는 문구를 삽입함으로써 이 작품 역시 다른 '상사가'류와 그 궤를 같이 하고 있음을 분명히 하고 있다. 결사부에서는 시적 화자가 다시 오마 했던 낭군의 약속을 믿고 "남아일언이 중천금이니 오시거나 마시거나 마음대로 하옵소셔"라고 하여 『역대가사문학전집』 소재 631〈상사가〉와 유사한 태도를 지향한다. 이 문제에 대해서는 아래에서 상술하기로 한다.

　〈별별상사가(別別想思歌)〉는 비교적 장편(長篇)에 속하는 '상사가'이다. 낭군을 멀리 떠나보내고 그가 돌아오기만을 애타게 기다리는 여인이 작품의 시적 화자이다. 그리고 그 본사의 형식에 있어서 매우 독특한 '상사가'이다. 〈별별상사가〉의 본사는 크게 두 부분으로 나누어진다.

　전반부는 떠난 후 돌아오지 못하는 임에 대한 그리움을 묘사하고 있다. 임이 돌아오지 못하는 상황의 원인에 대한 궁금증에 초점을 두고 "后稷만나 穀食너여 萬民을 먹이랴고 못오시나 巢父許由만나 潁川에 귀씻든가 赤松子 安期生만나 神仙을 議論하시던가 商山四皓만나 漢高祖를 보러가시든가 釋迦如來만나 佛道議論 하시던가 孔孟顔曾만나 聖賢되랴고 못오시나"라는 문구 유형을 사용했다. 이는 앞서 언급했던 〈상부가〉처럼 중국의 역사적 인물과 고사를 들어 문구를 나열하는 방식이다. 이것은 가사 갈래의 특성상 전고 인용이라는 관습적 차원에서 사용한 표현 기법으로 파악할 수도 있다. 그러나 한편으로는 사실 아무런 이유 없이 떠나가서 돌아오지 않는 임에 대한 원망을 극대화하기 위한 장치로 파악할 수도 있다.

또한 본사의 후반부는 '월령체'[147)로서 달별로 절기와 자연물을 나열하였다. 이를 통해 날이 갈수록 깊어가는 임에 대한 그리움과 회한을 점층적으로 표현하고 있다. 이런 점들로 미루어 〈별별상사가〉는 적어도 가사에 대해 익숙한 작가가 여러 가지 가사의 표현 기법적 특성을 조합하여 창작한 수준 높은 작품이라고 할 수 있다.

〈옥인상사곡(玉人想思曲)〉은 앞서 언급했던 〈규수상사곡〉이 확장된 작품이다. 〈규수상사곡〉과 마찬가지로 남성이 시적 화자이다. 언약을 어긴 여인 때문에 병들어 눕게 되었다는 내용과 이에 대한 한탄이 주를 이루는 서사 및 본사의 전반부는 두 작품이 동일하다. 그러나 후반부로 갈수록 〈규수상사곡〉 보다 변심한 여인의 마음을 돌리려는 더욱 애절한 각고의 노력이 엿보인다.

이외에도 『가사선집』에는 "인간리별 만사중에 독숙공방 더욱섧다"로 시작하는 〈상사곡(相思曲)〉[148)이 실려 있다. 분량이 매우 짧은 이 작품은 『청구영언(靑丘永言)』, 『가곡원류(歌曲源流)』, 『남훈태평가(南薰太平歌)』 등의 가곡집에 실려 있는 작품으로 내용은 다른 '상사가'류와 유사하다. 다음은 『역대가사문학전집』 소재 〈상사가〉의 전문(全文)이다.

---

147) 〈별별상사가〉의 각 달거리 시작 부분은 다음과 같다. ①正月보름 望月時에 夫婦有別 生覺하니 ②二月寒食日에 春風갓치 싀른뜻과 夏日갓치 밝은 言約 ③三月初도 三辰날에 燕子난 나라드는더 ④四月南風 初八日은 釋迦如來 下降時라 ⑤五月端午日에 夕陽갓치 우는고나 ⑥六月流頭日에 사람마다 목욕하며 ⑦孟秋明七月에 乾坤流火 새로고나 ⑧中秋八月節의 겸가빅노 하인시라 ⑨季秋九月九日節에 千峰萬壑 丹楓드니 ⑩十月이라 쳔만일의 日月無情 을마간고 ⑪⑫至月이라 冬至날의 가지가지 눈이 믜쳐
148) 정렬모 편주, 『가사선집』, 조선문학예술총동맹출판사, 1964, 366~367면.

一別郎君　써난후에　　九十春光　계워간다
弱水三千里　멀도멀사　　靑鳥消息　끈쳐있다
南北이　相隔하야　　족사단장　속졀업다
라군요습　풀쳐헤여　　郎君심사　生覺하니
투계주　마다한후에　　불연금리　니겨두고
셔산샤양　다한후에　　동영야월　발가올졔
박명시첩　무삼일고　　독숙공방　그리는고
라위젹막　잠못드러　　무침탄식　우니다가
원앙금침　잠간드러　　몽리상봉　하랴하니
우젹오독　나를믜여　　쳔량잔몽　닐운다
일편고안　머무로셔　　루쇄음신　맛타다가
한양셩즁　지나갈쩌　　랑군젼　젼하려든
벽간실솔　슯히울졔　　텹텹수심　더욱난다
텹한이　무궁하니　　사이　이의로다
인병치사　하다커든　　가련텹경　여긔소셔
싱불상죵　홀짝시면　　타일황쳔　`차즈소셔149)

　　이상의 〈상사가〉에는 이별의 상황이 구체적으로 제시되어 있지 않다.
그저 임과의 이별에 기인한 시적 화자의 심리 상태만 절절하게 묘사되
어 있다. 사실 '상사가'류에서 이별이나 '외사랑'의 문제는 그리 중요치
않다. 이러한 문제는 이미 '상사가'의 작가에게는 창작 이전의 전제 조
건이 되기 때문이다. 오히려 그 작품을 대하면서 자칫 간과하고 지나칠
수 있는 작가의 의도가 보다 중요한 문제일 수 있다. '상사가'류에는 반
드시 대상이 존재하기 마련이다. 그 대상은 작품에 등장하는 시적화자
가 그리워하는 실제 대상일 수도 있고, 이 작품을 접하게 되는 일반 수
용자일 수도 있다. 따라서 '상사가'를 접한 제삼자가 이 작품에 대한 의
사 표시로서 답을 할 수 있는 충분한 근거를 갖게 된다. 그리고 이것이

---

149) 임기중 편, 앞의 책, 제12권, 538~539면.

문서화되면 또 다른 '정찰(情札)'의 형태를 띠게 된다.

위의 〈상사가〉 예문에서도 마지막은 "인병치사 하다커든 가련텹경 여긔소셔 싱불상종 홀짝시면 타일 황천 차즈소셔"라고 하여 상대방을 염두에 둔 청유형의 형태로 마무리하고 있다. 그런데 그 내용이 범상치 않다. 굳이 이 부분을 현대적 의미로 옮기자면 '제가 그리움의 병 때문에 죽음에 이르렀다는 소식을 듣게 되면 당신 향한 제 정을 불쌍하게 여기세요. 살아서 서로 만나지 못할 바에야 뒷날 죽어서 만납시다. 그때 저승에서 저를 찾으세요' 정도일 것이다. 이러한 내용을 좀더 속화(俗化)하여 정리하면 '지금 당장 만날 수 없거나 만나주지 않는다면 죽어버릴 수도 있다'는 것이다. 이 정도 되면 사랑이라기 보다는 체념이나 위협에 가깝다. 따라서 앞부분을 대하면 임과 이별한 여인의 애틋하고 처절한 심회가 느껴지다가도 이러한 결사 부분에 이르게 되면 오싹한 두려움을 느끼게 된다.

이러한 협박은 〈홍도상사가〉에서는 다소 순화(順和)되기도 하지만, 이 경우도 표현만 다를 뿐이지 어쨌든 상대방의 의사 보다는 자신의 비관적 처지를 앞세우는 것임에는 틀림없다.

동원도리	편시춘은	너할말삼	아니로되
금연이	삼칠일세	가권들	두번오며
청츈인들	미양일가	화됴월셕	조흔날을
그렁져렁	허송하면	근들아니	스를손가
남아일언이	즁천금이니	오시거나	마시거나
마음대로	하옵소셔150)		

만약 누군가 〈상사가〉나 〈홍도상사가〉와 같은 내용의 노래를 듣거나 서신을 포함한 텍스트를 접했다면 여기에 대한 반응은 두 가지가 존재

---

150) 단국대율곡기념도서관소장본, 『한국가사자료집성』 4, 태학사, 1998, 347면.

할 수 있다. 하나는 주어진 상황에 순응하면서 그 사랑을 받아들이는 긍정적 반응이고, 다른 하나는 거부하는 부정적 반응이다. 따라서 '상사가'류에 속하는 작품들에 대한 답은 그 작품과 함께 이미 정해져 있는 것이나 다름없고, 이와 같은 두 가지 반응은 당연하게 '상사가'의 작가들도 미리 염두에 둔 것일 수 있다. 이 점은 '상사가'류와 후술(後述)할 '상사답가'류가 대화체 가사임을 입증하는 중요한 단서이다. 아울러 가사 갈래에서도 작중 인물 간 대화를 중심으로 내용을 전개하여 극적 특성이 실현됨을 보여주는 예라고 할 수 있다.

본가인 '상사가'의 답가에서도 이러한 두 가지 반응에 상응하는 응답의 형태를 지닌 작품들을 확인할 수 있다. 〈상사회답가〉와 〈정찰회답가〉는 '상사가'류에 대한 긍정적 응답의 내용을 지닌 작품이고, 〈상사답가〉는 부정적 응답의 내용을 지닌 작품이다.

이몸이	여자되여	도로빅년	어려워라
문밧게를	아니나고	규합에셔	생장하여
빅년가기	명할뎍에	연분을	짜라가셔
불경이부	굿은언약	텰셕갓치	먹엇더니
무심한	일봉서찰	어디로	온단말가
셔즁에	만단사정	나려보니	아득하다
회답을	쓰려하고	붓을들고	생각하니
심신이	황홀하여	말조차	끈쳣도다
(…중략…)			
용열한	이내거동	무삼티도	가졋관디
이디도록	눈에드러	병조츠	들단말가
그런ᄆᆞᆷ	가졋스면	엇지하여	잠잠한고
다른곳	가기젼에	무심이	잇지말고
우리서로	어려슬제	한가지로	놀앗스니
날과언약	한길업시	혼자마음	무삼일고
삽삽한	이내ᄆᆞᆷ	싱각하니	후회로다

일이임의	이러하니	무삼묘책	잇슬손가
광디한	턴디간에	졀식가인	무수한디
날갓흔	ᄋ녀자야	어늬곳에	업슬손가
(…중략…)			
그디사졍	바리리요	연분이	잇고
자연이	만나리라		
샹사로	깁히든병	다풀치고	기다리소
금월모일	명월야에	아못조록	뵈올리다[151]

이상은 〈상사회답가〉의 서사 및 본사의 일부분과 결사이다. 내용을 살펴보면, 앞서 고찰했던 〈규수상사가〉나 〈옥인상사곡〉의 답가라고 해야 적절하다. 그리고 실제로 이 작품은 〈규수상사가〉의 답가로 알려져 있다.

어려서 함께 자라던 정인(情人)을 저버리고, 이미 다른 곳으로 출가한 시적 화자에게 정인(情人)의 서찰이 날아든다. 그리고 그 내용은 그대를 잊지 못하겠노라는 '상사'이며, 한 번만 만나달라는 애절한 사연이다. 당연히 시적 화자는 정신이 아득할 수밖에 없다. 그리고 시적 화자는 정인에게 '왜 진작 나를 붙잡지 않았느냐'고 원망한 후, '이제는 되돌리기에 너무 늦었고, 이 세상에는 나 보다 훌륭한 여자가 얼마든지 많다'며, 정인을 설득한다. 하지만 옛사랑을 잊지 못하는 인지상정(人之常情)은 어쩔 수 없는 것인가 보다. 결국 정인에게 '부디 기운내고, 그러면 야음(夜陰)을 틈타 만나도록 하자'는 파격적인 약속을 하며 글을 맺고 있다.

이 작품이 창작되었을 법한 시대에도 물론 불륜이 있었을 터이고, 도덕적으로 지탄받아 마땅할 비도덕적 행위가 존재했을 것이다. 그렇지만

---

151) 앞의 책, 161~164면. 이 작품은 『역대가사문학전집』 제12권에도 2편이 수록되어 있다. 652〈상수회답가 想思回答歌〉와 653〈想思回答歌〉가 바로 그것이다. 두 작품 모두 『한국가사자료집성』의 작품과 동일하다.

인간의 감정은 늘 한편으로 이성 보다 앞서는 경우가 있다. 〈상사회답가〉의 작가도 시적 화자의 입을 빌어 이러한 이성적 사고에 앞서는 인간의 감정에 충실하고자 했다고 할 수 있다. 그리고 '상사가'류에 대한 〈상사회답가〉의 긍정적 태도는 이 작품을 대했을 많은 수용자들에게 용기와 감동을 전해주었을 것이다.

한편 '상사가'류에 대한 긍정적 답가로 〈정찰회답가〉도 빼놓을 수 없다. 다음은 〈정찰회답가〉의 서사이다.

逆旅갓튼	이世上에	朝露갓흔	이니몸이
閨中處子	되야나서	窈窕淑女	되잣더니
야속한	一封書札	은근이	오단말가
書中의	萬端事情	늣기여	살펴보니
情神이	아득하고	方寸이	사라진다152)

〈상사회답가〉와 비교해보면, 서사에 사용된 어휘의 일부분만 다를 뿐 내용은 두 작품이 동일하다. 본사와 결사도 마찬가지이다. 따라서 〈정찰회답가〉 역시 '상사가'류에 대한 긍정적 답가에 속한다고 할 수 있다.

이에 비해 〈상사답가〉는 '상사가'류에 대한 부정적 답가이다. 다음은 〈상사답가〉의 서사와 본사의 일부분이다.

어와	처량할사	상ᄉ지곡	처량할사
기벽이리	쳔지간이	쳐량함도	만흘시고
님슌불안	슌방제가	챵오산싱	모운즁이
황영지못	눈물ᄲᅧ려	소샹반쥭	쳐량ᄒᆞ고
만고영웅	진시황은	말리쟝셩	굳키싯고
동남동여	오빅인을	불사약	구허다가
삼신산	멀고머니	영웅츄우	쳐량ᄒᆞ고

---

152) 위의 책, 504~505면. 〈정찰회답가〉 역시 『역대가사문학전집』 제45권에 동일본이 수록되어 있다. 2147〈情札回答歌〉와 2148〈情札回答歌 경찰회답가〉가 그것이다.

희셩츄야	졈은밤에	우미인	손목잡고
강의삼장	쳐량ᄒ고	쟝ᄌ방의	옥소리의
팔쳔졔ᄌ	흐트이고	계룡산	올나가셔
ᄉ향지곡	쳐량ᄒ고	졀디가인	왕소군이
오작향ᄉ	시집가셔	일부쳥종	젹막내의
한디공지	쳐량하고[153]		

〈상사답가〉역시 이별의 구체적 원인을 제시하고 있지는 않다. 이 작품의 시적 화자는 낭군과 이별한 여성이다. 그리고 서두에 '상ᄉ지곡'이라는 구체적 제명(題名)을 제시함으로써 이 작품이 '상사가'류의 답가임을 분명히 하고 있다.

본사에서는 인생무상과 이별로 인한 애정(哀情)과 관련된 고사를 나열함으로써 자신의 처량한 심사를 한껏 고조시키고 있다. 그런데 본사 가운데 다음과 같은 부분이 제시됨으로써 이 작품이 앞서 살펴보았던 〈상사회답가〉나 〈정찰회답가〉와 같이 정인(情人)의 서신 연락에 대한 답가로서의 기능을 하고 있음을 확인할 수 있다.

소리마다	쳐량하다	쳔고만고	쳐량지사
아무리	쳐량한들	낭군의	숭ᄉ쳐량
쳐량으로	웃뜸이로시	그리마오	그리마오
무익ᄒ니	그리마오	무지할ᄉ	셰인들이
달이할쥴	모르고셔	우자ᄒ면	슬허ᄒ고
장슈하면	츌셔하니	ᄉ싱은	한이리라
슬허할기	무어시며	즐기작기	무어시랴[154]

낭군의 상사곡이 세상 무엇과도 비길 데 없는 최고의 처량함이고, 그 마음은 모르는 바 아니지만, 인생은 무상이니 짧디 짧은 우리네 인생

---

153) 임기중 편, 『역대가사문학전집』 제12권, 아세아문화사, 1998, 542면.
154) 위의 책, 544면.

다른 데에 신경 쓰기에도 시간이 모자란다는 논조이다. 급기야 결사에
서는 정인(情人)의 애절한 마음을 정중하게 거절한다.

<pre>
빅연희로   하라히도   무졍시월   덧업셔셔
필경이별   하는디도   이쑴과   갓흐리라
부디나를   싱각마오   원통다   슬퍼마오
일신만   수심ᄒ여   티평강녕   희하리오
입신양명   힘을써서   부디영화   복을 실어
즈순창디   졔졔승승   인간향낙   쾌캐ᄒ며
니복록   스혼이다   구원의   츳기리라155)
</pre>

시적화자는 위에 제시한 〈상사답가〉의 결사에서 어차피 우리의 인연
이 맺어진다고 하더라도 인간의 운명이란 제약이 있기 마련이다. 그러
므로 한낱 꿈으로 생각하고 나를 잊으라고 정인을 설득한다. 또 오히려
입신양명에 힘을 쓰는 것이 당신이 할 일이며, 그 길만이 함께 행복할
수 있는 길임을 역설하고 있다. 이처럼 '상사가'류에 대한 답가의 방식
에는 반드시 정인의 상사를 받아들이는 긍정적 태도를 지향하는 작품
만 존재하는 것이 아니라, 부정적 태도를 견지하는 작품도 존재한다.

(4) 〈초당문답〉 – 오륜과 처세의 강조

〈초당문답〉에 화자로 등장하는 '걸객 노인'이 '초당 주인'에게 들려
주는 오륜(五倫)과 처세 등에 관련된 훈계도 이와 같은 '문답' 방식의 맥
락에서 이해할 수 있다.156) 〈초당문답〉의 단락 구성을 작중 인물 간의

---

155) 위의 책, 546~547면.
156) 김유경에 따르면, 〈초당문답〉 전체에서 등장인물들의 문답은 모두 네 차례에 걸쳐
　　　이루어진다. 첫째 문답은 첫 작품 '백발편' 안에서 완성되고, 둘째 문답은 '역대편'과

문답 전개 양상에 따라 구분하면 다음과 같다.

① 걸객 노인을 만난 초당 주인이 노인의 사연에 대해 질문함('백발편' 전반부).
② 노인은 늙음을 한탄하고, 자신의 내력을 초당 주인에게 설명한 후, 누구에게나 찾아오는 늙음을 조심하라고 경계함('백발편' 후반부).
③ 역대 사적을 개괄한 초당 주인이 입신양명을 희망함('역대편').
④ 노인이 초당 주인에게 공명의 덧없음과 위태로움을 경계하고, 오륜을 훈계함('지기편', '오륜편').
⑤ 한 소년이 노인의 훈계를 듣기 싫다며 반발함('개몽편' 전반부).
⑥ 노인이 소년에게 수양의 필요성을 설명하고, 악인의 형상화를 통해 이를 경계하며, 처세와 이재(理財)의 방법에 대해 훈계함('개몽편' 후반부, '우부편', '용부편', '경신편', '치산편').
⑦ 노인이 주인에게 자신이 준비했던 노래를 들려줌('낙지편' 전반부).
⑧ 주인이 노인에게 그 노래가 태평소 소리가 분명하다고 함('낙지편' 후반부).

이상의 단락 구성에서도 짐작할 수 있지만 〈초당문답〉은 가사 갈래의 전통적 제재와 내용을 모아서 적절히 재구성한 작품이라고 할 수 있다. 이 작품의 구성상의 특징은 '문답' 방식에서 찾을 수 있다. 그리고 이 '문답'은 단락 구성 ⑤에서와 같이 간혹 토론의 형태와 유사하게 나타나기도 하지만, 그 토론의 비중이 작중 인물 가운데 한 인물에게만 집중되기 때문에 '언쟁'의 방식으로까지 발전하지는 못한다.

혼少年니   썩니다라   핀잔쥬며   흐는말이
그노리   그만두소   塵談陋說 듯기슬희

'지기편'에서 이루어지지만, '지기편'을 부연하는 '오륜편'부터 '총론장'에 걸쳐 문답이 완성되며, 셋째 문답은 '개몽편' 안에서 이루어지지만 '우부편', '용부편', '경신편', '치산편'에서 답변에 대한 부연이 이루어져 문답이 완성된다. 넷째 문답은 '낙지편' 안에서 완성된다. 김유경, 「연작형 가사의 형성과 변이 연구―〈초당문답가〉를 중심으로」, 연세대 박사논문, 1996.

‘개몽편’ 전반부의 일부분이다. 한 ‘소년’이 등장하여 ‘노인’의 훈계가 듣기 싫다며 반발하는 대목이다. 이 ‘소년’은 훈계를 ‘진담누설(塵談陋說)’이라고 비하(卑下)하면서 많이 배운 인간일수록 악행을 잘 저지르는 것이 실상이며, 오륜을 몰라도 살아가는 데에는 불편이 없다고 이야기한다. 그런데 이 부분을 제외한 그 어디에도 ‘소년’은 다시 등장하지 않는다. 그리고 ‘개몽편’의 후반부에 등장하는 ‘노인’의 강도 높은 훈계에 의해 묻혀버리고 만다. 따라서 〈초당문답〉에서 ‘소년’의 정체는 이 작품 주제의 일부분이라고 할 수 있는 오륜을 더욱 강조하기 위한 의도적 장치로 이해할 수 있다.

〈초당문답〉 구성의 대부분은 오륜과 체세 및 이재(理財) 방법에 대한 훈계가 주를 이룬다. 특히 오륜을 작품의 전면에 부각시킨 이유는 수용층이 지닌 도덕률의 작품화에 대한 욕구를 최대한 반영하고자 했던 작가 의식의 소산이라고 할 수 있다. 오륜의 재검토는 대중에게 진부한 내용이기는 하지만, 인간으로서 실생활에서 준수해야 했던 최소한의 규구(規矩)이자 막연한 생활의 질서였기 때문이다.

결국 〈초당문답〉은 모두 등장인물 간 ‘문답’의 진행이라는 틀로 묶을 수 있다. 즉 ‘백발편’에서 ‘초당 주인’과 ‘걸객 노인’으로 설정된 등장인물이 함께 만나 ‘문답’ 방식의 대화를 진행하는 상황이 설정되고, 이어지는 각 작품들에서 등장인물들의 문답이 계속 진행되며, 마지막 ‘낙지편’에서 그들이 이별함으로써 전체 상황이 종료되는 것이다.

(5) 문답식 개화 가사—등장인물을 통한 구체적 현실 고발

문답식 개화가사는 『대한매일신보』를 중심으로 볼 때, 1908년부터 1909년에 집중적으로 창작된다. 그러나 그 작품 수는 화답이나 언쟁에 비해 그리 많지 않다. 문답식 대화 가사는 화답식과 달리 등장인물에 의한 문자(問者)와 답자(答者)의 역할이 명확하다는 점에서 대화체 가사의 극적 특성을 효과적으로 발견할 수 있다. 먼저 확인할 수 있는 작품은 1908년 8월 12일에 발표된 〈농담야설〉이다.

荳畝水田　夕陽天에　　頭擡軍笠　兩三翁이
壹壺濁醪　微醉하고　　橫堅說去　ㅎ는말을
時局事로　寓意ㅎ니　　慷慨之意　頗多ㅎ다

여보게
우리同胞　어셔낫나　　太白山下　檀君先朝
四千年來　遺業인대　　이彊土에　生長ㅎ야
萬殊壹本　分明ㅎ니　　兄弟之誼　업슬손가
어― 그럿치157)

〈농담야설〉의 서사와 본사의 앞부분이다. 서사에서는 앞서 살펴본 화답식과 마찬가지로 시·공간적 배경과 등장인물을 소개하였다. 시간적 배경은 화답식 거개(擧皆)가 그렇듯이 해질녘이다. 이는 풍전등화에 놓여 있던 대한제국의 암울한 당시 상황을 반영한 배경 설정이다. 등장인물은 벙거지 쓴 노인들이다. 이들은 막걸리에 조금 취해 횡설수설 시국에 대해 의견을 나눈다. 화답식과 다르게 각 장의 서두어에서 "여보게"라고 상대방을 부르고, 질문을 던진다. 그 질문 안에는 작가가 하고자 하는 이야기가 이미 내재되어 있다. 따라서 상대방은 그 질문에 후렴구처럼 "어― 그럿치"라고 호응할 뿐이다. 이들의 대화 내용은 새로운 지식에 대한 열망과 강조, 학업 장려, 부국강병 촉구 등으로 정리할 수 있다.

　1909년 1월 19일에 발표된 〈설창기어〉와 1909년 4월 30일에 발표된 〈춘성유람〉은 답자의 태도에서 볼 때, 〈농담야설〉 보다 답변의 적극성을 확인할 수 있다.

---

157) 민찬·장성남 편, 『대한매일신보의 시가』(I), 형설출판사, 2001, 420면.

①곰이라니　무슨곰고　　　果實塵의　곡곰인가
　그런곰은　아니로세　　至尊君父　欺罔ㅎ고
　莫重公器　擅弄ㅎ야　　善良君子　排斥ㅎ고
　奸猾小人　成黨ㅎ니　　亡國者가　무엇인가
　大監이란　곰이로다158)

②이兒孩야　말드러라　　무슴일노　痛哭이냐
　幾百年來　相傳ㅎ던　　土地家屋　이내産業
　越便家에　녀主人이　　지운빗도　업셧는디
　近日動靜　숨혀본즉　　아죠졔것　만들야고
　百般運動　ㅎ는모양　　그롤슬허　痛哭이오159)

　①은 〈설창기어〉의 본사 중 일부분이고, ②는 〈춘성유람〉 본사의 일부분이다. 〈농담야설〉에 비해 문자(問者)의 발화는 질문으로 그치고, 답자(答者)의 발화가 강화되었음을 볼 수 있다. 그 이유는 〈농담야설〉의 지향점은 계몽에 있기 때문에 작가의 교시(敎示)적 태도가 이미 문자(問者)에 반영된 것으로 파악할 수 있다.

　〈설창기어〉는 백악산(白岳山) 가운데 위치한 백옥(白屋)에 모여 앉은 백발 노인들이 등장인물이다. 이들은 눈 때문에 희어진 창을 닫고 흰 술을 마시고 흰 종이에 흰 털붓으로 망국자의 역사를 적는다. '백(白)'을 강조한 것은 이 작품에서 비판의 대상이 된 당시 관료들과는 달리, 노인들은 고결한 인품을 가진 인물들임을 강조하기 위한 장치라고 할 수 있다. 이처럼 대화체 개화가사의 등장인물로 노인들이 자주 등장한다. 이것은 노인의 연륜에 의한 경험을 상징화하여 작품 내의 비판적 내용에 대한 타당성을 강화하기 위한 것이다. 즉 대화체 개화가사에 등장하는 인물들은 내용에 따라 상징화된 전형적 인물들이 주류를 이룬다.

---

158) 민찬·장성남 편, 『대한매일신보의 시가』(II), 형설출판사, 2001, 72면.
159) 위의 책, 214~215면.

그 비판은 언어적 중의성을 사용하여 '감'으로 끝나는 사물에 빗대어 '대감', '도감(都監)', '감사(監司)', '영감(令監)' 등을 비판하였다. 결사에서는 이들로부터 받은 고통에 대한 원수를 갚기 위해서는 교육이 필요하다며, 교육의 중요성을 강조하였다.

〈춘성유람〉은 산수 구경을 나갔던 작가가 어느 마을 허름한 집에서 울고 있는 아동들을 발견하고 그 이유를 묻고 답변을 듣는 형식의 작품이다. 이 작품은 한일합방을 획책하는 일본의 야욕을 아이들의 입을 빌어 경계하고 비판한 작품이다. 서사에서 작가가 집을 발견했을 때, '주인옹'은 잠만 자고 있었다고 했는데, 이는 대한제국의 위정자를 지칭하는 것이며, 위 예문의 '월편가(越便家)'는 일제를 상징하는 것이다. 이외에도 국권을 상실한 세태를 한탄하고, 농업 기반의 붕괴와 삶의 터전 상실을 고발하고 있다. 이 작품의 특징은 각 장의 마지막에 아이들의 답변에 대한 문자의 느낌이나 생각을 괄호로 묶어 드러내고 있다는 점이다. 예컨대, "그理由를무러보자(차례디로)", "(그럿켓다)", "(울만ᄒ다)", "(불상ᄒ다)", "(慘酷ᄒ다)", "(분ᄒ깃다)", "(급힛도다)"가 그 것이다.

이와 같은 현상은 비슷한 시기에 발표된 안국선의 연설문 「靑年俱樂部에서 ᄒ는 演說」과 「政府의 政策을 攻擊ᄒ는 演說」 등에서도 확인할 수 있다. 이 연설문들은 1907년 11월에 간행한 안국선의 저서 『演說法方』160)에 실린 글들이다.

---

160) 농구실주인 안국선 저, 『연설법방』, 탑인사, 1907. 『演說法方』은 제목을 통해서도 알 수 있듯이, 효과적 연설을 하기 위한 이론 및 실제 연설 예문들로 구성된 국한문혼용체 단행본(76면)이다. 『연설법방』의 구성을 살펴보면, '雄辯家의 最初', '雄辯家 되는 法方', '演說者의 態度', '演說家의 博識', '演說과 感情', '演說의 熟習', '演說의 終結'은 제1부에 해당하는데, 효과적 연설을 위한 이론을 정리한 이론 입문편적 성격의 글들로 구성되었다. '연설'이라는 부제 아래의 글 「學術講習會의 演說」, 「落心을 戒ᄒ는 演說」, 「靑年俱樂部에서 ᄒ는 演說」, 「政府의 政策을 攻擊ᄒ는 演說」, 「斷烟演說」, 「學校의 學徒를 勸勉ᄒ는 演說」, 「婦人會에셔 ᄒ는 演說」, 「運動에 對ᄒ 演說」 등 8편은 안국선이 창작한 연설 응용편적 성격의 실제 연설문들로 구성되었으며, 제2부에 해당한다. 구성상, 제1부에서는 효과적 연설 준비 및 진행에 필요한 이론과 아울러 역사적으로 유명한 연설문들을 인용했으며, 제2부에서는 몇 가지 상황을 설정하여 그 당시 민감했던 사안들과

「靑年俱樂部에서 ᄒᆞᄂᆞᆫ 演說」의 내용은 먼저 나태하며 비도덕적인 현실 세태를 비판하고, 학문과 교육의 중요성을 강조하는 것으로 글을 시작한 뒤, '간사한 꾀가 많으면 이는 결국 실패의 근본이 되며, 재앙의 해로움이 뒤따른다'는 교훈으로 연결되어 있다. 특히, 간사한 꾀가 실패의 근본이라는 주제를 부각시키기 위하여 간사하고 꾀 많은 원숭이(猿)가 함께 만든 떡을 독차지하려다가 제 꾀에 넘어가 오히려 우직한 게(蟹)에게 떡을 빼앗겼다는 우화를 소개하였다.

「政府의 政策을 攻擊ᄒᆞᄂᆞᆫ 演說」의 내용은 당시 정부의 정책을 비판하고 그 당시 상황을 개탄하는 것이다. 즉 안국선은 당시 내각이 국가 독립과 국민의 행복 및 사회문명의 발달에 대한 의지는 있지만, 곤란한 상황 때문에 실천이 어려운 상태라고 규정하고, 여기에 반대하고 비판하는 것은 국민의 떳떳한 도리라고 하였다. 특히, 당시의 내각대신을 향해 무능력하다며 직접 공격하였는데, 단지 비판만 있을 뿐 내용 중 개선책이나 대응책이 미흡하다는 점은 아쉬움으로 남는다.

이처럼 두 연설문은 내용에 있어서 세태 고발적 태도가 강하고, 그 전파성을 전제로 하여 현실을 비판하고 있다. 〈춘성유람〉처럼 안국선의 연설문에는 작가가 전면에 등장하여 청중의 반응을 이끌어내며 주제를 부각시키고 있다. 두 글의 일부분을 인용하면 아래와 같다.

只今 演說ᄒᆞ신 辯士가 蘇秦 張儀의 雄辯으로 有益ᄒᆞᆫ 말슴을 만히 ᄒᆞ셧ᄂᆞᆫ듸, 語訥ᄒᆞ고 無識ᄒᆞᆫ 本人이 雄辯多識ᄒᆞᆫ 辯士의 後에 演說을 ᄒᆞ민, 諸君은 大端히 滋味가 無ᄒᆞ겟슴니다 (아니오, 아니오, 此ᄂᆞᆫ 聽衆의 聲이라) 譬喩ᄒᆞ야 言ᄒᆞᆯ진던, 조흔 果花酒를 飮ᄒᆞᆫ 後에 써데씬 막갈리를 飮ᄒᆞᄂᆞᆫ 것과 如ᄒᆞ겟슴니다 (아니오) …… 그러ᄒᆞ나 大奮發로 數語를 謹陳ᄒᆞ야 諸君의 淸聽을 瀆코져 ᄒᆞ오니 容恕ᄒᆞ시오 (謹聽 謹聽) …… 如此히 適當치 못

<hr>

관련된 자신의 견해를 연설문의 형식을 빌어 제시했다. 당시 사회에 연설이 국민계몽의 중요한 방편으로 부각되었기 때문인지 『연설법방』은 1년도 되지 않아 3판을 찍어낼 만큼 인기가 있었다. 김영민, 『금수회의록』(외), 『범우비평판한국문학』 4, 범우사, 2004.

ㅎ게 交合ㅎ는 事가 人間에도 有ㅎ 즉 猿과 蟹가 셔로 朋友됨이 決코 異
常ㅎ 事가 아니올시다 (올소 올소) …… 其 猿의 行爲가 可憎ㅎ지 아니ㅎ오
닛가. (그놈 可憎ㅎ 놈이오) 그러ㅎ데 其 樹梢가 折ㅎㅇ얏던지, 餠이 落ㅎ야
蟹의 前으로 落來ㅎㅇ얏습니다. (하― 조쏘) 蟹는 此를 見ㅎ고 喜不自勝ㅎ야
「이거, 웬 썩이냐」 ㅎ고 ― 俗語에 意外의 조흔 일을 보면 「이거 웬 썩이
냐」 ㅎ는 言이 此 蟹에서 始ㅎ 것이오 (笑聲이 起ㅎ다) …… 只今도 猿의
볼깃작이 샐간 것은 其 時에 蟹의게 쇠집혀서 毛가 다 빠진 까닥이오 (笑
聲이 起ㅎ다) 쏘 蟹의 手足에는 只今도 毛가 多ㅎ니 此는 其에 抓取ㅎ 猿
의 毛라 ㅎ데다. (笑聲이 又起) …… 홀 줄 모로는 演說은 聽衆의 厭氣를
生케 ㅎ는 것이니 그만두겟습니다 (拍手大喝采)

―「靑年俱樂部에서 ㅎ는 演說」 중에서

　　現 政府의 政策이 國家와 國民의 幸福을 保維 或 增進홀 수가 有ㅎ닛
가, 無ㅎ닛가. (업소) …… 諸君의 意思도 應當 本人과 同一ㅎ시리다. (同感
同感) …… 此 政策을 施ㅎ는 現 內閣 諸 大臣의 良心도 此 政策은 反對
ㅎ는 것이올시다. (올쏘― 拍手) …… 그러나 政府의 政策이 우리 國家의
獨立을 害ㅎ고, 우리 國民의 幸福을 破ㅎ고, 우리 社會의 文明을 阻홈에
至ㅎ야는 決코 緘口홀 슈 업습니다 (올쏘―) (아니오, 아니오) 아니라 ㅎ는
諸君이여, 諸君도 獨立을 不願ㅎ며, 幸福을 不望ㅎ며, 文明을 不圖홀 理
는 無홀 터인 즉, 그러면, 諸君은 方今 우리 國家의 獨立이 完全ㅎ 쥴로
思ㅎ심닛가. …… 諸君이 萬若 獨立을 望ㅎ고 幸福을 願ㅎ고 文明을 期ㅎ
시는 諸君이면, 本人의 言을 反對치 아니ㅎ시리이다. (拍手)

―「政府의 政策을 攻擊ㅎ는 演說」 중에서

　이상의 연설문에서 형식상 독특한 점으로 눈여겨 볼 부분은 괄호로
묶인 부분들이다. 바로 그 독특함은 청중의 반응 내지는 찬성과 반대의
상황을 마치 희곡의 지문처럼 처리하여 극적으로 제시하고 있다는 점
이다. 그 예로는 「靑年俱樂部에서 ㅎ는 演說」에서 "(아니오 아니오 此
는 聽衆의 聲이라)", "(謹聽 謹聽)", "(올소 올소)", "(그 놈 可憎ㅎ 놈이
오)", "(하― 조쏘)", "(笑聲이 起ㅎ다)", "(拍手大喝采)" 등을 들 수 있다.

그리고 「政府의 政策을 攻擊ᄒᆞᄂᆞᆫ 演說」에서는 "(업소)", "(同感 同感)", "(올쏘─ 拍手)", "(아니오 아니오)" 등을 확인할 수 있다.

이와 같은 형식상 특징은 같은 시기의 유사한 글들에서는 쉽게 그 흔적을 찾아볼 수 없어서 그 용례에 더욱 주목하게 한다.[161] 안국선의 지적[162]처럼 '연설'의 목적은 '나의 뜻을 자세히 말해서 감정에 하소연하며, 다른 사람들의 동정을 얻고 마음을 움직여 나의 뜻을 관철시키는 데 있다'고 할 수 있다. 이 점을 감안한다면, 위와 같은 연설문에서 청중의 반응 표현은 연설이 텍스트화되면서 잃어버리기 쉬운 현장감(현실성)을 유지시키며, 청중과 연설자 사이의 구체적 교감 상황을 입증함으로써 연설의 내용 및 주제를 더욱 절실한 문제로 부각시키는 장치적 기능을 한다고 볼 수 있다. 즉 자칫 일방적 말하기가 될 수 있는 연설문에 청중을 등장시켜 연설의 현실 비판적 내용에 대한 찬성이나, 반대의 입장 및 분위기를 독자에게 확인시킴으로써 그 텍스트의 주제를 보다 효과적으로 전달하고 있는 것이다. 그리고 이 점은 비슷한 시기의 대화체 가사인 〈춘성유람〉에서도 확인할 수 있다.

이상에서 살펴본 바에 의하면, 대화 방식에 따른 유형 중 '문답'의 방식에 속하는 작품으로는 ①〈목동가〉와 〈목동답가〉, ②〈몽중로쇼문답가〉, ③'상사가'류와 '상사답가'류, ④〈초당문답〉을 제시할 수 있다. 그리고 개화가사 중 ⑤〈농담야설〉, ⑥〈설창기어〉, ⑦〈춘성유람〉이 포함

---

161) 다만, 이와 유사한 용례는 〈금수회의록〉의 '뎨이셕 호가호위 (여호) (狐假虎威)'의 "(손벽소리턴디진동)"과 '뎨삼셕 졍와어히 (개고리) (井蛙語海)'의 "(손벽소리짤각 〃〃)"과 '뎨ᄉᆞ셕 구밀복검 (벌) (口蜜腹劍)'의 "(손벽소리귀가막막)"에서 확인할 수 있을 뿐이다.

162) "總히 演說은 我의 意見을 陳述ᄒᆞᆷ이 目的이나 其 意見을 陳述ᄒᆞᆯ 時에 言語를 操縱ᄒᆞᆷ이 必要ᄒᆞ니 半은 我의 意見을 言ᄒᆞ고 半은 他의 意見을 言ᄒᆞ야, (…중략…) 人은 感情의 動物이니 演說ᄒᆞᆯ 時에 맛당히 其 感情에 訴ᄒᆞ야 他의 感情을 動케 ᄒᆞ기를 主意ᄒᆞᆯ 것이라 感情을 與치 아니 ᄒᆞᄂᆞᆫ 演說은 암만 正當ᄒᆞᆫ 事를 言ᄒᆞᆯ지라도 衆人의 同情을 得ᄒᆞ기 難ᄒᆞ니 同情을 得ᄒᆞ야 我의 意見을 貫徹ᄒᆞ랴 ᄒᆞᄂᆞᆫ 演說은 더욱 感情에 訴ᄒᆞᆷ이 可ᄒᆞ도다……"(농구실주인 안국선, 앞의 책, 21~22면)

된다.

아울러 1절 "텍스트 구조상의 유형"에서 고찰한·작품 가운데 '개별 텍스트 내부 대화의 방식'에 속하는 개화가사 ①〈등산문불〉, ②〈시담일총〉, ③〈시사문답〉 등도 포함된다. '문답' 방식 작품의 내용이나 주제는 〈목동가〉와 〈목동답가〉, 〈초당문답〉 등에서 확인할 수 있는 도덕적 성찰과 '상사가' 및 '상사답가'류에서 확인할 수 있는 양립(兩立)적 응답을 내포한 연정의 술회 등이다. '문답' 방식의 작품을 시대 순으로 나열하면 다음과 같다.

작품 명	작중 인물	내용	창작 시기	계열
〈목동가〉 〈목동답가〉	양반 목동	부귀공명의 추구 부귀공명의 경계	17세기 중반	教訓
〈몽중로쇼문답가〉	청년과 도사	동학의 득도 과정	1861	宗敎
'상사가'류 '상사답가'류	여성	임에 대한 사랑 사랑의 수용 및 거부	조선 후기	戀情
〈초당문답〉	초당 주인, 걸객 노인, 소년 등	양반 사회의 붕괴	19세기 후반	教訓
〈농담야설〉	노인들	새로운 지식에 대한 열망과 강조, 학업 장려, 부국강병 촉구	1908.8.12	開化
〈등산문불〉	화자, 돌부처	우국, 세태 비판	1908.9.3	開化
〈설창기어〉	백발 노인들	관료 비판 교육의 중요성 강조	1909.1.19	開化
〈춘성유람〉	아동들	일본의 침략 야욕 경계 및 비판	1909.4.30	開化
〈시사문답〉	화자 2명	우국, 세태비판	1909.10.7	開化
〈시담일총〉	화자 2명	우국	1909.11~12	開化

대화체 가사 중 '문답' 방식에 속하는 작품의 특징을 종합하면 다음과 같다.

첫째, 뚜렷한 목적성을 내포한 작품들이 다수 존재한다. 이는 포교를 목적으로 한 동학가사인 〈몽중로쇼문답가〉나 부조리한 사회 현실의 고발과 비판을 목적으로 했던 개화가사 작품들에서 확인 할 수 있다. 이는 대화체 가사 중 '문답'의 방식이 주로 도덕적 훈계나 사랑, 종교 등

사회 공동의 관심사와 세태 고발 및 비판 등 사회 제반 현상에 대한 논의에 사용되었음을 보여주는 사례라고 할 수 있다. 따라서 대화체 가사 중 '문답'의 방식은 개인의 정서 보다는 사회 공동체의 문제를 토로하는 데 적합한 방식이라고 할 수 있다.

둘째, 작중 인물을 통해 작품 내부의 극적 상황을 적실하게 구현해내는 방식이다. 이 방식의 본가와 답가에 등장하는 인물들은 각각 그 성격의 설정이 명확하다. 그리고 본가에 제시된 문제에 대한 해결 방안이 본가나 작품의 후반부에서 구체적으로 제시되고 있다. 즉 작가의 적극적 개입에 의해 주제와 관련된 일정한 지향점이 미리 설정되어 있다. 예컨대, 〈목동답가〉의 화자인 '목동'의 금욕적 인생관이나 〈몽중로쇼문답가〉의 '도사'에 의해 진술된 동학 출현의 시대적 필연성 등이 이를 반영한다.

셋째, '문답'의 방식은 동일 작가의 한 작품 내에서 두 명의 화자에 의해 주제가 실현된다. 물론 '상사가' 및 '상사답가'류처럼 서로 다른 작가라고 추정할 수 있는 작품도 존재하므로 단언할 수는 없다. 그러나 이 경우에도 주제는 애정 문제로 통일되어 있다. 그러므로 '문답'의 방식은 작중 화자 가운데 어느 한쪽에 진술의 무게가 편중될 수밖에 없다. 결국 작품에 두 명의 대리 화자를 내세우는 것은 작가는 물러난 상태에서 실재성을 보다 극대화하여 핵심을 적실하게 전달하기 위한 방편이라고 할 수 있다.

3) '언쟁(言爭)'의 방식

'언쟁'의 방식은 작품에 상이한 입장을 지닌 대리화자들을 내세워 그들이 대화를 진행하는 방식이다. 아울러 그들을 통해 당대의 첨예한 사회 현상을 노출시키고 있다. 또한 각각의 주장에 근거해 이를 비판적으로

바라봄으로써 당면한 문제에 대한 작가의식을 간접적으로 제시하고 있
다. 이를 통해 그 문제에 대한 수용자의 공감을 불러일으키는 방식이다.

(1) 〈속미인곡〉-임과의 이별 원인 규명

우리에게 널리 알려진 송강의 작품 〈속미인곡〉은 이른바 '갑녀'와
'을녀' 간의 대화체로 구성되어 있다. 작가에 의해서 작품 내에 대리 설
정된 한 명 이상의 화자가 전체 담론의 진행에 주도적 역할을 할 때, 그
것은 담론의 층위에서 화자의 교체가 발생하는 것으로 간주할 수 있다.
그리고 이들 두 담론 주체 간의 관계가 대립적이라면 담론의 전개는 대
립적 사고의 논쟁을 통한 것일 경우가 많다. 즉 그것은 '언쟁'의 형태로
나타난다. 〈속미인곡〉의 두 화자에게서 확인할 수 있는 대화의 방식도
'언쟁'의 방식이다.

①뎨가논	뎌각시	본듯도	호뎌이고
텬샹	빅옥경을	엇디호야	니별호고
힉다뎌	져믄날의	눌을보라	가시눈고
②어와	네여이고	이내스셜	드러보오
내얼굴	이거동이	님괴얌즉	호가마눈
엇딘디	날보시고	네로다	녀기실시
나도	님을미더	군쁘디	전혀업서
이러야	교타야	어즈러이	호돗썬디
반기시눈	눗비치	녜와엇디	다르신고
누어	싱각호고	니러안자	헤여호니
내몸의	지은죄	뫼フ티	싸혀시니
하눌히라	원망호며	사롬이라	허믈호랴
셜워	플텨혜니	조믈의	타시로다163)

①은 〈속미인곡〉의 서사로서 '갑녀'의 사설이다. ②는 본사의 서두로 '을녀'의 사설이다. '상대방을 본 듯도 하다'는 갑녀의 사설과 '당신은 전에 만났던 사람'이라는 투의 을녀 사설은 인간이라면 실생활에서 얼마든지 경험할 수 있는 대화 내용이다. 즉 서로가 대화 상대자를 확인하는 사고 과정이 표현된 것이다. 그리고 이들 대화의 중심에는 '을녀'가 품고 있는 사연에 대한 '갑녀'의 궁금증이 있다. 그리고 '을녀'는 본 적이 있는 '갑녀'에게 자신의 사연을 이야기한다.

결국 이들은 앞선 〈갑민가〉에서 보였던 일방적 말하기가 아닌 상대를 향한 진술을 하고 있는 것이다. 즉 '갑녀'와 '을녀'의 대화는 실재성과 일상적 대화의 방식에서 확인할 수 있는 구체성을 담보하고 있다. 이어서 '을녀'는 자신의 존재 가치가 임에게 사랑받을 만하지 못하지만, 임께서 나를 사랑하신다는 사실을 대비함으로써 임의 사랑이 자신에게 과분한 것임을 밝힌다. 그리고 그러한 임의 사랑을 잃게 된 원인이 자신에게 있다고 자책과 반성의 심정을 드러낸다. 동시에 이것을 조물주가 자신을 만들어낸 탓으로 돌리는 이중적 태도를 보인다. 이에 대해 '갑녀'는 '을녀'의 견해에 대립되는 견해를 언술한다.

글란	싱각마오	미친일이	이셔이다
님을	뫼셔이셔	님의일을	내알거니
믈ᄀ툰	얼굴이	편ᄒ실적	몃날일고
츈한고열은		엇디ᄒ야	디내시며
츄일동텬은		뉘라셔	뫼셧눈고
죽조반	죠석뫼	녜와ᄀ티	셰시눈가
기나긴밤의		좀은엇디	자시눈고[164]

위의 예문에 이어지는 '갑녀'의 사설이다. "글란 싱각마오"라는 '갑

---

163) 성균관대 대동문화연구원, 『송강전집』, 1964, 332면.
164) 위의 책, 332~333면.

녀’의 첫마디에서 이미 ‘갑녀’의 견해가 ‘을녀’와 대립된다는 사실을 확인할 수 있다. 그리고 이것은 두 시적 화자의 가치관이 대립됨을 의미하며, 둘 사이에 특정한 갈등이나 언쟁이 존재함을 의미하는 것이다. ‘갑녀’는 이어서 ‘(을녀에게) 맺힌 일이 있다’고 하였는데, 이것은 ‘을녀’와 임의 이별 원인이 ‘을녀’가 아닌 다른 것에 있음을 암시하는 것이다. 따라서 임에 대한 태도에 있어서 ‘갑녀’는 절대적이지 않지만, ‘을녀’는 시종일관 절대적이기 때문에 두 시적 화자 사이에는 언쟁이 성립할 수 있는 것이다. 계속해서 ‘을녀’는 애타게 임의 소식을 기다리며, 연모(戀慕)의 정과 고독의 감정을 일방적으로 토로한다. 이러한 임에 대한 현실적 그리움의 해소를 꿈을 통해서 실현하려고 하지만, 그 역시 헛된 일일 뿐이다.

① 출하리   식여디여   낙월이나   되야이셔
　님겨신   창안희   번드시   비최리라
② 각시님   둘이야크니와 구존비나   되소셔[165]

〈속미인곡〉의 결사이다. ①은 ‘을녀’의 사설이고, ②는 ‘갑녀’의 사설이다. ‘을녀’는 자신의 마음을 자연물인 ‘낙월’에 빗대어 임께서 계신 곳을 비추겠다는 의지를 토로하면서 임에 대한 현실적 미련을 버리지 못하고 있다. 반면에 ‘갑녀’는 ‘(임께 뿌려지는) 궂은 비’라는 다소 부정적 자연물이 되라고 제시함으로써 〈속미인곡〉 서두의 대화에서 보였던 태도의 대립을 고수한다. 그러므로 〈속미인곡〉에 등장하는 두 시적 화자는 임에 대한 태도를 드러내고 있다는 점에서는 공통점을 지니지만, 실제 입장에서는 서로 대립적 가치관을 드러낸다. 물론 분량 면에서 볼 때, ‘을녀’의 사설과 일방적 대화 부분이 많기 때문에 〈속미인곡〉에서의 대화 및 ‘갑녀’라는 시적 화자의 존재 가치는 ‘을녀’의 진술을 이끌어내

---

165) 위의 책, 334면.

기 위한 장치라고 치부할 수도 있다. 그러나 〈갑민가〉에서 '갑민'의 존재 의미를 성립시켜 주는 '생원'의 역할과 마찬가지로 〈속미인곡〉의 '갑녀'도 적은 분량이지만, 작품 내에서 언쟁을 진행하며, '을녀'와 대립한다. 아울러 〈갑민가〉와 〈속미인곡〉의 담론적 특성으로 들 수 있는 것은 담론의 주체들이 분명히 존재한다는 점이다. 그리고 작품 내의 시적 화자들을 통해 대립적 관념을 드러냄으로써 갈등이 실재하는 극적 진술에 가까운 대화체가 구현되었다고 할 수 있다.

(2) 〈송여승가〉 연작—구애와 거부 혹은 순응

'언쟁'의 유형에 속하는 또 다른 작품으로 〈송여승가〉 연작을 들 수 있다. 이 작품군(群)은 〈송여승가〉, 〈승답사〉, 〈재송여승가〉, 〈여승재답사〉의 4편으로 구성되어 있다. 이 작품들은 앞서 문답의 유형에서 살펴보았던 '상사가'류의 작품들과 같이 연정가사 계열에 속한다고 할 수 있다. 작품에 등장하는 시적 화자는 '양반집 자제'와 '여승(女僧)'이다. 그리고 그 형식도 각자 상대방에게 번갈아 보내는 서찰의 형식을 지니고 있다. 다만 '상사가'와 '상사답가'류의 갈마듦이 일회성으로 끝나는 데 비하여 이 작품 군은 그 양상이 작품을 통해 지속된다는 차이점을 지니고 있다.

〈송여승가〉166)는 우연히 아리따운 '여승'과 동행하게 된 '양반집 자제'가 시적 화자이다. 그리고 '廣나루'에서 함께 승선(乘船)한 그 '여승'에게서 느끼는 연민과 사모의 정을 술회했다. 본사의 초반부에서는 어린 처자가 여승이 된 까닭에 대한 의구심을 품으며, 주로 '여승'의 외양

---

166) 이 작품은 『역대가사문학전집』의 제13권에 702〈送女僧歌 송녀승가〉, 703〈送女僧歌〉라고 하여 2편이 수록되어 있고, 『한국가사자료집성』 十二에 703〈送女僧歌〉와 동일본 1편이 수록되어 있다. 이 동일본은 『歌集』 二 수록본이다. 〈승답사〉, 〈재송여승가〉, 〈여승재답사〉의 동일본 출처도 모두 이와 같다.

을 묘사했다. 하선(下船)하여 서로 헤어지는 시점에서 '여승'이 던진 "平安이 行次하시오 後日다시 보사이다"라는 말 한마디를 기점으로 연민과 그리움은 꿈에라도 만나보고 싶은 '상사'로 발전한다.

西窓에	힌지도록	消息을	기다리니
答書는	말지라도	꾸짓지ᄂ	마소그려
無情도	험도할사	野俗다도	하리로다
왼손편	못울기는	옛말노	드럿드니
짝사랑	외기럭이	나혼자	ᄲᅮᆫ이로다
禪師任	혜여보소	너아니	可憐한가
偶然이	만나보고	無罪이	죽게되니
이것이	뉘탓인가	不祥토	안이한가
져근듯	싱각하여	다시음	혜여보소
大丈夫	한목숨을	살녀주면	엇더헐고[167)

위의 인용문은 시적화자가 '여승'에게 보내는 서찰의 내용으로 〈송여승가〉의 결사부에 해당한다. 답서까지는 바라지도 않으니 그저 상사에 빠져 외롭기 그지없는 내 마음을 헤아려 달라는 내용이다. 내가 이러한 처지에 이른 것은 모두 '여승'의 탓이라며, 잠깐이라도 대장부의 목숨을 살려달라는 마지막 부분은 애절하기까지 하다. 『역대가사문학전집』에는 〈승가〉[168)라는 제명의 작품 2편도 실려 있는데, 이 작품 역시 제목만 다를 뿐 내용은 동일한 〈송여승가〉의 이본이다.

〈승답사〉[169)는 〈송여승가〉의 답가로서 '여승'이 시적 화자이며, 〈송

---

167) 임기중 편, 『역대가사문학전집』 제13권, 아세아문화사, 1998, 502~503면.
168) 제25권의 〈승가〉(409~412면)와 제41권의 〈승가〉(95~103면)이다. 특히 후자(後者)에는 "남철"이라는 작가가 명시되어 있다. 김팔남은 이 작품의 성립 연대를 1723년으로 확정하여 이 작품을 실사(實事)로 간주하는 연구자들에게 그 근거를 제공하고 있다(김팔남, 「연정가사 승가의 실상」, 『어문학』 제81집, 한국어문학회, 2003).
169) 이 작품은 『역대가사문학전집』의 제8권에 388〈녀승답이라〉, 제25권에 1235〈승답가〉, 제35권에 1591〈녀승답셔〉, 1592〈녀승우답셔〉, 제41권에 1891〈僧答謌〉, 1892〈僧

여승가〉와 마찬가지로 서찰의 형태를 지니고 있다. 그 내용은 한낱 '여승'에게 마음을 빼앗긴 '양반 자제'의 마음을 이해할 수 없으며, 더욱이 자신에게는 남자의 마음을 빼앗을 만한 구석이 없음을 강조하는 것이다. 자신은 조실부모(早失父母) 후에 입산(入山)한 몸이므로 상대방의 마음을 받아들일 수 없음을 완곡하지만 분명히 하고 있다.

世緣	未盡하여	還俗을	하량이면
才質이	魯鈍하니	妾의도리	어이하며
微賤한	이내몸이	迷惑한	人事로서
性品이	强强하니	남의	시앗은실고
날갓튼	인싱을	생각도	마르시고
醫術을	모르거든	남의病을	어이알고
人命이	在天커든	내어이	살여내리
千金갓흔	貴한몸을	부질업시	傷치말고
功名의	뜻을두어	속졀업시	이즈시고
不關한	중의몸을	더러이	아옵시고
榮華로	지니다가	紅顏粉面	고흔任을
다시어더	求하서서	千歲나	누리소셔170)

〈승답사〉의 결사 부분이다. 자신은 워낙 재주가 없고, 미천하여 만약 환속(還俗)을 하더라도 한낱 첩으로서의 구실조차도 하기 어려움을 밝혔다. 아울러 상사 역시 상대방의 일이니만큼 그 정열을 공명(功名)에 쏟는다면 나 보다 더 좋은 배우자를 만날 것이라고 하였다.

사실 여기까지는 '문답'의 유형에서 언급하였던 '상사가' 및 '상사답가'류와 서사의 전개 방식이 유사하다. 다시 말하면, 두 명의 시적 화자가 등장하여 서로의 심사를 술회하는 데, 본가와 답가에 의한 대화체

答辭〉, 1893〈僧答辭 승답ᄾ〉라고 하여 7편이 수록되어 있고, 『한국가사자료집성』 十二에 1892〈僧答辭〉와 동일본 1편이 수록되어 있다.
170) 임기중 편, 위의 책 제41권, 121~122면.

방식이 구현된 것이다. 그런데 '상사가'와 '상사답가'류는 그 대화의 양상이 한번으로 정리된 반면에 〈송여승가〉 연작은 그 대화의 양상이 지속된다. 〈상사가〉는 답가를 통해 미리 명확히 정해진 두 가지의 선택 중 하나의 결론을 실현한다. 반면에 〈송여승가〉 연작은 팽팽하게 평행선을 지향하는 시적 화자들의 상반된 입장이 지속된다. 따라서 〈송여승가〉 연작은 '문답' 보다는 '언쟁'의 유형에 가깝다. 이후 전개되는 내용과 결과에 대한 독자의 궁금증을 등장인물들의 서찰 왕래를 통해 해소하는 방식을 택하고 있는 것이다.

〈재송여승가〉[171)는 〈승답사〉에 대한 '양반 자제'의 거듭된 답가이다. 이를테면 두 인물은 개별 텍스트화된 가사 작품을 통해 '언쟁' 방식의 대화를 나누고 있는 셈이다.

禪師任	하신말삼	말삼마다	올건마는
그말삼	그만두고	내말삼	드러보소
(…중략…)			
人間에	고은게집	너샌이라	하랴마는
저마다	복이옵셔	내눈의	다흘손가
(…중략…)			
禪師님	무삼일노	져디도록	미미할사
三間草屋	寂寞한듸	孤處이	혼자안져
世上을	아조잇고	念佛만	工夫타가
자네人生	죽어지면	늣기리	뉘잇스리
(…중략…)			
아마도	이니병은	살어날길	견혀업다
차라이	다썰치고	범나뷔	되어나셔
禪師님	간듸마다	짜라가면	안디리라

---

171) 이 작품은 『역대가사문학전집』의 제45권에 2125〈再送女僧歌〉, 2126〈再送女僧歌 지송녀승가〉라고 하여 2편이 수록되어 있고, 『한국가사자료집성』 十二에 2125〈再送女僧歌〉와 동일본 1편이 수록되어 있다.

殺人者ㅣ 死라하니　　　　죽으면　　네알이라172)

〈재송여승가〉의 서사와 본사의 일부분 및 결사이다. 여전히 '양반 자제'는 '여승'에 대한 미련을 버리지 못한 채 자신의 입장만을 고수하고 있다. 서사에서 '여승'의 의견에 맞장구를 치고는 있지만, 이것은 대화에 있어서 으레 '당신의 말도 옳지만, 내 말에 귀 기울여 보라'는 식의 관습적 서두에 불과하다. 계속해서 자신을 잊으라는 상대방의 의견에 동조하지 않으며, 이내 설득을 시작한다. 말하자면 왕래한 서신을 통해 '양반 자제'와 '여승'은 자신의 입장을 고수하며, '언쟁'을 벌이는 대화의 양상을 보이고 있는 것이다. 마지막에 '양반 자제'는 상대방으로 인하여 생겨난 병을 고칠 길이 없으며, 죽어서도 '여승'을 잊을 수 없을 것이라는 의지를 전달한다. 그리고 마지막에 살인자는 마땅히 죽는 법이니 죽게 되면 알 것이라는 '양반 자제'의 처절한 외침은 상사의 토로를 넘어선 확신의 수준에 도달한 것이라고 할 수 있다.

『역대가사문학전집』에는 "션사님 말긋치고 이니말 드러보소 그더일홈 알건마는 번거ㅎ야 못니로고"로 시작하는 〈ㅈ답가〉가 수록되어 있는데, 이 작품 역시 〈재송여승가〉의 이본이다. 본사부의 관용적 구절이 약간 다르기는 하지만, '양반 자제'가 '여승'을 설득하고 자신의 입장을 고수하는 내용 전개는 〈재송여승가〉와 같다.

〈여승재답사〉173)는 〈재송여승가〉의 답가이면서 〈송여승가〉 연작의 완결편이다. '여승'이 '양반 자제'의 위협적 태도에 굴복한 것인지, 아니면 그 전부터 그에게 호감을 가졌었는지는 자세하지 않다. 어쨌든 이 작품에서는 '여승'이 어느 정도 '양반 자제'의 의견에 수긍하는 태도를 보인다.

---

172) 임기중 편, 앞의 책 제45권, 39~42면.
173) 이 작품은 『역대가사문학전집』의 제14권에 756〈女僧再答辭 녀승지답ᄉ〉, 757〈女僧再答辭〉라고 하여 2편이 수록되어 있고, 『한국가사자료집성』 十二권에 757〈女僧再答辭〉와 동일본 1편이 수록되어 있다.

열쩐씨어	구든나무	古今에	읍다드니
내마음	열이라도	차마防塞	어려워라
削髮하자	계할	鍊石肝臟	구지먹고
세월을	지촉하여	白髮을	바랏더니
光陰이	더듸던지	봄빗치	支離턴디
君子所見	다르든지	바린몸	눈의걸여
靑鳥消息	한두番에	平生工夫	훗터진다
(…중략…)			
丈夫의	허튼말삼	이가온디	쩌러지니
周變이	어렵도다	니비록	回心하나
모든耳目	어이하리	繾綣之情이	이러하니
辭讓키도	어렵도다		
(…중략…)			
닷는말	것는종을	挾門밧게	세윗다가
月黃昏	겨워갈졔	가나오나	아니할가
如此道理	放恣하나	이다郎君	爲함이라
이말이	漏曳ᄒ면	넉시라도	붓그리리라
極樂世界	다시나셔	宰相女로	나쵸더면
針線紡績	내所任을	남의손을	아니빌며
百年和樂	새로움은	郎君의게	달녓스니
恩德을	드리오사	至極히	사랑ᄒ면
白骨이	塵土ㅣ 될지라도	平生을	셤기리라[174]

〈여승재답사〉 본사의 일부분 및 결사이다. '여승'은 서사에서 자신이 불가(佛家)에 귀의하게 된 내력을 다시 한번 밝혔다. 그리고 본사에서는 '양반 자제'와의 몇 차례 서신 왕래를 통해 자신의 마음이 그에게로 돌아섰음을 밝히고 있다. 한편으로는 자신의 회심(回心)에 대한 다른 사람들의 이목(耳目)에 대해 걱정하는 마음도 내비치고 있다. 사람을 시켜

자신을 은밀히 데리러 오라는 구절을 구체적으로 명시함으로써 이 일이 자신만을 위한 일이 아니라 어느덧 '낭군'이라는 호칭으로 불려지게 된 '양반 자제'를 위한 길이기도 하다고 강조하였다. 마지막으로 반가(班家) 소생이 아닌 자신의 처지를 한탄하며, '낭군'의 사랑 정도에 따라 자신도 '낭군'을 성심껏 모실 것임을 다짐하고 있다.

〈송여승가〉 작품 군에는 〈승가타령〉175)이라는 작품도 포함되어 있다. 이 작품은 독특하게 작품 자체에서 '귀동자(貴童子)'로 묘사된 '양반 자제'와 '여승'의 대화가 이루어진다. 본사의 전반부는 두 시적 화자가 나누는 대화가 직접 인용되어 있다. 후반부에는 '양반 자제'에 의해 〈송여승가〉 본사의 전반부에 서술되었던 '여승'의 외양 묘사가 동일하게 실려 있다. 이어서 '여승'과의 짧았던 만남과 이별이 서술되었으며, 집으로 돌아와 '여승'에게 서신을 보낸 사연과 '여승'이 보낸 답신의 내용이 정리되어 있다. 그 답신의 내용은 '양반 자제'가 품게 된 '상사'의 감정을 '여승'이 은근히 거절하는 내용으로 구성되어 있어 '여승'이 시적화자인 〈승답사〉의 내용과 같다. 따라서 이 작품은 앞서 살펴본 〈송여승가〉와 〈승답사〉의 합본적 성격의 작품이다.

'양반 자제'와 '여승'이 우연히 동행하게 된다는 서사부의 상황 설정은 〈송여승가〉와 유사하다. 그런데 본사부에서는 둘 사이의 대화를 삽입하여 현장감을 살리는 동시에 상황을 보다 구체화하고 있으며, 더구나 그 대화를 통해 구체적으로 두 시적 화자의 나이까지 공개하고 있다.

어와   벗님네야   이니말삼   드러보소

---

175) 이 작품은 『역대가사문학전집』의 제41권에 1889〈승가타령 僧歌打令〉, 1890〈僧歌打令〉이라고 하여 2편이 수록되어 있고, 『한국가사자료집성』 12에 1890〈僧歌打令〉과 동일본 1편이 수록되어 있다. 그 표기 방법에 있어 1889는 순 한글에 한자가 병서(竝書)되어 있고, 1890은 순 한글이다. 이외에 "긔회 칠월 초일 우중의 등셔"라는 후기(後記)가 붙어 있는 1888〈승가남쳘〉이라는 작품이 『역대가사문학전집』에 수록되어 있는데, 이는 〈승가〉의 이본이다.

(…중략…)

압흘셔	막어가며	뭇는말이	
這禪師는	어늬僧堂에 잇스며	어듸를	가시는고
女僧이	對答하되	小僧이	八子旣薄ᄒ야
어려셔	天地를 여희옵고	孑孑單身이	依托이 無路하여
望月堂	僧이되여	스승님	심부름가오
나흔 멋치나 되엿소		二八이올시다	
너나흔	十八이어니와	禪師	가는길에
同行은	神通ᄒ오		

(…중략…)

終日同行	談話하니	天地神明도	알으신가
禪師任	한말삼만 하오	여승이	
丹脣皓齒	暫間열어	玉言을	훗터너니
香風이	蕭瑟하다	石徑山路을	올나셔며
下直하야	하는말이	平安行次하오	
後日다시	보사이다176)		

〈승가타령〉의 맨 앞 구(句)와 본사의 전반부이다. 여기에는 〈송여승가〉와 마찬가지로 '양반 자제'가 도중(途中)에 '여승'을 만나 동행하면서 헤어질 때까지의 상황을 그리고 있다. 그런데 〈송여승가〉와 다른 점은 두 시적 화자 사이에서 이루어졌던 대화 내용을 직접 인용하였다는 점이다. 그리고 그 직접 인용된 대화의 내용은 '양반 자제'가 '여승'에게 거처(居處)와 행선지 및 나이 등을 묻고, '여승'이 여기에 대해 답하는 내용이다. 헤어지는 대목에서 '양반자제'의 요청에 대해 '여승'이 하직 인사를 하는 것은 〈송여승가〉에서도 찾아볼 수 있다.

여기에서 중요한 점은 그 대화의 내용이 아니라, 인용 방식이다. 인용문에서도 확인할 수 있듯이 대화 내용은 도저히 율문이라고 할 수 없

---

176) 단국대율곡기념도서관소장본 『한국가사자료집성』 12, 태학사, 1998, 247~251면.

는 지경이다. 오히려 산문에 가깝다고 할 수 있다. 후기 가사로 가면서 가사의 형식이 파괴된다고는 하지만 이 대목은 너무나 충격적이다. 그렇다면 〈승가타령〉의 작가는 왜 굳이 율문의 형식을 파괴하면서까지 '양반 자제'와 '여승'의 대화 내용을 작품 내에 인용했던 것일까. 해답은 자명(自明)하다.

기존 가사의 율문적 형식으로는 살아 숨쉬는 현장의 분위기를 보다 많은 사람들에게 전달하는 데 한계가 있기 때문이다. 다시 말하면, 이 작품의 목적이 당시로서는 충격적일 수밖에 없는 '여승'과 속인(俗人)의 사랑을 문학 텍스트를 이용해 다른 사람들에게 알리는 데 있었다고 할 수 있다. 그런데 수용층이 광범위했던 가사의 양식은 사용할 수 있었지만, 표현 기법에서 만큼은 압축된 율문의 형식이 현장성을 담보해낼 수 없다고 판단했기 때문에 문구의 파격을 감수하면서 두 시적 화자의 대화 내용을 인용하기에 이르렀던 것이다. 따라서 이 점은 현장성을 중시여기는 극적 특성이 대화체 가사를 통해 구현된 좋은 예이다. 아울러 대화체 가사가 그 특성상 충분히 극적 구성을 담보해낼 수 있었음을 입증하는 것이다.

一幅花牋	펼쳐노코	萬端情懷	記錄하여
信便에	붓쳣드니	數日間	答書와서
반겨	씌여보니	그글에	하엿으되
쯧밧게	伏承下書하오니	便紙事情	왼일이요
偶然이	길同行하온 중을	이디도록 瘡寐不忘 웬일이요
無心이	가는사람	반기기는 무삼일고
(…중략…)			
男子보고	졀하기는	중의行實	차리미요
쩌날쩌의	人事키는	하루同行	하엿기로
중의마음	섭섭하여	戀戀作別	하엿드니
君子風采		뉘라셔	欽慕하엿소

(…중략…)

날갓흔	人生을랑	生覺	마옵소셔
千歲萬歲을		太平으로 누리소셔	
하올말삼	一筆노 못다하와	디강不備	上謝

—癸卯三月二十九日 望月寺 玉禪 上謝[177]

〈승가타령〉의 본사 후반부와 결사이다. 그 내용은 '양반 자제'의 구애 (求愛)를 '여승'이 정중하게 거절하는 것으로 〈승답사〉와 유사하다. 다른 부분은 '여승'이 '양반 자제'와 동행하면서 이야기를 나눈 것이 단순한 인사치레에 불과한 것이었다며, 자기합리화 하는 내용이 첨가되었다.

그리고 〈승가타령〉에는 다른 작품들에서 찾아볼 수 없는 "癸卯三月 二十九日 望月寺 玉禪 上謝"라는 후기(後記)가 존재한다. 이 사실은 〈승가타령〉의 전반부에서 작가가 두 시적 화자의 나이를 직접 언급했 다는 점과 함께 이 작품의 실사(實事)일 가능성이 농후하다는 가능성[178] 을 뒷받침하고 있다. 결국 〈승가타령〉은 '양반 자제'가 시적 화자인 〈송 여승가〉와 '여승'이 그 역할을 수행하는 〈승답사〉라는 개별텍스트에서 이루어진 내용을 통합 텍스트화한 작품이라고 할 수 있다.

'언쟁' 방식의 〈송여승가〉 연작은 얼핏 보면 '문답'의 방식에서 고찰 했던 '상사가'류 및 '상사답가'류와 차이가 없는 것처럼 파악될 수 있다. 그러나 둘 사이에는 엄연한 차이점이 존재한다.

먼저 〈상사가〉의 답가에 해당하는 '상사답가'류의 답변 유형에는 이 미 확실하게 정해진 긍정적 반응과 부정적 반응이 동시에 존재하지만, 〈송여승가〉의 답가에 해당하는 '승답사'류[179]에는 부정적 입장만이 존 재한다. 즉 '상사가'류와 '상사답가'류는 개별 시적 화자의 입장이 서로 대립하여 평행선을 그리는 입장과 조화를 이루는 입장이 동시에 존재

---

177) 위의 책, 251~254면.
178) 김팔남, 「연정가사의 형성시기와 작자층」, 『어문연구』 30집, 1998.
179) 여기에는 〈승답가〉와 〈승가타령〉이 포함된다.

한다. 반면에 〈송여승가〉와 '승답사'류는 각각의 개별 화자가 시종일관 입장의 평행선만을 고수한다. 물론 〈송여승가〉 연작의 마지막 작품에 해당하는 〈여승재답사〉에 이르면, '여승'이 '양반 자제'의 마음을 받아들이기는 한다. 그런데 이것은 두 개별 화자의 상반된 입장이 긴 시간 평행선을 그리다가 어느 일정한 지점에서 교차한 것일 뿐이다. 그리고 그 교차의 진폭도 '내가 모년 모월 모일 야밤에 기다릴 테니 서로 만나자'고 적극적으로 동조한 '상사답가'류의 결말 보다 작다. 따라서 〈송여승가〉 연작의 화자 간 조화는 '상사가'류에 대한 긍정적 반응과는 질적으로 다른 것이다.

그렇다면 이처럼 두 작품군(群) 간에 서술된 문제 해결의 접근법이 다른 까닭은 무엇일까. '상사가'류를 관류하는 주제는 '상사'를 매개로 한 남녀간의 사랑이다. 이것에 대해 수용층은 인간의 보편적 정서상 공감과 그 사랑의 실현에 대한 기대를 획득할 수 있다. 또한 도덕적 부담감을 감수하면서까지 그 작품의 내용에 대한 몰입이 가능하다. 그리고 당연히 그 결과는 짧은 시간에 긍정과 부정으로 나뉠 수 있다.

그러나 〈송여승가〉 연작의 경우에는 그 문제 해결에 대한 접근 방법이 복잡하다. 남녀간의 애정 문제를 화두로 삼고 있음은 부인할 수 없는 사실이지만, 여기에는 본질적으로 시적 화자간의 신분 문제, 나아가서는 종교의 문제도 결부되어 있는 것이다. 즉 신분상 도저히 어울릴 수 없는 불자(佛者) 및 지체 높은 세속인의 사이에 과연 사랑이 이루어질 수 있겠냐는 회의적 시각이 존재할 수 있다. 그리고 작품 수용층도 그러한 시각에서 결코 자유로울 수 없는 것이다. 따라서 남겨진 것은 애틋한 감정과 모호한 승낙뿐이다. 다시 말하면, 〈송여승가〉 연작에서는 결과가 중요한 문제가 아니라 결과에 이르기 위한 과정의 문제가 더욱 중요한 것이다. 그 중심에 서로간의 입장 차이를 '언쟁'의 방식으로 확인시켜주는 〈승답사〉와 〈재송여승가〉가 존재하는 것이다. 그러므로 '상사가'류 및 '상사답가'류는 '문답'의 유형에 속하지만, 〈송여승가〉 연작은 도덕적 인과율에 의하여 각 텍스트가 평행하게 진행되는 '언쟁'의 방식에 속하는 것이다.

(3) 〈갑민가〉―현실 고발과 비판

〈갑민가〉도 '언쟁'의 방식에 해당하는 작품이다. 〈갑민가〉에는 '생원' 과 '갑산민'이 등장한다. 이들은 이주(移住)의 타당성에 대한 논리를 내세워 조선 후기 민중의 비참한 생활을 폭로하고, 나아가 불합리한 수취 제도 등 왜곡된 현실을 비판하고 있다. 특이한 점은 〈갑민가〉에 등장하는 두 화자 중 '생원'의 대사 및 역할은 '갑민'에 비해 축소되어 있다는 것이다. 그 축소된 역할조차도 서두에서 확인되듯이 '갑민'에 대한 실패한 설득으로 제한되어 있다. 아래는 '생원'이 등장하여 언술한 〈갑민가〉의 서두 부분이다.

어져 〃〃
네 行色힝식 보즈ᄒ니
腰上요샹으로 볼쟉시면
허리 아러 굽어보니
곱장할미 압희 가고
十里십니 기를 할ᄂ 가니
니 고을의 兩班양반 스룸
賤쳔이 되기 常事상ᄉ여든
즈니 쏘흔 逃亡도망ᄒ니
근본根本 숨겨 살녀흔들
츠라이 네 스든 곳의
七八月칠팔월의 採蔘치삼ᄒ고
公債공치 身役신역 갑혼 후의

져긔 가노 져 스룸아
軍士군ᄉ 逃亡도망 네로고나
뵈격숨이 깃만 남고
헌 줌방이 노닥 〃〃
전퇴바리 뒤예 간다
몃니 가셔 업쳐지리
他道타도 他官타관 옴겨 살면
본土本土 軍丁군정 실타ᄒ고
一國일국 一土일토 흔 인심人心의
어딕 간들 면홀쇼야
아모 커나 쑤리 바겨
九十月구십월의 狾皮돈피 잡아
그 남지져 두엇다가

咸興함흥北靑북청 洪原홍원 장스   도라드러 潛買줌미할 지
厚價후가 밧고 프라너여   살기 죠흔 너른 곳의
家舍가스 田土젼토 곳쳐 스고   家藏什物가장집물 장만ㅎ여
父母부모 妻子쳐즈 保全보젼ㅎ고   시 질거물 누리려문180)

위의 인용문을 살펴보면, 1행부터 6행까지는 곤궁한 모습으로 급하게
갑산을 떠나가는 '갑민'의 행색을 묘사하였다. 7행부터 9행에서는 '생
원'이 도망하듯 떠나가는 '갑민'을 설득하고 있다. 10행부터 16행까지는
'생원'이 '갑민'에게 도망하지 않고 고향인 갑산(甲山)에서 눌러 살 수
있는 방법을 제시하고 있다. 아울러 '갑민'을 설득하기 위한 구체적 방
법 제시에 궁색했는지 13행과 14행에서는 그 당시 변경(邊境)에서 공공
연히 행해지던 밀무역을 거론하고 있다. 아울러 이를 생업의 수단으로
삼을 수도 있다고 권고함을 확인할 수 있다.

그런데 여기에서 '갑민'의 이주를 저지하기 위해 '생원'이 제시한 설
득의 논리는 없다고 해도 무방하다. 단지 '다른 곳으로 이주하면 양반
조차도 천하게 될 수 있다. 한 나라 안에서는 근본을 숨겨 살고자 해도
면할 수 없다. 그래도 정 붙이고 살던 내 고향이 제일 아니겠느냐'는 정
도이다. 심지어 '생원'은 은근히 '갑민'의 불법 이주를 으르던 처음의
마음은 간 데 없고, 서두를 제외한 이 부분의 이전이나 이후 어느 곳에
서도 '갑민'에게 변변한 말 한 마디 건네지 못한다. 이 정도로는 목숨을
걸고 이주 길에 오른 '갑민'의 굳은 결심을 꺾을 수 없다.

또한 '생원'이 제시한 10행부터 16행까지의 호구(糊口) 방법 역시 '갑
민'은 '진작부터 해오던 일이었으나, 동상으로 열 발가락을 잃고 겨우
목숨만 살릴 수 있었노라'고 28행부터 52행에 걸쳐 장구(長久)하고 처절
하게 토로하고 있다. 결국 '생원'은 궁색하고 성근 논리로 '갑민'의 이
주를 저지하려 할 뿐이고, 그마저도 실패하며 그것으로 '생원'의 역할은

---

180) 성대중, 『청성잡기(青城雜記)』, 고려대 도서관 소장본, 217~218면.

끝난다. 즉 〈갑민가〉에서 '생원'의 역할은 단지 '갑민'의 이주 논리를
더욱 공고하게 만들어주는 데 그치고 있다. 즉 '갑민'의 일방적 토로[181]
에 의해 작품이 전개되고 있는 것이다. 하지만 이 작품에 '생원'이 존재
하지 않는다고 가정한다면, 현실의 재현이란 측면에서 이 작품은 존립
기반에 타격을 입을 수도 있을 것이다. 즉 그나마 '생원'의 진술에 드러
난 이주 반박의 논리가 있었기에 '갑민'의 등장과 이주의 논리는 보다
구체적인 실재성을 획득할 수 있다.

(4) 〈여자가〉와 〈여ᄌ답가〉–여자의 긍정적 일생과 조롱

〈여자가〉[182]와 〈여ᄌ답가〉[183]도 '언쟁'의 방식에 속하는 작품이다.
우선 장편에 속하는 〈여자가〉는 시적 화자가 여성이다. 그러나 〈여ᄌ답
가〉의 시적 화자는 남성이다. 그리고 작품에 드러난 가치관 역시 두 작
품이 사뭇 다르다. 〈여자가〉는 여자의 일생을 다루고 있다. 즉 이 작품
은 반가(班家)의 딸로 태어난 시적 화자가 빈한(貧寒)한 집으로 시집가서
집안을 부흥시키고, 장성한 자신의 딸을 시집보내면서 경계하는 내용을

---

181) 이 문제에 대해서는 이강엽의 견해에 주목할 필요가 있다. 그는 "몽유록의 토의구조
를 통해 본 주제 표출 방식 연구"에서 그 주제 표출 방식의 유형을 ① 토로형 ② 논쟁
형 ③ 사건형으로 각각 나누어 심도 있게 고찰하였다. 그에 따르면, '토로형'에는 〈안
빙몽유록(安憑夢遊錄)〉, 〈강도몽유록(江都夢遊錄)〉, 〈부벽몽유록(浮碧夢遊錄)〉 등의
작품이 속하는데, 이들은 몽유자가 비분강개하는 사람이 아니라, 다소 느긋하고 편안
한 사람이라는 공통점을 지니며, 등장인물이 속마음을 표출하도록 하고 몽유자는 그
것을 듣는 형식으로 되어 있다. 아울러 여러 차례의 토로를 거쳐 카타르시스를 경험하
고 그것으로 작품이 마감된다고 하였다. 여기에서 몽유자와 등장인물의 관계는 〈갑민
가〉에 드러난 바, '생원'과 '갑민'의 관계와 유사성을 갖는다고 할 수 있지만, 그 인물
들의 성격에 있어 차이를 보이기도 한다. 이강엽, 『토의문학의 전통과 우리소설』, 태
학사, 1997, 180~208면.
182) 이 작품은 『역대가사문학전집』의 제41권에 1943〈여자가〉 1편이 수록되어 있고, 『한
국가사자료집성』 三에 1943〈여자가〉와 동일본 1편이 수록되어 있다.
183) 이 작품은 『역대가사문학전집』의 제14권에 760〈여ᄌ답가〉 1편이 수록되어 있다.

담고 있다. 그런데 그 전개 방식이 독특하다. 이 작품은 단순한 서술이
아니라, 마치 한 여성의 삶과 관련된 전기(傳記)문을 읽는 듯한 느낌을
준다. 다음은 이 작품의 서사 단락이다.

㉮ 문벌 좋고 가산(家産)이 유여(有餘)한 김○○○[184] 손녀로 출생
㉯ 오륙 세에 침선(針線) 등의 여공(女工)을 배움
㉰ 십육 세에 혼처를 구하고, 문벌은 있지만 빈한한 집으로 시집감
㉱ 시적 화자와 오빠와의 대화
　①시집 간 첫날, 시댁의 곤궁한 처지를 보고 돌아가자고 종용(慫慂)
　　하는 오빠와 사정이 여의치 않더라도 삼종지도(三從之道)를 다 하
　　겠다는 시적 화자
　②주인과 함께 하겠다는 몸종 셜미의 의지
㉲ 시집살이
　①가난으로 처참하고 고되지만 즐거운 마음으로 기껍게 생활함
　②양식이 떨어져 인가(鄰家)에 셜미를 보내 곡식을 빌고자 했으나 문
　　전박대 당함
　③분한 마음을 고쳐먹고 삯바느질과 농사 등에 힘씀
　④수입을 착실히 모아 땅을 사 치부(致富)하고, 집을 넓혀 시집온 지
　　십년 만에 가산이 백만이 됨
㉳ 행복한 노후(老後)
　①치부한 돈을 선한 일에 사용함
　②아들 형제는 급제(及第)하여 벼슬이 혁혁(奕奕)함
　③내외가 금슬도 좋으며, 행복하게 생활함
　④나이 오십에 딸을 출가시킴
㉴ 출가하는 딸에게 당부하는 말 (일방적 대화 방식)
　-그 내용은 부부유별, 내외화목(內外和睦), 남편공경, 언행(行實)조
　　심임

---

184) 『역대가사문학전집』과 『한국가사자료집성』에 수록된 〈여자가〉는 동일본으로, 두
　　본 모두 이 부분에 도서(圖署)가 찍혀 있기 때문에 판독이 불가하다. 그러나 내용상
　　'대감의' 등의 일반적 직위나 명(名)이 표기되어 있는 듯하다.

㉠ 출가하는 딸에게 경계하는 말 (일방적 대화 방식)
　　① 건너 마을 괴똥어미 시집살이 내용을 들려줌 (사설치레)
　　② 그 내용은 괴똥어미가 부유한 집으로 시집온 날 가마 문을 나서면
　　　서부터 악행이 시작되었고, 삼일이 지나면서는 그 행실이 더욱 망
　　　측해졌으며, 사치와 낭비로 가산을 탕진했다. 시아버지의 죽음도
　　　챙기지 않을 만큼 예의범절이 없었던 괴똥어미에게 천벌이 내려
　　　아들과 딸들은 죽었고, 셋째 딸은 반신불수가 되었으며, 수해로는
　　　전답을 잃고, 화재로는 집이 불탔다. 결국 괴똥어미는 홀홀단신 밥
　　　조차 빌어먹는 신세로 전락함
㉡ 출가하는 딸에게 당부하는 말
　　① 『내칙(內則)』의 구절 인용 : 시부모 봉양하는 법 (사설치레)
　　② 『열녀전』의 고사(古事) 인용 : 문왕(文王)의 모친 태임과 문왕의 부
　　　인 태사 및 각결의 행실
㉢ 집 다스리는 법
　　① 살림할 때 주의 사항
　　② 남편 공양을 하늘같이 하라 (왕촉(王燭) 고사)
㉣ 결사적 성격의 후기
　　－딸도 시집가서 모친 못지않은 어질고 훌륭한 아내가 되었음

　이와 같은 서사 구조만 놓고 보면, 이 작품은 '부녀자의 치산(治産)'이
강조되어 19세기에 광범위하게 창작·유통되었던 '복선화음가(福善禍淫
歌)'류와 유사하다. '복선화음가'류의 이본에는 〈김씨계녀스〉와 〈복선화
음가〉가 있다. 그 구성에 있어서 〈김씨계녀스〉는 김씨 부인의 일생(93),
계녀(62), 괴똥어미의 일생(82), 결사(8)의 총 245행이다. 〈복선화음가〉는
김씨 부인의 일생(186), 괴똥어미의 일생(31), 결사(9)의 총 226행이다.185)
그리고 이들은 '김씨 부인'이 자신의 딸에게 들려주는 '계녀' 내용의 유
무에 따라 '계녀형'과 '전기형'으로 나눌 수 있다.186) 〈여자가〉에는 위

---

185) 박연호, 『교훈가사 연구』, 다운샘, 2003, 250면.
186) 서영숙은 〈김씨계녀스〉를 '계녀형', 〈복선화음가〉를 '전기형'으로 분류했다. 서영숙,

와 같이 '계녀' 부분이 포함되어 있기 때문에 '계녀형 복선화음가'류에 속한다고 할 수 있다.

위에 제시한 〈여자가〉의 서사 단락을 통해서도 확인할 수 있지만, 이 작품은 매우 흥미로운 작품이다. 다른 가사 작품들에서 찾아볼 수 없는 독특한 형식들을 지니고 있기 때문이다. 그 근거로 제시할 수 있는 점들은 다음과 같다. 우선 〈여자가〉는 긍정적 내용 전개 구조이다. 여느 여탄(女嘆)류 노래나 시집살이 노래와는 그 내용 전개 양상이 다르다. 즉 시집살이의 고단함에 초점이 맞추어져 있는 것이 아니라, 고된 시집살이조차 달갑게 여기는 한 여자의 훌륭한 능력에 의해 한 집안이 흥하게 된다는 내용이다. 따라서 이 작품에는 치부를 목적으로 한 적극적 생산 활동이 제시되어 있다.[187]

분호마음	기쳐먹고	치산범졀	습씰일과
김부자며	니부자며	그씨가	부자든가
밤낫즈로	힘을써서벌면	닌들안니	견딜손가
오식당	사다가는	실을 올올이	차아니여
뉴황긔	큰베틀의	필필리	쓰셔너니
할님쥬셔	죠복차와	병슈사의	융복차와
녹의홍상	쳔녀치쟝	청삼복건	소년의복
어린아희	식옷시며	원앙금침	슈노키와
봉황단의	문노키며	나지면	두필이요
밤이면은	다섯가지	쏭을짜셔	누의치기
젼답만이어더	농사ᄒᆞ기	씨을츠자	힘써ᄒᆞ니
가업이	죠셩ᄒᆞ다		

「복선화음가류 가사의 서술구조와 의미-〈김씨계녀ᄉ〉를 중심으로」, 『고전문학연구』 9, 한국고전문학연구회, 1995.

187) 그것은 '김씨부인'과 '괴똥어미'의 행위로 구체화된다. 즉 '김씨부인'의 행위는 경제적 기반의 회복에 초점이 맞추어져 있고, '괴똥어미'의 행위는 나태와 낭비로 인한 경제적 붕괴에 초점이 맞추어져 있다. 박연호, 앞의 책, 80면.

  (…중략…)

시집온지	십년만의	가샨이	빅만이라
날마다	소을잡아	부모을	공양ᄒ고
금슈옷셜	지어셔	철철	가라입고

  (…중략…)

그 ᄡᅡ달이 모씨의 교훈을 효칙ᄒ야	츌가ᄒ ᄒ로
미사을 법도의 어거지 아니ᄒ니	가위 여즁군자라
어미가 어질면 쌀이 담는다 ᄒ미	젹실토다
자고로 열녀졀부가 만컨마는	이런 녀자는 희한ᄒ니
예젹 포션의 쳐 한씨와	양홍 쳐 밍씨로 헐지니
엇지 알음답지 아니리요[188]	

 이상의 제시문은 〈여자가〉의 서사 단락 중 ⑭ 시집살이의 ④에 해당하는 내용의 일부와 ㉑의 전문(全文)이다. 시가(媤家)에 양식이 떨어지자 친정에서 데려온 몸종 '셜미'에게 인가(鄰家)로부터 곡식을 빌어오도록 하였으나 문전박대를 당한다. 이후로 시적 화자는 분을 참고, 침선(針線)과 농사일에 진력(盡力)하여 결국 엄청난 치부(致富)를 하게 되었고, 시가를 부흥(復興)시켰다는 사연이다.

 그런데 그 내용 전개가 일반적인 시집살이 노래와 다르다. 일반적인 시집살이 노래의 내용 전개를 따른다면 시집살이의 고됨이나 불행한 결혼 생활 다음에는 으레 그로 인한 친정과 혈육에 대한 그리움의 정서를 토로하기 마련이다. 그리고 그 정서는 앞서 살펴본 것과 같이 당연히 '사친가'류나 '사향가'류의 작품 분위기로 승화되기 마련인 것이다. 그러나 〈여자가〉의 경우는 시적화자가 오히려 그러한 당면 상황을 극복하고, 현실적으로 타개해 나가는 당찬 모습으로 그려지고 있다. 게다가 몰락했던 시댁을 부흥시켰다는 것은 여자라고 해서 반드시 남자만 못하겠느냐는 작가의 외침이며, 의식의 표출인 셈이다.

---

188) 임기중 편, 『역대가사문학전집』 제41권, 아세아문화사, 1998, 549~550 및 560면.

　더구나 이 작품의 결사적 성격을 지닌 후기에 해당하는 부분에 술회된 "자고로 열녀절부가 만컨마는 이런 녀자는 희한ᄒ니"라는 구절을 통해 〈여자가〉가 기존의 시집살이 노래와는 차별되는 긍정적 결론을 담보한 작품임을 분명히 하고 있다. 나아가 이 작품이 '사친가'류나 '사향가'류와도 다른 내용을 담고 있음을 분명히 하였다. 즉 가사 작품 안에 그간의 수용층이 담보한 고정관념으로는 기대할 수 없었던 반전을 삽입함으로써 보다 극적인 상황을 만들고자 했던 작가 의식의 소산이라고 할 수 있다.

　둘째, 액자(額子)식 이야기 구조를 지니고 있다. '김씨 부인'의 일생이라는 이야기 구조 내부에 '괴쏭어미'의 일생을 함께 배치함으로써 주제를 더욱 부각시키고 있다. 다시 말하면, 이 이야기의 시적 화자는 평생 여자로서의 소임을 훌륭하게 소화해 냄으로써 동시대의 타인들에게 모범이 될 수 있는 전형성을 보이고 있다. 반면에 '괴쏭어미'는 악행의 전형성을 지니고 있어 가사 작품 내에서 전형성의 충돌을 통한 주제의 전달을 시도하고 있다. 이는 마치 〈용부편〉의 '져 부인', '쌩덕어미'나 〈오륜가〉의 '엇던 계집'처럼 도덕적 경계를 위반한 인물이다. 이들의 행위는 나태·사치·음행·시부모와 남편에 대한 저항, 가문이나 향촌구성원간의 분쟁 유발 등이다. 그 결과로 자신의 신분 하락, 가정이나 가문의 명예와 경제적 기반의 붕괴 등이 제시되어 있다.189)

닉나히　오십이니	남편의계 됴심ᄒ미
화촉동방 그날밤과	일분이나 다를손가
하날아리 그른부모	잇단말은 못드럿다
져거너　괴쏭어미	시집사리 ᄒ던말은
너도익이 알녀이와	다시일너 곙계ᄒ다
계당초　시집올졔	가산이　누만지라

---

189) 박연호, 앞의 책, 130면.

안팟듕문 소실더문   노시나귀 벌려세고
쌀노젹　콩노젹을   뉘안니　불어ᄒ리
시집으로 오는날의   가마문의 나셔면셔
눈을ᄶᅥ셔 휘두르며   힝동거지 히연ᄒ다
차담상　허다음식   싱율먹기 고이ᄒ다
무삼비가 그리곱파   국마시고 쩍을먹고
트림ᄒ고 방귀쒸니 ᄒ연ᄒ다   빈긔　구경군이
뉘아니　외면ᄒ리   삼일을　갓지ᄂ니
힝실더욱 망칙ᄒ다   담의올나 사람구경
문틈으로 여어보기   마루젼의 침빗기며
바람벽의 코풀기와   등잔압폐 불쓰기며
화로젼의 불쏘기와   으른말삼 깃달기며
(…중략…)

우환이　연첩ᄒ니   쵸상인들 업슬손가
넝더ᄒ든 노시부   상사난들 관계ᄒ랴
졔심사　그러ᄒ니   셔방인들 진일손가
아들죽어 우는날의   이기쌀이 마자가니
셰간이　탕퓌허니   노복인들 잇슬손가
졔사음식 차릴젹의   졍셩읍시 차려시니
앙화읏지 읍슬손가   셋지쌀이 반신불슈
형용이　망칙ᄒ니   보복도　극진ᄒ다
문젼옥답 숫턴젼지   슈퓌ᄒ여 니가되고
크나큰　고루거각   불이붓터 밧치되고
틱산갓치 싸인젼곡   뉘지물이 되잔말고
참혹허다 괴똥어미   단독일신 뿐이로다
반간우음 짐어드니   먹을겻시 잇슬손가
(…중략…)

불하모함 허든앙화   녁녁히　바다시니
불션화음 ᄒᄂ듈을   이를보미 분명ᄒ다
아가아가 아가아가   시집샤리 극난ᄒ니
죠심ᄒ고 죠심ᄒ라   괴똥어미 경계ᄒ라[190]

위의 제시문은 서사단락 중 ㉎의 일부분에 해당한다. 시적 화자의 나이가 오십 되던 해에 딸을 출가시키며, 이웃 마을 '괴똥어미'의 행실을 들려주어 딸을 경계하는 부분이다. 부잣집으로 시집온 '괴똥어미'의 악행(惡行)은 시집오던 날 가마에서 내리면서부터 시작되어 끝날 줄을 모른다. "눈을쩌서 휘두르며"부터 시작되는 '괴똥어미'의 악행 나열 부분은 마치 판소리 〈홍보가〉의 한 대목인 '놀부'의 심술 사설을 보는 듯하다. 그리고 실제로 '괴똥어미'의 악행은 심하면 심했지 '놀부'의 심술에 못지않다. 이렇듯 판소리에나 어울릴 법한 사설치레가 '괴똥어미'의 악행을 통해 가사 작품에서 실현되고 있는 것이다.

이것은 우리에게 시사하는 바가 크다. 후기 가사로 가면서 가사의 장편화와 맞물려 수용층의 기대에 부응하는 창작의 경향이 대두되었음을 암시하기 때문이다. 즉 전기 가사의 서정이나 교훈을 전제로 한 교도(敎導)적 경향으로는 하향화된 수용층의 요구를 받아들이기에는 무리가 있었다. 때문에 개인의 창작이라고 하더라도 여기에는 반드시 홍미성을 첨가시켜야 했을 것이다. 따라서 자연스럽게 익숙한 다른 갈래의 창작 경향으로 눈을 돌리게 되어 서사나 구비적 갈래의 경향을 수용하게된 것이라 할 수 있다. 이는 역설적이게도 이른바 '삽입가요(揷入歌謠)'라고 불리는 시가 갈래가 작품 내에 수용된 소설 작품에서도 확인할 수 있는 부분이다.

아울러 주제 의식의 효과적 전달을 위해 이와 같이 개별 텍스트 내에 외화(外話)와 내화(內話)를 배치하여 홍미성을 배가시키는 방식은 개화기 계몽의 방편으로 일익을 담당했던 이른바 논설(論說)류에서도 확인할 수 있다. 예를 들어, 개화기 논객(論客)의 한 사람이었던 안국선의 글 가운데 「부즈런홀 일」191)은 외화적 측면에서는 단순히 근면을 강조한 글이다. 이 텍스트는 계몽적 성격의 글이기 때문에 순 한글문체를 사용했던

---

190) 임기중 편, 앞의 책, 552~556면.
191) 안국선, 「부즈런홀 일」, 『가뎡잡지』 제4호, 가뎡잡지사, 1906.9.

것으로 보인다. 또한 이 점은 글이 실린 발표매체의 성격과도 무관하지는 않다.

안국선은 이 글을 통해 부지런은 쾌락의 근본이요, 성공의 비결이므로 부지런해야 가정과 국가가 성하게 된다고 했다. 그리고 내화에 해당하는 서양의 옛 이야기 네 가지를 옴니버스(omnibus) 식으로 나열했다.[192] 이와 같이 작가 의식을 담고 있는 외화를 효과적으로 전달하기 위해서 내화를 사용하는 양상은 교훈을 전제로 한 계몽적 글에서 쉽게 발견할 수 있다.

대화체 가사 〈여자가〉의 내용 중 '괴똥어미'는 악행에 대한 앙화(殃禍)로 자식들이 죽거나 다치고 혈혈단신이 된다. 결국 '괴똥어미'의 무시무시한 인생 이야기는 성공한 여인으로서의 삶이라고 할 수 있는 '김씨 부인'의 삶과 극명하게 대비되면서 대화 상대자인 딸뿐만 아니라 독자에게도 진한 교훈을 주는 것이다. 따라서 액자식 구성으로 〈여자가〉에 삽입된 '괴똥어미' 담(談)은 작가 의식을 보다 쉽고, 간결하며, 극적으로 전달하기 위하여 작품 내에 수용한 드라마적 요소라고 할 수 있다.

셋째, 실용서(實用書)적 성격이다. 본사 전반부에 해당하는 내용은 시

---

192) 첫 번째 이야기는 '조부(祖父)의 교훈'이다. 내용은 운명하기 전 조부가 손자에게 유언으로 부지런 하라는 말을 하여 손자는 그 말을 생활신조로 삼고 부지런히 노력하여 부자가 되었다는 이야기이다. 두 번째 이야기는 '땅속의 보배'이다. 내용은 한 농부가 죽으면서 아들 형제에게 물려주는 포도밭 속에 보물을 묻어두었다고 하여 형제가 보물을 찾으려고 매년 포도밭을 파보았지만 보물을 찾지 못했다. 하지만 부지런히 땅을 판 덕에 해마다 농사가 잘되어 마침내 부자가 되었고, 아버님께서 말씀하신 보배가 우리의 힘이요, 부지런함임을 깨달았다는 이야기이다. 세 번째 이야기는 '일을 존경함'이다. 내용은 세인트헬레나(Saint Helena) 섬에 유배된 나폴레옹(Napoleon Bonaparte, 1769~1821)이 어떤 부인과 함께 길을 가는데, 짐을 잔뜩 진 사람이 땀 흘리며 마주 오는데도 그 부인이 길을 비켜주지 않자 나폴레옹이 그 부인을 잡아당기며 일과 일꾼을 공경하여 대접하라는 깨우침을 주었다는 이야기이다. 네 번째 이야기는 '무위(無爲)가 사람을 죽임'이다. 내용은 스페인의 어떤 대장(大將)이 친구에게 그 동생이 죽은 까닭을 묻자, 친구가 일이 없어 죽었다고 하였고, 대장은 무위가 사람을 많이도 죽게 한다고 탄식했다는 내용이다. 졸고, 「천강 안국선의 저작 세계-단편 논설류와 『정치원론』, 『연설법방』을 중심으로」, 『동양고전연구』 제19집, 동양고전학회, 2003.

적 화자의 시집살이를 조명함에 맞추어져 있다. 후반부에는 출가하는 딸에게 모친이 당부하고 경계하는 내용들을 배치함으로써 이 작품이 단순한 가사 작품이 아니라 출가한 여인들에게 실용서적 성격으로 향유되었음을 보여주고 있다. 물론 이러한 경로를 통해 드러나는 교훈성은 가사가 지닌 성격 가운데 하나이다. 그런데 이 작품이 다른 작품들과 차별되는 점은 순수 가사적 성격을 지닌 전반부와 실용서적 성격을 지닌 후반부를 나누어 배치했다는 데 있다.

여자의 슈힝이	부모형제 별니ᄒ라
닉칙이란 칙의 ᄒ여시되	며나리가 구고을 셤기민
닥이 울거든 셰슈ᄒ고	머리빗고 쪽지고
싀옷입고 좌우의 향낭챠고	구고 계신 데 가셔
긔운을 나리고	소리을 편안니 ᄒ야
옷시 더운가 챤가 물으며	아푸고 가려운 데을 물어
공경ᄒ야 글그며	
(…중략…)	
져물면 자리와 이불을 펴드리고	싀벽이면 편안ᄒ 거슬 문는니라
널녀전의 굴오되	예적 티임은 잉티ᄒ민
자리를 ᄭ우러지게 아니ᄒ며	안ᄭ을 가의 아니ᄒ며
셔기을 ᄭ올어지게 아니ᄒ며	음식이 바르게 베이지 아니ᄒ면
먹지 아니ᄒ며	자리가 발으지 아니ᄒ면
안지 아니ᄒ며	눈으로 간사ᄒ 빗츨 보지 아니ᄒ며
귀으로 음난ᄒ 소리을 듯지 아니ᄒ더니	문왕갓튼 셩인을 나셔
쥬나라 팔빅년 긔업을 누리고	
(…중략…)	
집 다시리는 법	발그면 일어나 방과 마루를 졍결이 씰고
져물면 문을 쟝가 친이 살피며	
(…중략…)	
녜 셩현의 착ᄒ 도을 법바드면	복녹이 창셩ᄒ고
지악 소멸ᄒ나니라[93]	

위의 제시문은 서사 단락 중 ㉗와 ㉘에 해당된다. 출가하는 딸에게 당부하는 말과 집안을 현명하게 잘 다스리는 법에 대한 내용이다. 딸에게 당부하는 말은 시부모 봉양과 남편에 대한 섬김의 도리를 전달하고 있는데, 각각 『내칙(內則)』의 구절과 『열녀전(烈女傳)』의 고사를 활용하여 내용 전달의 효과를 극대화하고 있다. 집안을 다스리는 방법은 표제처럼 "집 다시리는 법"이라는 문구가 명시되어 있어서 사실 〈여자가〉에 덧붙은 계녀문(戒女文)적 성격의 글로 간주할 수도 있다. 그러나 작품 표기상 전반부와 구분 없이 이어져 있고, 형식상으로도 약간의 파괴는 일어났지만, 대부분 가사투의 문구로 구성되어 있기 때문에 〈여자가〉의 일부로 보아도 무방하다.

그 내용은 살림살이의 주의할 점과 남편을 공경하며 섬길 것에 대한 강조이다. 앞서 제시되었던 '괴쏭어미'의 악행과 상반된 아녀자의 도리와 책임을 다시 한번 강조함으로써 작품을 통한 교훈성의 제시라는 가사의 기능을 수행하고 있다. 아울러 그 내용도 단순 나열에 그치지 않고, 인물과 관련된 고사(古事)를 사용하여 서사의 압축을 통한 이념 제시를 실현하였다.

결국 〈여자가〉는 전형적 가사의 형식을 본사의 전반부에 배치하고, 실용서적 성격의 글을 후반부에 배치함으로써 교훈성의 제시라는 기능을 충실하게 실현하였다. 그리고 그 내용의 전달에도 인물고사와 같은 극적 이야기를 사용하여 효과를 배가(倍加)시켰다고 할 수 있다.

넷째, 판소리 갈래에서 흔히 볼 수 있는 사설치레를 사용하였다. 그것은 '김씨 부인'이 출가하는 딸에게 경계하는 말을 늘어놓은 부분 중 건너 마을 '괴쏭어미'가 저지른 악행의 내용을 나열하는 부분에 드러난다. 또 시부모 봉양하는 법을 언술한 부분에서도 두드러진다. 이는 마치 판소리 등에서 접할 수 있는 율문 투의 사설치레 문구를 압축이 가능한

---

193) 임기중 편, 앞의 책, 556~560면.

가사의 율문적 특성을 살려 나열한 것이라고 할 수 있다. 특히 이 대목은 단순한 서사적 설명만으로는 흥미성의 전달이나 신속한 사건 전개를 실현할 수 없기 때문이다.

다섯째, 대화체를 사용했다는 독특함이다. 이 작품에서는 일반적 대화체와 암묵적 청자를 설정하는 일방적 대화를 사용하였다. 전자의 경우에는 현장감을 극대화할 필요가 있는 부분에서 사용하였고, 후자는 내용상 압축이 필요한 부분에서 사용했다. 특히 이들 대화체는 작품 내에서 현장감을 극대화하는 기능과 함께 내용의 효과적 압축전달이라는 기능을 수행하고 있다. 아울러 이는 신속한 사건 전개에도 도움을 준다.

①후힝왓든 오라바님　　　울며보고 ᄒᄂ는말이
　여긔두고 엇지가랴　　　하일읍다 도로가자
　오라바님 실말리오 허언이요　가잔말이 엇젼 말삼이요
　여자의 삼종지의 미진 ᄯᅳᆺ션　츌가ᄒ면 남편을 셩기미라
　빈부을 엇지 의논ᄒ리오　　조젼비로 온 셜민난
　기한을 견듸지 못ᄒ리니　　다리고 가시읍소셔
　셜민 겻테셔 듯다가　　　울며 ᄒ는 말이
　소녀는 소져의 수족이라　　거쥐을 갓치 ᄒ고
　고락을 갓치 ᄒ미　　　짜ᄒ난지라
　심니의 긔특이 여기고　　　탄식ᄒ야 왈
　연분을 엇지ᄒ며　　　　팔자을 속일손가
　츌가외인 싱각말고　　　평안이 도라가오
　셜민 더리고　　　　　듀하의 도라오니

②한ᄭᅵ굼고 구ᄭᅵ굴며　　부모봉양 웃지ᄒ랴
　셜민을　불너　　　　인가의　보닛더니
　공슈로 도라와 ᄒ는 말이　　젼의 가져간 쌀도 갑지안코
　염치 업시 ᄯᅩ 와는냐 ᄒ니　이 말을 듯고 한심ᄒ다

③ 쑬을길너 츌가홀졔   손을잡고 일른말이
   부부유별 잇셔쓰니   이니몸의 빅년고락   .
   이사람   미더쓰니   만일의   잘못뫼와
   한번눈에 나게드면   독슈공방 찬자리의
   누을의지 ㅎ잔말고
   (…중략…)
   쌀아쌀아 아기쌀아   부디부디 죠심ㅎ라
   지익비는 하늘이요   지어미는 싸희로다
   말니쟝쳔 놉흔하놀   싸희웃지 견울손가
   녀자의   졔일힝실   유순험이 웃쓸이라194)

이상의 제시문은 〈여자가〉에서 대화가 사용된 부분이다. 이것들을 그
방식에 따라 나누면, ①은 직접 화법의 방식이고, ②는 간접 화법의 방
식이며, ③은 일방적 대화 방식이다. 우선 ①은 '김씨 부인'의 혼인길에
후행(後行) 왔던 오빠가 처참한 시집의 참상을 보고 다시 친정으로 돌아
가자고 하고, '김씨 부인'이 극구 사양하는 대목이다. 그리고 여기에는
몸종 '셜미'가 '김씨 부인'과 함께 동고동락할 것을 다짐하는 내용도 포
함되어 있다. 이 부분에 대해서 대화 구조를 사용하지 않고 작품 전체
를 장면화한 것으로 파악한 견해195)가 있다. 이것은 가사에 구현된 대
화적 언술 방식의 의미를 간과한 견해라고 할 수 있다. 만약 이 내용을
설명 방식으로 묘사했다면, 그 비애감이 독자에게 직접 전달되지 않을
수도 있다. 직접 작중 인물을 등장시킨다는 자체가 독자들에게는 현장
감을 생생하게 전달할 수 있는 방법이다. 그들의 압축된 대화에 현재성
까지 부여한다면 그 어떤 상황 설명 보다도 작가의 의도가 신속하고 정
확하게 전달될 수 있기 때문이다.

---

194) 위의 책, 547~551면.
195) 박연호는 '복선화음가'를 분석하면서 '김씨 부인'과 '오빠'의 대화는 구조적 차원이
     아닌 신행 장면을 구성하는 요소로만 작용할 뿐이라고 보았다. 박연호, 앞의 책, 266면.

②는 시댁에 양식이 떨어져 '셜믜'에게 양식을 빌어오도록 했지만, 빈손으로 돌아온 '셜믜'가 '김씨 부인'에게 인가(鄰家) 사람의 말을 전언(傳言)하는 대목이다. 이 부분을 직접 화법으로 처리했다면, 내용 전개상 큰 비중이 없는 제삼의 인물인 '인가 사람'이 등장하게 된다. 그러면 작품의 내용 전개에 필요하지 않은 군더더기가 첨가될 수 있고, 그 전개 속도에 지장을 받아 지루해질 수가 있다. 따라서 이 부분은 '김씨 부인' 과 제삼자의 매개 역할을 하는 '셜믜'의 입을 통해 전언의 형식으로 처리함으로써 내용 전개에 지장이 없도록 처리한 작가의 세심한 배려를 읽을 수 있다.

③은 장성(長成)하여 출가하는 '딸'에게 '김씨 부인'이 시댁에서의 언행 법도에 대해 경계하여 일러 주는 내용이다. 이 부분의 주인공이자 발화(發話) 주체는 당연히 이 작품의 주된 시적 화자인 '김씨 부인'이다. 사실 대화 상대자인 '딸'은 이 대목에서 별반 할 말도 없을 것이며, 일방적으로 모친의 말을 듣는 수동적 입장일 수밖에 없다. 그저 모친에게 손만 잡혀드리고 고개만 끄덕거리면 되는 입장이다. 따라서 이 부분은 발화 주체인 '김씨 부인'에 의해서 일방적으로 대화가 전개된다. 그 대화 상대자는 마주앉은 '딸'뿐만 아니라, 나아가 이 작품을 접한 수용층에게까지 그 범위가 확대될 수 있다.

이처럼 〈여자가〉에는 화법의 여러 가지 방식이 공존하고 있음을 확인할 수 있다. 그것은 상황에 따라 직접 화법으로 사용되기도 하고, 간접 화법적인 전언(傳言)의 방식으로도 구현되며, 일방적 대화의 방식으로 표출되기도 한다.

다시 말하면, 현장감이나 실재성이 요구되는 상황에서는 작중 인물을 등장시켜 그들의 입을 통한 직접 대화를 인용했다. 내용 전개상 신속한 사건 전개가 필요한 경우에는 불필요한 인물은 배제시키고, 기존의 내용에 등장했던 작중 인물을 적절하게 활용하여 간접 화법의 방식으로 대화체를 구현하였다. 마지막으로 이 작품의 존재 목적 중 하나라고 할 수 있는 교훈성의 전달을 위한 부분에서는 시적 화자가 상대자의 존재를 염두에 두고 일방적인 대화를 사용했다. 이를 통해 작품 수용자에게까지 작가의 의도를 적실하게 전달하고 있다.

지금까지 〈여자가〉를 이 작품이 지닌 특성을 중심으로 살펴보았다. 이 작품의 형식적 틀은 가사이다. 그리고 가사의 상위에는 시가라는 서정적 양식이 자리 잡고 있다. 그런데 〈여자가〉의 경우, 그 틀에 담긴 내용은 '여자의 일생'이라는 드라마적 요소를 내포한 한 편의 이야기이다. 그리고 그 이야기를 보다 재미있고, 사실적으로 전달하기 위하여 작품의 중간에 여러 기법적 요소들을 적절하게 배치하였다. 물론 그 가운데에는 대화체가 포함되어 있다. 그리고 이 작품에 사용된 대화체는 상황에 알맞게 다양한 방식으로 표출됨으로써 〈여자가〉를 더욱 생동감 넘치는 작품으로 만드는 데 조력하고 있다.

따라서 이러한 사실들을 종합해 볼 때, 결국 〈여자가〉는 서정적 형식에 서사적 내용과 대화체를 통한 극적 표현 기법을 적절하게 혼합한 독특하고, 유일무이한 작품이라고 할 수 있다.

이상에서 살펴본 〈여자가〉의 답가적 성격의 작품은 〈여ᄌ답가〉이다. 〈여ᄌ답가〉196)의 시적 화자는 남성이다. 그리고 특이한 점은 이 작품이 미완성 작이라는 점이다. 내용으로 미루어 〈화전가〉의 답가적 성격을 지닌 〈조화전가〉의 이본으로 볼 수도 있지만, 뒷부분이 일실(逸失)되어 정확한 여부는 단언할 수 없다.

〈여ᄌ답가〉 전문(全文)의 내용을 살펴보면, 이 작품은 '화수가'류의 전통 하에 창작되었으며, 한 문중의 '화수회(花樹會)' 내력과 관련된 내용이다. 따라서 맥락상 〈여ᄌ답가〉는 〈여자가〉와 직접적 연관이 없는 것처럼 보일 수도 있다. 그러나 작품에 흐르는 논조나 내용상 〈여자가〉와 상반되는 내용을 담고 있어 〈여자가〉의 답가 형식이라고 볼 수 있다.

---

196) 임기중 편, 앞의 책, 310~313면.

〈여주답가〉의 논조는 〈여자가〉의 내용과 상반되게 여자의 삶을 비하하고 있으며, 여자의 존재 가치는 남성을 위한 것에 불과하다는 것이다. 즉 '이 세상의 존재 가치는 남성으로부터 출발한다'는 논조이다. 그리고 그러한 작가 의식은 서두에서부터 여자를 무시하는 태도로 표출된다.

무식한   녀주들아   우리답가 들어보소
옛승현   정한법이   남여즉분 삼엄호디
너희힝실 무어신고   직님방적 일숨아셔
놀고먹난 남주들케   의복치장 디령호고
청존한   장부들케   음식이나 공괴호네
스님이   이릇트면   힝동거지 편할손야
깁고깁은 도장속에   죄와갓치 숨어안자
문견의   츌두하면   눈치만   졀노보고
갓자리   얼진그면   구무찾기 분쥬호다
활발치   못호그던   싱셰지황 무어신고
아모리   쳬신힉도   문왕후비 못되올시
니칙얼   힝하여도   밍모갓치 못되올시
어와   장할시고   거룩홀스 남주직분
만권시셔 일너니야   옛성현   쏜바드니
둔근갓   모난거견   공밍청쥬 다시볼니
한가할적 만나그던   열친척지 청화호고
바둑쟝기 도회쳥이   어나고지 졔일인고
강상죠혼 비운경언   우리션죠 창건호고
놉고놉푼 가산셔당   장노분니 비포로다
승우고붕 둘너안자   소연노름 호정호다
희따라   원월원일   구명일즁 졔일이라
슈고강영 장노분너   후호고도 거룩호다
문물더러 쥬시면셔   화슈회렬 분부호네
종희에   다므이니   근빅명   관주로다
뵈르고   우르든일   오날날   쾌호도다

황구빅구 그음ᄒ고	쳥쥬탁쥬 밧쳐노코
풍류호걸 광탕쳔이	노난쳥기 무어신고
앵군경군 장기소리	운소간에 깃쳐두고
열아홉쥴 바둑판의	야슘경기 깃품밤에
싱ᄉ문널 버럿노코	편짜놋코 늣텄지니
모열이면 손벽치고	말ᄌ부면 쬐노나네

『역대가사문학전집』 소재 〈여ᄌ답가〉의 전문(全文)이다. 이 작품에 따르면, 여자들은 모두 무식한 존재이며, 산 속에서 수행하는 승려들 보다도 자유롭지 못한 존재이다. 그리고 남자가 문전(門前)에만 당도해도 숨죽여야 하는 소심한 존재이다. 〈여자가〉에서 표현된 여성상과는 너무나 대조적이다. 심지어 〈여자가〉에서는 시적 화자가 치부(致富)의 수단으로 삼았던 침선마저 〈여ᄌ답가〉에서는 남자들을 위한 봉사 정도로 전락하게 된다. 더욱 슬픈 것은 이러한 현실이 인위적인 것이 아니라 옛 성현들의 뜻이며, 숙명이라는 논조이다. 남자는 그저 그런 여자들의 시중을 받으며, 놀고먹는 존재인 것이다. 또한 여자들이 아무리 노력하더라도 〈여자가〉에서 현모양처(賢母良妻)의 전형으로 제시되었던 '태임'이나 '태사'가 될 수 없고, 『내칙』을 행하더라도 '맹모'도 될 수 없는 존재이다.

반면에 남자는 장한 존재이다. 만권시서(萬卷詩書)를 두루 익힌 유식한 존재이다. 그러므로 화수회도 남자들만의 전유물이며, 훌륭한 선조들과 후원자가 있기에 문중의 남자들이 모여 음식거리 장만한 후, 경치 좋은 곳에서 화수회를 거행할 수 있는 것이다. 〈여ᄌ답가〉의 창작 모티프는 화수회이다. 그 안에 담긴 내용은 여자의 존재 가치를 무시하고, 삶을 평가절하하며, 남자 위주의 세계관을 보여준다. 따라서 〈여자가〉와 〈여ᄌ답가〉 사이에는 충분히 남녀 간의 성역할에 대한 '언쟁'이 성립할 수 있으며, 그 '언쟁'은 두 작품을 통해서 미화된 여자의 삶 대 현실적 여자의 삶이라는 방식과 남자 대 여자라는 성별 대립으로 조우(遭遇)하고 있다.

결국 〈여자가〉와 〈여ᄌ답가〉는 자신들의 가치관을 대변할 수 있는
등장인물을 설정하여 언쟁을 진행함으로써 변화된 사회적 가치관을 적
절하게 보여주는 작품인 것이다.

(5) 언쟁식 개화 가사—세태 비판적 관점의 첨예한 대립

대화체 가사 중 '언쟁'의 방식은 우국(憂國)이나 계몽의 문제가 화두(話
頭)였던 개화가사에서 더욱 역동적 양상으로 사용되었음을 확인할 수 있
다. 주로 『제국신문(帝國新聞)』과 『대한매일신보』에 게재된 분련체의 가
사는 전통가사나 가창가사와는 확연히 구별되는 새로운 양식이다.197)
〈기국여운〉의 등장인물은 홍안백발(紅顔白髮)의 두 노인이다. 이들은
바둑을 두다가 술을 마시고 세상사에 대해 의견을 나눈다. 〈기국여운〉
은 분련체의 전통을 잘 보여준다.

그것춤말　氣막히네　　近日所謂　大官들이
外人의게　노예되여　　蠹國病民　ᄒ는일은
壹般人民　아ᄂ빈나　　禍胎産出　흔단말은
今日에야　初聞일세　　男子들도　胞틔ᄒ나
虛言이나　아닐는지

氣막힌다　이사롬아　　天痴中의　上이로셰
五條約을　締結홀쩌　　可否字의　詰難들이
當日事로　알엇던가　　南山松月　寂寞ᄒ더
耳語密勿　握手時에　　滿腹受틔　ᄒ엿건만
佯若唐荒　可笑롭지198)

---

197) 장성진은 이들 작품을 '신가사'라고 명명한 바 있다. 장성진, 「개화가사의 서술구조
　　와 현실인식」, 경북대 박사논문, 1991.

〈기국여운〉의 본사 중 일부분이다. 본사의 앞에서 한 노인이 일본에 아부하는 내각을 아이밴 처녀에 빗대어 비판하자 다른 노인이 금시초문이라며 허언이라고 한다. 그러자 내각을 비판한 노인이 세태에 어두운 다른 노인을 천치라 몰아세우고, 관료들의 매국적 행위를 자세하게 알려준다. 화답식이나 문답식의 대화가 한 장에서 이루어지는 데 반해, 언쟁식 개화가사는 분련체의 한 장 별로 등장인물의 대화가 나뉘어 있다. 언쟁식 개화가사의 특징은 당대의 첨예한 대립을 효과적으로 노출시키는 것이라고 할 수 있다. 그 대립의 양상은 화답이나 문답처럼 쉽게 설명될 수 있는 성질의 것이 아니다. 따라서 장 전체를 사용해 대립적 양상을 구체적으로 설명하기 위해서 등장인물의 대화를 장 별로 배치한 것이라고 할 수 있다. 물론 〈여항기문〉처럼 종래의 관습적 방식을 사용한 작품도 있다.

〈여항기문〉은 국수와 개화의 첨예한 대립을 극적으로 제시하고 있다. 서사에 의하면, 날은 저물고 작가는 이리저리 돌아다니다가 어느 동네 골목의 여염집에서 나오는 가느다란 말소리를 듣게 된다. 집 주인에게 부탁하여 그 집안에 모인 등장인물들에 의해 벌어지는 '시사평론한탄'에 참석한다. 그 내용은 당시 정부와 관료에 대한 비판, 기초가 부실한 교육제도 비판, 화폐개혁 비판, 농업 정책 비판 등이다. "흔사름이 나안지며 (쏘흔사룹 나안지며) ○○○○ 흐눈말이"라는 각 장의 서두어에서 확인할 수 있듯이 여러 등장인물이 번갈아 비판을 한다. 특이한 점은 결사에 등장하는 소년의 존재이다.

흔참이리	言論흘계	杖劍佩鈴	엇던少年
昂然直入	흐눈말이	悲嘆窮廬	흐게되면
어느누가	救濟흘까	競爭時代	處ᄒᆞ여서
困難地境	當흘스록	冒險前進	하랑이면

---

198) 민찬·장성남 편, 『대한매일신보의 시가』 (II), 형설출판사, 2001, 9면.

天堂으로　가려니와　　自喪其志　退步ᄒ면
墜入地獄　엇지ᄒᆯ꼬[199]

　　앞서 시사평론한탄을 하던 주체들은 '완고'로 대표되는 국수주의자들
이다. 이들은 급변하는 정세에 대응하지 못하고, "암만힛도큰일낫셔"라
는 후렴구처럼 세태 비판과 한탄만 일삼고 있다. 이것은 말 그대로 지옥
으로 떨어지는 길이다. 따라서 작가는 결사에 극적인 반전의 계기를 마
련하였다. 본사에 지배적인 패배적 국수주의를 일거에 해소할 수 있는
개화주의자를 '소년'으로 상징화하여 제시하였다. 이는 작가가 암암리에
개화의 중요성을 강조하려는 계기를 마련한 것이라고 할 수 있다.
　　그러나 〈석상문답〉은 등장인물과 작가 의식의 노출에 있어서 〈여항
기문〉과 차이를 보인다.

一抹斜陽　芳草綠에　　三淸洞門　올나가니
淸溪白石　瀑布邊에　　玉貫綠笠　一老人과
斷髮洋服　一少年이　　互相接膝　對坐ᄒ야
亡國恨歎　論難ᄒ졔　　頑固開化　分析ᄒ야
오고가난　그酬酌이　　可笑롭고　駭然ᄒ다
頑固老人　ᄒ난말이　　我韓東方　四千載에
衣冠文物　極備ᄒ고　　禮儀道德　崇尙ᄒ야
君子之國　擅名터니　　國家運數　不幸인지
魍魎갓흔　무리들이　　開化ᄒ다　稱託ᄒ고
兩輩手中　亡힛스니　　可痛ᄒᆫ일　이아닌가
開化少年　ᄒ난말이　　廉恥업난　이老人아
幾百年前　姑捨ᄒ고　　中古以後　試看ᄒ라
欺君罔上　거누구며　　貪虐殘民　거누군가
頑固輩의　諸君들이　　宗社生靈　亡힉노코
開化者에　歸咎ᄒ니　　可痛ᄒᆫ일　이아닌가[200]

---

199) 위의 책, 140면.

이상의 예문은 〈석상문답〉의 일부분이다. 작중 화자인 '옥관녹립(玉貫綠笠)의 한 노인'과 '단발양복(斷髮洋服)의 한 소년'이 등장하여 '완고(頑固)'와 '개화(開化)'의 정당성 여부를 놓고 서로 언쟁을 벌이고 있음을 확인할 수 있다. 두 화자의 행색과 연령층에서 벌써 당대 갈등을 야기했을 법한 개화의 문제와 이에 따른 사회적 갈등의 골을 쉽게 읽을 수 있다. 나아가 각자가 서로를 망국의 주범으로 몰아세우는 데서는 개화의 문제가 당시 사회의 여론조차 갈라놓았을 만큼 첨예한 이슈(issue)였음을 다시금 확인할 수 있다. 흥미로운 점은 정작 이 작품의 작가는 그 어느 쪽에도 편향되지 않은 중립적 입장을 보인다는 점이다.

頑固者나	開化者야	是非曲直	웨잇으리
둘너치나	메여치나	缺裂破壞	일반이니
쓸디업난	爭鬪말고	頑固던지	開化던지
亡國ㅎ난	惡手段을	興國精神	相換ㅎ야
互相團合	前進ㅎ면	獨立權이	自至ㅎ리201)

위는 작가가 개입하여 자신의 의견을 진술한 이 작품의 결사 부분이다. 사실 작가는 서두에서도 이러한 소모적 언쟁이 가소로운 일일 뿐이라고 미리 일침을 가하였다. 다시 한번 작품의 마지막에 중립적인 자신의 의견을 개진함으로써 어느 한쪽의 의견에 대한 작품 수용자의 최종적 편향 판단을 유도하고 있다. 즉 개화가사에 있어서 '언쟁'의 방식은 어느 한 쪽의 일방적 주장을 진술하기 위함이라기 보다는 첨예한 문제에 대한 다양한 시각을 보여주는 데 목적이 있다. 그리고 그 시각에 대해 독자 스스로 가치 판단을 내릴 수 있도록 조력하는 기능을 가졌다. 이것은 작가가 '국수'나 '개화'가 중요한 것이 아니라, 현 상황에서는 '단합(團合)'이 가장 중요하다고 언술한 데서도 잘 드러난다.

---

200) 김근수 편, 『한국개화기시가집』, 태학사, 1991, 145면.
201) 위의 책, 146면.

〈병문수작〉은 화답식 개화가사에서 언급했듯이 기존의 동일 작품 계열에서 영향을 받은 작품이다. 등장인물은 역시 병문친구들이다. 이들은 저문 봄날 장터에서 둘러앉아 윷을 놀더니 심심하다며 이내 시국에 대해 공론(空論)을 한다. 그 내용은 허울뿐인 양반에 대한 비판과 관료 및 정부 정책에 대한 비판이다. 〈병문수작〉은 그 구조가 특색 있다. 등장인물이 서두어를 통해 "훈사룸이 나안즈며 여보게들 내말듯게"라고 말을 꺼내고 언술을 마무리하면, 대화 상대자는 각 장 끝의 추임새와 같은 후렴구202)로 자신의 의견을 개진한다. 그 의견은 매우 냉소적이다.

〈여담일속〉은 가는 비가 갠 달밤이 시간적 배경이다. 방랑 생활을 하던 작가가 여관에 들러 몇몇 나그네들이 나누는 시국에 대한 비판을 작품화했다. 분량이 매우 짧아 서사와 본사의 앞부분이 분리되지 않았다. 세 명의 화자가 등장하는데, 앞선 두 사람은 신교육을 받아도 세계화의 시류에 편승하지 못하는 벙어리 같은 세태를 비판했다.

그런데 세 번째 등장인물은 앞선 두 사람을 어리석다고 면박주고, "주먹이나 단단후야 훈번드러 슬젹쳐도 富士山이 납작희야 完人이라 홀것시오 벙어리가 말홀테지"라고 하여 세상에 지식 보다 앞서는 것은 힘이라는 논지를 폈다. 이는 당시 무력으로 대한제국을 병합하려 했던 일제의 야욕을 풍자한 것으로 볼 수 있다.

언쟁식 개화가사의 마지막 작품은 〈월하문답〉이라고 할 수 있다. 다음은 〈월하문답〉의 일부분이다.

東西洋의	文明利器	愈出愈奇	호더니만
飛行機가	쏘싱겻네	飛行機나	硏究호여
飛行競爭	호여볼까	여보그말	그만두오
湖南鐵道	놋난다고	써들기만	호야놋코

---

202) 그 후렴구는 "네말됴타그러보즈"(서사), "썩엇스면넘시날걸"(1장), "막말ㅎ단잡혀가리"(2장), "情夫짜러仁川갈까"(3장), "산사회나마중가즈"(4장), "假志士ㅣ줄몰낫더냐"(5장), "뉘톳이냐제밀붓홀"(결사)이다. 민찬·장성남 편, 앞의 책, 235~236면.

外人手에	들어갓지	그것ㅎ나	못노면서
飛行機가	무엇인가	學術淵叢	自處ㅎ난
列強國의	人士들은	世界主義	鼓吹라네
그主義나	擴張하야	道德生活	ㅎ야볼까
여보그말	그만두오	生存競爭	이時代에
니民族이	裂敗ㅎ야	滅亡時急	ㅎ얏셔도
救濟方針	업스면셔	世界主義	무엇인가203)

〈월하문답〉은 당대에 새롭게 접한 서구 문물 및 종교와 국가정신에 대해 세 명의 노인이 번갈아 의견을 개진하고, 이를 반박하는 '언쟁' 방식의 개화가사이다. 이 작품에는 작가의 직접 개입은 없다. 그러나 작가 의식에 있어서 앞선 〈석상문답〉과 마찬가지로 역시 어느 한쪽의 주장에 편중되지 않은 중립적 입장을 확인할 수 있다.

위의 예문을 참고하면, 세 명의 노인이 번갈아 언쟁하면서도 그 화제에 대한 구체적 해결 방안은 제시되지 않고 있다. 이는 작가가 사회적 현상에 대한 판단을 유보한 것이다. 다만 그 현상에 대한 다양한 시각을 제시하는 데 그칠 뿐이다. 결국 개화가사 중 '언쟁'의 방식에 속하는 작품들은 현상에 대한 '언쟁'의 상황을 제시하고, 최종적 판단은 작품 수용자에게 맡기는 특성을 보인다고 할 수 있다.

이상에서 대화체 가사 가운데 '언쟁' 방식의 작품들을 살펴보았다. 대화 방식에 따른 유형 중 '언쟁'의 방식에 속하는 작품은 ①〈갑민가〉, ②〈속미인곡〉, ③〈송여승가〉 연작 ④〈여자가〉와 〈여주답가〉가 있다. 그리고 개화가사인 ⑤〈기국여운〉, ⑥〈여항기문〉, ⑦〈병문수작〉, ⑧〈석상문답〉, ⑨〈여담일속〉, ⑩〈월하문답〉을 제시할 수 있다.

아울러 1절 "텍스트 구조상의 유형"에서 고찰한 작품 가운데 '텍스트 간 대화의 방식'에 속하는 ①〈셩회가〉와 〈셩회답가〉, ②〈희도샤〉와

---

203) 김근수 편, 앞의 책, 197면.

〈답희도사〉 등도 포함된다. '언쟁' 방식의 작품을 시대 순으로 나열하면
다음과 같다.

작품명	작중 인물	내용	창작시기	계열
〈속미인곡〉	갑녀, 을녀	사랑 회복의 갈망	16세기 말	戀君
〈송여승가〉연작	양반자제, 여승	상사와 사랑의 성취	1723	戀情
〈갑민가〉	생원, 갑산민	민중의 참상고발, 세태비판	19세기 초	批判
〈여자가〉 〈여ᄌ답가〉	김씨부인, 오빠, 설매 등	여자의 일생, 치산 여성의 삶 비하	조선 후기	閨房
〈성회가〉 〈성회답가〉	여성 남성	여성의 신세 한탄, 성회의 감흥 여성의 삶 조롱	조선 후기	閨房
〈희도샤〉 〈답희도사〉	여성	여성의 신세 한탄 여성의 긍정적 삶 부각	조선 후기	閨房
〈기국여운〉	노인 2명	당시의 매국적 관료 비판	1908.12.4.	開化
〈여항기문〉	세태 비판적 인물들	정부와 관료에 대한 비판, 기초가 부실한 교육제도 비판, 화폐개혁 비판, 농업 정책 비판	1906.3.6.	開化
〈병문수작〉	병문친구들	양반, 관료 및 정부 정책 비판	1909.5.15.	開化
〈석상문답〉	노인, 소년	보수와 개화의 갈등	1909.5.27.	開化
〈여담일속〉	나그네 3명	신교육의 모순과 일제 풍자	1909.7.8.	開化
〈월하문답〉	노인 3명	우국, 세태비판	1909.10.1.	開化

　이들 작품의 내용이나 주제는 〈갑민가〉와 개화가사인 〈석상문답〉과
〈월하문답〉에서 구현된 사회 고발 및 비판, 〈속미인곡〉이나 〈송여승가〉
연작에 드러난 연정의 문제, 〈여자가〉를 필두로 한 규방가사에 드러난
교훈성과 신세 한탄의 정조 등 다방면에 걸쳐 고르게 분포되어 있다.
그리고 바로 이 점에 주목할 필요가 있다.

　앞선 '화답'의 방식에 속하는 작품에는 시집살이로 인한 향수와 혈육
에 대한 그리움을 다룬 규방가사 계열 작품들이 다수 존재함을 확인할
수 있었다. '문답'의 방식에는 개인의 영역 보다 인신(引伸)된 사회적 문
제와 결부된 주제를 담고 있는 작품이 다수 존재한다. 이는 대화체 가
사 중 '언쟁'의 방식이 작품의 주제적 측면에서 개인적 경험의 언술에
적합한 '화답'의 방식이나 공동체적 문제에 대한 '문답'의 방식을 아우
를 수 있음을 보여주는 근거이다. 따라서 대화체 가사 중 '언쟁' 방식의

특성은 다음과 같다.

첫째, 개인적 정서의 문제는 물론 사회적 사안과 관련된 공동체적 갈등의 양상을 토로하는 데 적합한 방식이다.

둘째, 작중 인물의 뚜렷한 주관성이다. '언쟁'의 방식 역시 '화답'이나 '문답'의 방식처럼 특정 개별 작품 내에서 두 명 내지는 그 이상의 화자에 의해 진술이 진행된다. 그리고 그 진술은 화자들 각각의 뚜렷한 주장을 담고 있다. 하지만 그것이 인물에 의해 '언쟁'의 형태를 통해 드러난다는 점에서 앞선 두 유형과는 변별되는 특성을 지니고 있다.

셋째, 작가의 가치중립적 입장이다. 작가가 어느 한 편의 입장에서 일방적 진술을 이끌어가는 것이 아니라, 가치중립적 입장을 견지한 채 작품에 개입하지 않고 있다는 점이다. 이것은 그 당대 사회의 절실하고 중요한 문제에 대해 서로 상반되는 입장을 보여주고, 이에 대한 최종적 판단은 수용자 개개인에게 맡기고자 하는 작가의 의도에서 비롯된 것이다. 그리고 '언쟁'의 방식에 사용된 대화체는 그러한 당대의 첨예한 이슈를 수용자에게 보다 쉽게 실재적으로 전달하기 위한 기법으로 사용되었다고 할 수 있다.

제4장
대화체 가사의 특성 및 사회적 기능

1. 대화체 가사의 특성

1) 실사(實事)의 반영과 현장성의 극대화

가사 갈래의 전반적 경향이지만, 대화체 가사에 속하는 대부분의 작품 역시 작가를 명확히 알 수 없다. 그리고 이것은 작가가 익명성을 유지하면서 작품 내용의 사회적 제한성에서 자유롭고자 했던 작가 의식의 소산이라고 할 수 있다. 그런데 대화체 가사 작품 가운데에는 비교적 작가가 명확한 작품의 존재도 확인할 수 있다. 대화체 가사에서 작가가 명확하다는 것은 작중 인물 간 대화에 의해 실현된 상황이 적어도 사실일 가능성이 농후함을 의미한다.

예를 들어 〈고공가〉와 〈고공답가〉는 논란의 여지는 있지만, 선조(宣祖) 또는 허전(許㙉)과 이원익(李元翼)이라는 분명한 작가가 존재하는 작품이다. 그리고 이 점을 임진왜란 직후의 농업 생산 재건과 연관지어 의미를 천착(穿鑿)한 김용섭의 연구를 앞에서 보았다. 그 견해를 십분 반영한다면, 대화체 가사는 당시대의 관심사나 문제와 관련된 실사를 충실히 반영한다. 그리고 불필요한 상황 설명이나 묘사 없이 작중 인물의 대화만을 통해 신속하게 전개한다는 특성을 지니고 있다.

물론 문학 갈래에는 실사에 바탕을 둔 '실기(實記)'류가 존재한다. 그런데 '실기'류는 문학적 성격을 담보하고는 있을지라도 엄정한 의미에서 문예미를 내재하고 있다고 할 수는 없다. 그것은 어디까지나 사실의 기록에 주안점을 둔 문학 갈래에 불과하기 때문이다. 따라서 내용 전개에 설명이나 묘사가 많고, 장황할 수밖에 없다.

대화체 가사는 대화적 기법을 통해 작품에 구현된 현장을 수용자에게 생동감 있게 전달한다. 아울러 수용자로 하여금 작품에 대한 몰입을 초월하여 자신의 경험을 되새길 수 있는 여지를 제공한다.

예컨대, 〈농가〉는 작품의 중간에 '격양가(擊壤歌)'를 부르는 '노인'을 작중 인물로 내세워 시적 화자의 암묵적 대화 상대자로 설정함으로써 작품의 현장성을 고조시키고 있다. 〈붕우가〉도 시적 화자가 귀녕했다가 시댁으로 돌아가면서 고향의 친구들과 이별하는 장면을 대화의 방식으로 보여줌으로써 비애감과 현장성을 배가(倍加)시키고 있다. 그리고 시종일관 비통한 시적 화자의 정서를 수용자에게 적실하게 전달하고 있다.

만약 이러한 장면을 설명이나 묘사 등 일반적인 설명 방법으로 처리했다면 작품 수용자가 느낄 수 있는 비애감이 효과적으로 직접 전달되기 어렵다. 텍스트 내에 직접 작중 인물을 등장시킨다는 자체가 독자들에게는 현장감을 생생하게 전달할 수 있는 방법이다. 이처럼 압축된 대화에 현재성까지 부여하면 작가의 의도가 보다 신속하고 정확하게 수용자에게 전달될 수 있다.

또한 〈사향곡〉의 경우에는 시적 화자가 서두에서 "이리노리 드러보소 자셰자셰 드러보소"라고 수용층을 설정하고, 자신의 고향 내력을 실제 지명과 결부시켜 설명하여 그 현장감과 생동감을 더욱 높이고 있다.

아울러 현실 생활과 접목시킨 현장성이 두드러진 작품으로는 〈상사가〉 및 〈상사답가〉, 〈송여승가〉 연작 등을 들 수 있다. 이들 작품은 본가와 답가를 '서신(書信)'과 '답신(答信)'의 형식으로 제시하였다. 현실 생활에서 쉽게 접할 수 있는 서신 왕래라는 매개를 통해 현장성을 극대화하고 있다.

대화체 가사의 현장성은 등장인물의 대화를 직접 인용하는 문구(文句) 형식의 파격을 통해서도 확인할 수 있다. 예컨대, 〈승가타령〉의 문구는 일반적인 가사의 문구와 달라서 도저히 율문이라고 할 수 없을 지경이다. 그 문구는 오히려 산문에 가깝다. 후기 가사로 가면서 가사의 형식이 파괴된다고는 하지만, 〈승가타령〉의 문구 나열 방식은 도가 지나치다. 〈승가타령〉의 작가가 율문의 형식을 파괴하면서 '양반 자제'와 '여승'의 대화 내용을 작품 내에 인용한 까닭은 무엇일까. 가사의 율문적 형식으로는 현장의 분위기를 보다 많은 수용자에게 전달하는 데 한계가 있기 때문이다.

〈승가타령〉의 목적 중 하나는 당시 '여승'과 속인(俗人)의 충격적인 사랑을 다른 사람들에게 알리는 데 있다. 비교적 향유층이 광범위했던 가사의 양식은 사용할 수 있었지만, 표현 기법에서 만큼은 압축된 율문의 형식이 현장성을 담보해낼 수는 없다. 따라서 문구의 파격을 감수하면서 등장인물을 내세우고 대화 내용을 직접 인용한 것이다. 따라서 이 점은 현시(顯示, ostension)204)를 중요시하는 극적 특성이 대화체 가사를

---

204) '현시'는 '보여주기'라는 의미의 라틴어 'ostendere'에서 유래한 용어이다. 이는 '무엇인가를 보여주거나 제시하는 것'으로 이루어지는 의사소통이다. '현시'는 연극 상연의 근본적인 원칙들 중 하나이다. 이러한 '보여주기'의 측면은 사물들을 직접 보여주지 않고 타자에 의해 그것들을 묘사하는 서사시나 서정시 등과 관련하여 언제나 연극의 특징으로 간주되어 왔다. 연극에서 이러한 '보여주기'는 배우의 몸동작과 연출된 스펙터클의 '게스투스(gestus, '제스처'의 라틴어)'의 도움으로 상연의 틀을 깨뜨리고 작품의 한계성을 뛰어넘어 관객에게 직접적으로 전해진다. 삶에서처럼 연극에서도 '현시'는 순수한 상태로는 거의 존재하지 않는다. 즉 그것은 말이나 음악, 혹은 모든 기호학적

통해 구현된 좋은 예이다. 또한 대화체 가사가 그 특성상 충분히 극적 구성을 담보해낼 수 있었음을 입증한다.

그리고 텍스트에 구현되는 대화의 양상에 있어서도 〈여자가〉에서는 일반적 대화체와 암묵적 청자를 설정하는 일방적 대화 방식을 사용하였다. 전자의 경우에는 현장감을 극대화할 필요가 있는 부분에서 사용하였고, 후자는 내용상 압축이 필요한 부분에서 사용했다. 따라서 이들 대화체는 작품 내에서 현장감을 극대화하는 기능과 함께 효과적인 내용의 압축 전달이라는 기능을 수행하고 있다. 즉 〈여자가〉는 다양한 화법의 공존을 통해서 현장감과 내용 전달의 명료성을 동시에 획득하고 있다.

대화체 가사의 화법은 상황에 따라 직접 화법으로 사용되기도 하고, 간접 화법적인 전언(傳言)의 방식으로도 구현되며, 일방적 대화의 방식으로 표출되기도 한다. 현장감이나 실재성이 요구되는 상황에서는 작중 인물들을 등장시켜 그들의 입을 통한 직접 대화를 인용하였다. 빠른 전개가 필요한 경우에는 불필요한 인물은 배제시키고, 기존의 내용에 등장했던 작중 인물을 적절하게 활용하여 간접 화법의 방식으로 대화체를 구현하였다. 마지막으로 이 작품의 존재 목적 중 하나라고 할 수 있는 교훈성의 전달을 위한 부분에서는 상대자가 존재한다는 전제 하에 등장인물이 일방적 대화 방식을 사용하였다. 그리고 이를 통해 작가의 의도를 대신 적절하게 전달하고 있다.

2) 다수의 수용자 지향성

대화체 가사는 항상 다수의 수용자를 지향한다. 이것은 '텍스트 간 대화의 방식' 가운데 특히 본가에 해당하는 작품에서 자주 확인할 수

체계를 수반한다. 빠트리스 파비스, 신현숙·윤학로 역, 앞의 책, 493면.

있다. 본가의 시적 화자 대부분은 일반적으로 서사에 임의의 청자를 설정한다. 이 경우에 그 임의의 청자는 답가에 등장하는 주요 인물일 수도 있다. 그러나 그 이외에 이들 작품을 접하는 불특정 다수의 수용층을 지칭하는 경우도 해당된다고 할 수 있다.

집의 옷 밥을 언고 들먹는 져 雇工아　　　　〈고공가〉
어와 져 반하야 도라안자 내 말 듯소　　　　〈고공답가〉
어와 그 뉘신고 경화호걸 아니신가　　　　〈녀승답이라〉
綠楊芳草岸의 쇼먹이논 져 ᄋ히야　　　　〈목동가〉
어화 긔 뉘신고 엇더혼 사롬이소　　　　〈목동답가〉
禪師任 하신 말삼 말삼마다 올건마는　　　　〈재송여승가〉

　위에 제시한 예문들은 본가의 화자에 대한 청자가 답가 작품 내에 등장하는 대표적 사례이다. 이러한 서두 발어사(發語辭)는 가사의 특성상 관습에 의한 것이라고 치부해 버릴 수도 있다. 그런데 이것은 대화체 가사 중 어떤 텍스트를 불문하고, 기본적으로 화자 대 청자의 구도로 작품의 화제가 전개될 것임을 암시하는 기능을 수행한다. 그 청자는 위에 제시한 〈고공가〉의 '고공'과 〈고공답가〉의 '주인'처럼 작가의 의도대로 미리 설정된 특정 인물일 수도 있고, 〈기망회〉 등에 제시된 청자처럼 불특정 다수를 지칭할 경우도 있다.

어와 벗님내야　　　　〈기망회〉
그디―여 이너말슴 드러보소　　　　〈답가셔라〉
이리 노리 드러보소, 자셰자셰 드러보소　　　　〈사향곡〉
무심한 여자들아 우리 답가 들어보소　　　　〈여ᄌ답가〉
어와 여랑들아 우리 세덕 상상하니　　　　〈희도샤〉

　위와 같이 작품의 서두에 다수의 청자로 상징화된 수용층을 제시한다는 것은 다음과 같은 점을 시사한다.

텍스트 간 대화 방식의 경우는 대부분 본가와 답가의 작가가 다르다. 이것은 본가만으로도 완결된 텍스트임을 암시한다. 즉 본가에 해당하는 개별 텍스트만으로 완결될 수 있는 작품에 굳이 답가 형식의 작품이 존재하는 것이다. 이 점은 현존 이본의 다소(多少)를 떠나서 본가에 대한 답가가 필요할 만큼 당시 광범위한 수용층을 담보했으리라는 확신을 가능케 한다. 또 그 내용을 당대의 많은 사람들이 숙지(熟知)하고 있었으며, 본가의 내용에 대한 반감이나 보충의 필요성에 의해서 답가를 양산(量産)해 내게 된 것이라는 점을 가늠케 한다. 아울러 답가의 작가에게는 이미 본가 격인 텍스트에 대한 수창의 형식으로 작품을 만든다는 관념이 내재하고 있음을 보여주는 것이다. 따라서 이러한 사정을 종합해 볼 때, 이미 본가와 답가의 작가 및 시적 화자는 각각의 텍스트를 통해서 이미 대화를 나누고 있는 것이라고 볼 수 있다.

또한 다수의 수용자 지향성은 대화체를 관습적인 다른 기법과 결합시켜 구현한 사실에서도 확인할 수 있다. 예컨대, 〈사친가〉는 '사친'의 문제를 '월령체'라는 친숙한 형식과 적절하게 결합시키고 있다. 이것은 '월령체'에 익숙한 보다 많은 수용자에게 공감을 불러일으키려는 시도이다. 이 작품에 표현된 절기(節氣)나 시행하는 민간 풍습들은 이미 당시의 많은 민중이 알고 있던 관습이다. 작가는 작품의 수용층을 의식하고, 각 달거리마다 그 달에 포함된 절기와 시행하는 풍습들을 낱낱이 열거함으로써 수용층 다수의 이해를 돕고 있다.

최제우의 동학가사 작품인 〈몽중로쇼문답가〉의 창작 배경에 포교(布敎)가 자리 잡고 있다는 점에서도 수용층 확대 의도를 읽을 수 있다. 물론 대화체 가사가 처음부터 다수의 수용층을 지향했던 것은 아니다. 전기 가사에 속하는 정철의 〈관동별곡〉 중 선인(仙人)과 작가의 대화는 작품 전개상 도입된 일반적 표현 기법으로서의 대화 양상을 보일 뿐이다. 그리고 이것은 보다 적극적인 '화답'의 형태로 나아가지 못하고 있다. 즉 〈관동별곡〉에 사용된 대화의 기법은 전대(前代)에 다양하게 사용되었던 문학적 대화 기법을 관습적으로 사용한 것에 지나지 않는 것이다. 〈관동별곡〉에서 대화체를 사용한 목적은 결국 작가가 선정(善政)을 베푸는 목민관으로서의 소임을 다하고자 하는 포부를 재차 확인하는 데 그치고 있다. 그리고 대화체 기법을 통한 그 주제 구현의 문제가 지극히 개인적 문제로 축소된 것이다. 더구나 '꿈'이라는 장치를 사용함으로써 문학적 형상화에 있어서 그 문예적 미의식은 고양(高揚)시켰지만, 현장성이 소멸되어 그만큼 비현실적일 수밖에 없다.

대화체 가사가 다수의 수용자 지향성을 내포하고 있음은 〈여자가〉에 삽입된 '심술사설'을 통해서도 잘 드러난다. 〈여자가〉의 내용 중에는 '김씨 부인'이 시집가는 '딸'에게 시댁에서 경계할 내용을 이야기하는 대목이 있다. 그 본보기로 '괴똥어미'의 악행(惡行)을 들려주는 부분이 사설조로 되어 있다. 이 점은 가사 갈래가 후기로 가면서 가사의 장편화와 맞물려 수용자의 기대에 부응하는 창작 경향이 대두되었음을 암시한다. 즉 전기 가사의 서정이나 교훈을 전제로 한 교도(敎導)적 경향으로는 확대된 수용층의 요구를 받아들이기에는 무리가 있다. 여기에는 반드시 흥미성을 첨가시켜야 했을 것이다. 따라서 자연스럽게 익숙한 다른 갈래의 창작 경향으로 눈을 돌리게 되어 서사나 구비적 갈래의 경향을 수용하게된 것이라 할 수 있다. 이는 역설적이게도 〈춘향전〉과 같이, 이른바 '삽입가요(揷入歌謠)'라고 불리는 시가 갈래가 작품 내에 수용된 소설 갈래에서도 확인할 수 있는 부분이다.

3) 화법(話法)의 다양성

대화체 가사 작품의 유형 분류를 통해 고찰한 바와 같이, 그 작품에 수용된 대화의 방식은 작품에 주어진 상황에 따라 '화답', '문답', '언쟁'의 방식으로 다양하게 구현된다.

(1) '화답'의 방식 — 동일 주제에 대한 개인적 의견 교환

이 방식은 '텍스트 간 대화의 방식'과 연관되어 개별 텍스트로 이루어진 본가와 답가에 의해 구현되는 경우가 대부분이다. 그리고 동일한 문제에 대해 본가와 답가의 개별 화자가 서로 다른 의견을 제시한다는 특성을 지니고 있다. 그런데 그 각각의 의견은 지향점이 서로 상반되는 것이 아니다. 문제 접근의 방향은 본가의 의견을 답가가 수용하면서 보다 발전적인 지점을 지향한다. 즉 각 작품에 등장하는 화자가 서로 다른 의견을 일방적으로 주장하는 태도를 지향하는 것이 아니다. 상대방의 견해를 일부 수용하면서 한편으로 문제 해결에 대한 다른 접근법을 모색하는 태도를 견지한다. 한편, '화답' 방식의 유형에 대화체 가사 작품 대다수가 속한다는 점은 가사 갈래에서도 대화체의 표현 방식이 관습적으로 사용되었다는 점을 입증한다.

본가는 수용자를 다수로 설정한다. 반면에 답가는 수용자에 연연하지 않고 자신의 경험을 보다 구체적으로 제시한다. 또한 특정 사안에 대해 본가에서 제시된 일반적·보편적 정서를 답가에서 특수화·개별화시키는 특성을 보인다. 다만 작중 화자들의 의견은 그저 서로 다른 의견 개진에 그칠 뿐 보다 적극적인 쟁의의 방식으로 발전하지는 못한다.

결국 '화답'의 방식은 동일한 제재 및 주제의 관련 하에 본가와 답가의 작가가 작중 화자를 전면에 내세워 자신의 입장을 정리하는 방식의 대화체라고 할 수 있다. 즉 답가는 본가의 정조(情調)를 계승하면서 이를 확장하거나 다른 관점에서 문제의 본질에 접근하는 태도를 지향하는 방식이다.

이러한 특성은 〈붕우가〉와 〈붕우스모답가〉의 관계에서 확인할 수 있다. 〈붕우스모답가〉는 본가 〈붕우가〉의 지배적 정서인 벗에 대한 그리움을 계승한다. 한편으로는 이를 '효' 등의 도덕적 문제와 결부시켜 답가로서 동일 문제에 대해 확장된 접근 태도를 보여준다.

또한 〈사친가〉와 〈답사친가〉에서도 이러한 발전적 계승의 흔적을 찾아볼 수 있다. 〈사친가〉에서는 시적 화자가 처한 이별의 상황이 작품 내에서 그리 중요하지 않다. 오히려 이로 인한 그리움에 주제 의식의 초점이 맞춰져 있다. 그러나 〈답사친가〉는 그리움의 원인인 혈육과의 이별에 정조의 무게를 더하고 있다. 이 점이 〈사친가〉와 다른 〈답사친가〉만이 지닌 주제적 접근 방법이다. 또 〈답사친가〉가 〈사친가〉에 대한 발전적 '화답'으로서 구실할 수 있는 원동력이다. 이 작품은 마지막 부분에서 그리움을 '효'의 강조와 고국에 대한 축원(祝願)으로 승화시키고 있다. 따라서 〈답사친가〉의 그리움은 〈사친가〉 보다 애절할 수 있는 당위성을 갖게 된다. 이처럼 '화답'의 방식은 본가와 답가가 거의 동일한 제재와 주제를 지향하면서 '혈육에 대한 그리움'이나 '효' 등 인간의 본성 내지는 도덕률과 관련된 문제에 대한 거의 동일한 결론을 내리고 있다.

(2) '문답'의 방식—특정 사안에 대한 교시(敎示)와 지각(知覺)

이 방식은 일반적으로 한 작가의 개별 텍스트 내에서 두 명의 화자에 의해 실현된다. 한편으로는 '상사가' 및 '상사답가'류와 같이 다른 작가의 개별 텍스트 간에 구현되기도 한다. 그리고 작가의 적극적 개입에 의해서 주제와 관련된 일정한 지향점이 미리 설정되어 있다.

예를 들면, 〈몽중로쇼문답가〉 화자의 대화 상대자인 '도사'에 의해 진술된 동학 출현의 시대적 필연성을 들 수 있다. 그리고 〈목동가〉에 대한 〈목동답가〉의 '목동'이 보여준 금욕적 인생관을 제시할 수 있다. 그러므로 '문답'의 방식은 작중 화자 가운데 어느 한쪽에 진술의 무게가 편중될 수밖에 없다. 작품에 두 명의 대리 화자를 내세우는 것은 결국 작가는 물러난 상태에서 극적 분위기를 조성하여 주제를 명료하게 전달하기 위한 방편이다.

　‘문답’의 방식을 통한 주제 구현에는 비교적 작가의 의도가 명확하게 담겨 있다. 그리고 그 의도는 대부분 답가에 의해 실현된다. 이 방식에서 문가(問歌)의 작가는 작품 내의 문제의식에 대한 답변을 미리 설정하는 경우가 많다. 그리고 그 답변은 바로 답가(答歌)를 통해 구현된다. 〈몽중로쇼문답가〉처럼 동일 작품 내에서 문답의 상황이 정리되는 경우는 물론, ‘상사가’류처럼 문가와 답가의 작가가 다를 경우에도 문가의 작가가 미리 설정한 연정에 대한 생각이 답가를 통해 긍·부정의 결론으로 구체화된다.

　이 방식은 주로 후기 가사로 이행하면서 등장한 연정 가사 계열에 속하는 ‘상사가’류와 ‘상사답가’류를 통해 구현되었다. 이것은 당면 문제에 대해 복잡한 갈등 요소를 내포한 대립적 결론이 존재하는 서정의 전달에는 ‘문답’의 방식이 보다 효과적임을 의미한다. 만약 누군가 〈상사가〉나 〈홍도상사가〉와 같은 내용의 노래를 듣거나 서신을 포함한 텍스트를 접했다면 여기에 대한 반응은 두 가지로 존재할 수 있다. 하나는 주어진 상황에 순응하면서 그 사랑을 받아들이는 긍정적 반응이고, 다른 하나는 거부하는 부정적 반응이다. 따라서 ‘상사가’류에 속하는 작품들에 대한 답은 본가와 함께 이미 정해져 있는 것이나 다름없다. 이와 같은 두 가지 반응은 당연하게 ‘상사가’류의 작가들도 미리 염두에 둔 것일 수 있다. 이 점은 ‘상사가’류와 ‘상사답가’류가 대화체 가사임을 입증하는 중요한 실마리이다. 또한 가사 갈래에서도 작중 인물 간 대화를 중심으로 내용을 전개하여 극적 특성이 실현됨을 보여주는 좋은 예이다.

　결국 본가에 의한 답가의 결론이 예측 가능한 경우에는 대화체에 ‘문답’의 유형이 사용되었다고 할 수 있다. 따라서 이것은 인생사와 관련하여 갈등이 내재된 복잡다단한 문제에 접근하는 방식에는 ‘문답’이 더욱 효과적임을 보여준다.

(3) '언쟁'의 방식—사회적 이슈와 첨예한 대립

작가에 의해 설정된 한 명 이상의 작중 인물이 전체 담론의 진행에 주도적 역할을 할 때, 그것은 담론의 층위에서 화자의 교체가 발생하는 것으로 간주할 수 있다. 그리고 이들 두 담론 주체 간의 관계가 대립적이라면 담론의 전개는 대립적 사고의 논쟁을 통한 것일 경우가 많다. 즉 그것은 '언쟁'의 형태로 나타난다.

예컨대, 〈속미인곡〉의 두 화자에게서 확인할 수 있는 대화의 방식도 '언쟁'의 방식이다. 아울러 〈갑민가〉와 〈속미인곡〉의 담론적 특성은 담론의 주체들이 분명히 존재한다는 점이다. 그리고 작중 화자들을 통해 대립적 관념을 드러냄으로써 갈등이 실재하는 극적 진술에 가까운 대화체가 구현되었다고 할 수 있다.

대화체 가사 중 '언쟁'의 방식은 상이한 입장의 대리 화자들을 작중 인물로 설정하여 그들로 하여금 대화를 진행하는 방식이다. 아울러 그들을 통해 당대의 첨예한 사회 현상을 노출시키고, 각각의 주장에 근거해 이를 비판적으로 바라본다. 이를 통해 당면한 문제에 대한 작가 의식을 간접적으로 제시하고, 그 문제에 대한 수용자의 공감을 불러일으키는 방식이다.

이 방식이 사용된 가사 작품도 '문답'의 방식처럼 주로 특정한 개별 작품 내에서 두 명 내지는 그 이상의 화자에 의해 언술이 진행된다. 그리고 그 언술은 화자들 각각의 뚜렷한 주장을 담고 있으며, 이것이 '언쟁'의 형태를 통해 진술된다. 이 점은 앞선 두 유형과는 변별되는 특성이다.

'문답'의 방식에 속하는 '상사가'와 '상사답가'류는 그 대화의 양상이 한번으로 정리된다. 반면에 〈송여승가〉 연작은 그 대화의 양상이 지속된다. '상사가'류는 미리 긍·부정으로 명확히 정해진 두 가지 선택 중 하나의 결론을 답가로 실현한다. 그러나 〈송여승가〉 연작은 팽팽하게 평행선을 고수하는 시적 화자들의 상반된 입장이 지속된다. 따라서 〈송여승가〉 연작은 '언쟁'의 유형이며, 작중 인물들의 서신 왕래를 통해 이후 전개될 내용과 결과에 대한 수용자의 궁금증을 해소하는 방식을 택하고 있다.

그런데 여기에서 중요한 점은 작가가 어느 한 편의 입장에서 일방적 진술을 이끌어가는 것이 아니라는 것이다. 작가는 가치중립적 입장을 견지한 채 작품이나 작중 인물의 성격에 개입하지 않고 있다. 즉 대화체 표현 기법 중 '언쟁'의 방식은 가치중립적 작가가 작중 등장인물을 통해 첨예한 문제에 대한 다양한 시각을 보여주고, 수용자 스스로 가치 판단을 내릴 수 있도록 배려하는 방식이다.

결국 '언쟁'의 방식은 당대 사회의 중요한 문제에 대해 상반되는 입장을 보여주고, 최종가치 판단은 각 수용자에게 맡기고자 하는 작가의 의도에서 비롯된 방식이라고 할 수 있다. 그리고 '언쟁'의 방식에 사용된 대화체는 당대의 첨예한 이슈를 수용자에게 보다 구체적으로 친근하게 전달하기 위한 기법이었다고 할 수 있다.

4) 신속한 내용 전개

가사는 원래 사실의 전달 보다는 개인의 정서를 율문으로 압축해서 표현하는 문학적 서정성에 그 뿌리를 두고 있다. 이러한 가사에 대화체가 사용되었다는 것은 작가가 텍스트를 통해 당면했던 실사의 내용을 충실하고 신속하게 재현하고자 했기 때문이다. 대화체를 통한 빠른 사건 전개는 수용자가 명확하게 그 사실을 인지할 수 있도록 하고, 그에 대한 판단을 내릴 수 있도록 기여한다.

특히 대화체 개화가사 작품들에 인용된 사건들에는 당대의 혼란했던 사회상과 과도기적 현상들이 망라되어 있으며, 이를 바라보는 작중 인물들의 고발적·비판적 태도를 확인할 수 있다. 환언하면, 대화체 개화가사들은 그 성격상 당대의 부조리한 현실이나 세태를 고발하는 '르포'적 기능을 견지하고 있다. 그리고 등장인물의 대화체로 빠르게 전개되는 고발을 통해 작품 수용층이 당시 사회의 민감한 사안들을 직시(直視)할 수 있도록 배려하는 역할을 한다.

조선 후기 삼정문란 등을 고발한 작품인 〈갑민가〉도 장황한 설명 없이 대화체로 내용을 신속하게 전개하고 있다. 이 작품은 당대의 빈번했던 관북지방의 민란 결과를 배경으로 발생한 유랑민의 참상을 작중 인물을 통해 언술하였다. 그리고 그 원인의 기저에 위정자의 부정부패 및 복합적 요소가 내재되어 있음을 밝혔다. 만약 다른 설명 방법으로 그 참상과 원인을 밝히려 했다면, 이 작품 역시 문예미는 반감되었을 것이다. 그러나 참상의 중심에 위치한 몰락 양반과 유랑민의 대화를 직접 보여줌으로써 문예미와 빠른 내용 전개를 동시에 실현하고 있다.

이와 같이 사회적 현상과 관련된 실사는 물론, 개인적 경험과 관련된 소규모의 실사도 대화체 가사를 통해 표현되었다. 예컨대, 당시의 관습이나 이성적 사고로는 용납되기 어려웠을 법한 '여승'과 '반가 자제' 간의 애정 문제를 진솔하게 다룬 〈송여승가〉가 여기에 속한다. 이 작품은 '남철'과 '옥선(玉禪)' 선사(禪師) 간의 서신 왕래 방식으로 대화가 성립하고 있다. 김팔남의 논의에 따른다면, 이 작품은 당대 보편적 정서상 선뜻 수용하기 힘들었던 사실에 입각하여 보다 많은 사람들에게 그 사연을 알리는 데 목적이 있었다. 그리고 이 작품의 존재 가치는 서신의 형식을 대화체로 승화하여 표현함으로써 실사의 신속한 전개를 가능케 하였다는 데서 찾을 수 있다.

마지막으로 규방가사 계열에 속하는 '사친가'류의 이본이 다수 존재한다는 점도 개인적 실제 경험의 언술이 유사한 처지에 있던 많은 사람들의 공감을 통해 발현된 것임을 입증한다. 이것은 앞서 정리한 작품들의 양상과 그 범주를 같이 한다. 결국 대화체 가사는 실사의 내용을 신속하게 전개하는 특성을 통해 동시대인들의 의사소통 창구로 기능했다고 할 수 있다.

2. 대화체 가사의 사회적 기능

1) 동시대 의사소통의 메커니즘(mechanism)

대화체는 당대의 중요한 사회적 문제를 깊이 인식하고 있던 작가가 대중들에게 그 문제의 심각성을 효과적으로 전달하기 위한 표현 수단이었다. 사회적 현실을 작품화하는 것은 문학의 본령 중 하나이다. 그리고 그 현실의 작품화는 여러 가지 방식으로 나타날 수 있다. 그 가운데 대화체는 작중 인물을 설정하여 작가가 드러나지 않으면서도 전달하려고 하는 요지는 신속하고 명확하게 전달할 수 있는 효과적 표현 방법이다. 이런 측면에서 가사 갈래에 사용된 대화체는 당대 '의사소통의 메커니즘'으로 기능했다고 할 수 있다. 이는 달리 표현하면, 가사 갈래에서 대화체는 지평의 확대가 필요한 당대의 이슈를 다수에게 보다 적실하게 전달하기 위한 수단으로 기능했다는 것이다. 그리고 그 지평의 확대에는 개인의 정서적 측면도 포함이 된다.

규방가사 계열에 속하는 〈사친가〉나 〈사향곡〉, 연정가사 계열에 포함되는 〈상사가〉 및 〈송여승가〉 연작은 엄밀한 의미에서 텍스트를 통해 개인의 정서를 담고 있다고 보는 편이 적당하다. 이들 작품에 담겨 있는 정서는 오히려 인간의 보편적 감정이나 인성의 측면과 연관된 그리움, 또는 남녀 간의 애정과 결부되어 있기 때문이다. 그런데 이처럼 인간의 보편적 감정이나 인성의 측면과 연관된 작품에 답가로서의 기능

을 수행하는 텍스트들이 존재한다는 사실에 주목할 필요가 있다. 그것
은 작가가 본가의 작중 인물에 자신의 경험을 투영하여 그 텍스트의 수
용자에게 보여줌으로써 공감을 불러일으킨 것이다. 또한 그 정서에 대
한 수용층의 반응을 촉발시키는 계기를 마련하고 있다. 그리고 그 반응
이 구체적으로 텍스트화되어 본가에 대한 답가의 형식으로 존재하는
것이다.

따라서 가사 갈래에 사용된 대화체는 〈고공가〉나 〈갑민가〉 그리고
개화가사 등에서 확인할 수 있는 당시대의 관심사뿐만 아니라, 개인의
정서적 측면과 관련해서도 동시대인들의 의사소통 매개체로 기능했다
고 할 수 있다. 그리고 이 점은 〈사친가〉나 〈상사가〉 등에서 확인한 바,
개인의 정서적 측면을 표출한 작품 중 본가에 대한 답가의 이본이 상당
수 존재한다는 사실에서도 재차 확인할 수 있다.

2) 도덕률의 효과적 전달 도구

대화체는 시대를 초월한 인간의 보편적 윤리 및 인성(人性)의 문제와
관련된 도덕적 내용 등을 효과적으로 전달하기 위한 수단이었다. 예컨
대, 규방가사 계열에 속하는 작품들에서 이를 확인할 수 있다. 향수와
효에 대한 성찰을 그 목적으로 하고 있는 〈붕우가〉 및 〈붕우사모답가〉,
〈사친가〉 및 〈답사친가〉, 〈사향곡〉 및 〈답샤향곡〉 등과 '상사가' 및 '상
사답가'류 작품이 그것이다.

사실 특정한 문학 텍스트를 통해 도덕적 교훈을 전달하는 양상은 그
간 서정 문학적 측면에서 가사의 성격 규정을 더욱 모호하게 만드는 계
기로 작용해왔다. 따라서 많은 문학 연구자들이 가사를 '교술'의 영역에
포함시키는 데 대한 이의 제기에 인색했던 것이다. 그런데 가사 갈래를
통해 표출된 교훈성은 비록 그 향유의 시기는 다를지라도 개화가사를

포함해 개화기에 등장한 문학 갈래들에서 어렵지 않게 찾아볼 수 있는 현상이다.

예컨대, 계몽을 목적으로 하는 교훈적 내용의 논설 등이 이 범주에 포함된다고 하겠다. 하지만 이러한 개화기의 문학 작품들에 대해서는 '교술'이라는 명칭을 사용하지 않고, 독자적 갈래 명칭을 사용한다. 개화기 이후의 문학 갈래들은 우리 고유의 문학 전통뿐만 아니라 외래의 새로운 문학 양식들을 수용하여 파생된 갈래들이기 때문이다. 바로 이와 같은 잣대로 우리 고유의 문학 갈래인 가사를 재단(裁斷)하기 때문에 가사가 '교술' 갈래일 수밖에 없는 모호한 상황이 발생한다.

가사 갈래에 사용된 대화체는 그저 인간이라면 보편적으로 누구나 지니고 있고, 가져야만 하는 도덕률의 당위성을 입증하고, 이를 효과적으로 전달하기 위해 선택적으로 사용되었던 발화 방식일 뿐이다. 그리고 이러한 교훈성의 수용 여부는 전적으로 수용층과 결부된 문제이지 대화체 가사의 창작을 담보했던 담당층의 작가 의식과 결부된 문제는 아니다. 따라서 가사를 통해 드러난 계도(啓導)적 메시지만을 추출해서 일정한 목적성을 전제로 교훈성을 전달하고 있기 때문에 '교술' 갈래에 포함시켜야 한다는 맹목적 견해는 지양되어야 한다.

3) 수용층 확대의 동인(動因)

대화체는 가사 갈래의 수용층이 보다 하향화될 수 있었던 원동력으로 작용했다. 가사는 서정성을 담보한 시가이다. 대화체 가사는 기존 작품에 흔하던 고답(高踏)적 태도를 지양한다. 대신 다수의 수용자가 생활 주변에서 흔히 접할 수 있는 작중 인물 간의 대화를 작품에 융합시킴으로써 가사 갈래의 수용층을 보다 하향화시킬 수 있었다.

이는 〈농가〉와 〈답농가〉를 통해 잘 드러난다. 이들 작품은 제재는

'농사'이다. 또한 그 수용층을 다수의 청자로 미리 설정하였다. 따라서 전고를 주로 사용했던 종래의 도식적 어투의 가사가 보다 일상생활과 밀접해짐으로써 하향화되었다. 여기에 대화체가 조력하고 있다. 아울러 이들 작품에서 구현된 논의의 중심에는 위정자가 아닌 백성이 자리 잡고 있다는 사실도 간과할 수 없다.

물론 〈관동별곡〉이나 〈몽중로쇼문답가〉 등의 작품에는 비현실적 인물이라고 할 수 있는 '신선'이나 '도사'가 등장하기도 한다. 그런데 이들 작품에서 확인할 수 있는 작중 인물은 작가의 의도에 의해 창작된 인물이다. 이들은 작품 내의 배경인 몽환(夢幻)적 분위기를 재현하는 데 일조하는 인물 유형일 따름이다. 이외 대부분의 대화체 가사 작품들에 구현된 인물들은 그리움과 애정에 목마른 여성이나 남성, 농부, 승려 등 일상생활에서 누구나 한번쯤 마주쳤음직한 평범한 인물들이다. 텍스트에 구현된 작중 인물들이 이렇듯 평범하다는 사실은 해당 텍스트의 창작 담당층 역시 당시의 일반적 계층이었다는 점을 반증하는 것이다. 한편 그 텍스트를 수용했던 수용층 역시 그 범주와 궤를 같이 했었다는 사실을 반영한다고 할 수 있다. 그리고 그 작중 인물이나 시적 화자들 간의 대화 방식과 내용을 작품에 가감(加減) 없이 반영함으로써 실제성을 확보하고, 보다 많은 수용자의 공감과 반향(反響)을 얻음으로써 수용층의 하향화에 일조했다고 평가할 수 있다.

4) 극적 특성을 활용한 사회성 반영

가사의 대화체는 '대화체'적 표현 기법의 관습 아래, 작가가 의도적으로 둘 이상의 작중 화자를 등장시키고, 경우에 따라서는 이들을 대립시킨다. 따라서 '자아와 세계의 관계 양상'에서 볼 때, 희곡과 마찬가지로 "자아와 세계의 대결만으로 되어 있는" 양상을 보인다. 즉 대화체 가사의 작가는 철저하게 전면에 드러나지 않고, 대리 화자만을 내세워 대립과 갈등을 통해 사건을 전개시킨다. 심지어 작가는 그 시비(是非)의 판단을 유보한 채, 독자의 판단에 이를 맡기는 태도를 지향하고 있다. 이는 대화체 가사가 인물간의 대화체를 통해 극적 특성을 구현하고 있는 예라고 할 수 있다.

이러한 사실을 입증할 수 있는 또 다른 흥미로운 특성이 있다. 대화체 가사 중 '텍스트 간 대화의 방식'에 해당하는 본가 가운데에는 답가와 무관하게 본가 작품 내에서도 대화체가 사용되는 작품이 존재한다. 그리고 이것은 〈만언스〉와 〈사친가〉 등에서 확인할 수 있다.

〈만언스〉에서는 시적 화자가 유배지에서 거처를 장만하는 장면과 걸식을 하는 장면에서 집주인으로 설정된 등장인물과 나누는 대화를 그 예로 제시할 수 있다. 집주인의 발화는 당시 양반 계층의 위선과 허위에 대한 민중의 고발이며, 사회적 폭로이다. 또한 〈사친가〉에서는 시적 화자가 유년 시절의 어느 날 병이 났을 때, 모친께 보살핌을 받으면서 함께 나눈 대화를 인용한 부분을 들 수 있다. 이는 '자애'라는 사회적 통념을 작품화함으로써 이 작품을 접하는 수용자의 공감을 충분히 불러일으킬 수 있다.

결국 이 사실들은 답가와 상관없이 본가에 다른 화자를 작중 인물로 직접 등장시켜 상황을 보여주는 설명 방식이다. 이는 현장감을 살리고, 직면한 사회적 상황을 보다 신속하게 구체적으로 극화(劇化)시키려는 작가의 의도로 파악할 수 있다.

극적 양식의 내용 전개에서 작중 인물과 대화가 차지하는 비중이 매우 큼은 주지의 사실이다. 작중 인물의 등장과 그 인물이 수용자에게 던지는 대사만으로도 작가를 포함한 제삼자의 별다른 상황 설명 없이 사건과 내용이 무리 없이 전개된다. 이를 통해 작가의 의도와 메시지가 수용자에게 충분히 전달됨은 물론이다. 이례(異例)적으로 대화체 가사도 이와 같은 극적 특성을 활용하여 사회성의 반영이라는 효과를 거두고 있다.

대화체는 서정적 율격 구조 형식을 지닌 가사 갈래가 특정 줄거리를 지닌 서사적 내용을 전달함에 있어 최적의 표현 기법이다. 작중 인물내지는 시적 화자 간의 대화체를 사용함으로써 그 일반적 구조를 완성한다. 특히 〈여자가〉에서 이와 같은 사실을 명확하게 확인할 수 있다.

〈여자가〉는 당시 변화된 사회적 관념을 내재한 '여자의 긍정적 일생'이라는 비교적 장대(長大)한 서사적 내용을 수용자에게 전달하고 있다. 여기에 대화체적 기법을 사용함으로써 별다른 설명 방법 없이 공감할 수 있는 내용을 신속하게 수용자에게 전달하고 있다. 이것은 표현 기법으로서의 대화체를 작품 내에 무리 없이 융화시키기 위해서는 작가 의식을 대변(代辯)할 수 있는 작중 인물의 설정이 반드시 필요함을 입증하는 것이다. 아울러 〈여자가〉의 답가인 〈여즈답가〉의 존재도 본가의 작중 인물에 대한 반동적 시적 화자의 언술을 통해 텍스트 간 대화를 전개하는 것이다. 이 또한 대화체 가사에서 작중 인물이나 시적 화자의 설정이 얼마나 큰 비중을 차지하는 것인지를 확실하게 보여주는 사례라고 할 수 있다.

제5장

대화체 가사의 문학사적 의의

1. 대화체 가사의 형성과 전개

대화체 가사에 속하는 작품은 시기적으로 조선 전기보다는 후기에 편중되어 있다. 송강의 〈관동별곡〉과 〈속미인곡〉을 제외하면 대부분 임진왜란 이후의 작품들이라는 점이 이를 입증한다. 그리고 그것들은 작가 의식의 표출 지향점에 따라 각각 '개인적 문제'와 '사회적 문제'에 속하는 작품군으로 대별할 수 있다.

'개인적 문제'에는 주로 사적인 경험을 바탕으로 한 '여탄(女嘆)'과 '연정'의 문제 등이 포함되고, '사회적 문제'에는 왜곡된 세태에 대한 '고발'과 '비판'을 담고 있는 작품들이 포함된다. 그리고 그 사이에는 개인과 사회적 문제에 모두 해당되는 '도덕률'의 문제를 다룬 대화체 가사 작품들이 존재한다. 물론 이들 작품군은 어느 특정 시기를 중심으로 명멸하지는 않았다. 이들은 조선 후기에 걸쳐 고르게 분포하고 있으며, 대화체의 유형적 측면에서 살펴보았을 때에는 다음과 같은 사적 전개의 양상을 확인할 수 있다.

대화체 가사의 형성 정점에는 '송강가사'가 자리 잡고 있다. '송강가사'의 문학적 위상은 다시금 강조할 필요도 없다. 그 가운데 조선 전기 가사의 백미라고 할 수 있는 〈관동별곡〉과 〈속미인곡〉은 각각 '화답'과 '언쟁' 방식 대화체 가사의 시발점이라고 할 수 있다. 그런데 〈속미인곡〉은 '언쟁' 방식을 드러내고는 있지만, 개인적 문제를 사회적 문제로 환치시키지 못했다는 한계를 지니고 있다. 즉 〈속미인곡〉에 표출된 '연군'의 문제는 철저하게 개인의 문제일 뿐 사회적 다수의 공감을 불러일으키는 데는 미흡하다. 그리고 이처럼 불완전한 방식의 언쟁이기 때문에 '화답'이나 '문답'적 요소를 동시에 내포하고 있는 미분화된 상태라고 할 수 있다. 그리고 이러한 미분화적 상황은 임란 이후 가사 작품들에서 구체적으로 분화된다.

결국 '송강가사'는 전기가사를 대표하는 사대부 가사에 그 뿌리를 두고 있다. 하지만 그 작품에 사용된 대화체 표현 기법을 전제로 할 때, 서민가사로 대표되는 후기 가사로 이행할 수 있는 전기를 마련했으며, 그만큼 가사 담당층의 확장에 기여했다고 볼 수 있다.

후기 가사 중 '화답'의 전통은 〈고공가〉와 〈고공답가〉, 〈만언스〉와 〈만언스답〉을 통해 구체화된다. 특히 〈고공가〉와 〈고공답가〉는 '송강가사'처럼 개인적 문제에 치중하던 대화체의 전통을 보다 적극적인 사회적 문제로 확장시킨 계기가 된 작품이라고 할 수 있다. 이후, 대화체가 가사 갈래에 활발하게 사용되면서 대화체 작품군은 작가 의식의 표출 지향점에 따라 개인적 문제와 사회적 문제를 다룬 작품군으로 극명하게 분화된다.

〈만언스〉와 〈만언스답〉은 유배 가사에 속하기 때문에 흔히 개인적 문제를 다룬 작품으로 치부할 수 있다. 그러나 〈만언스〉에서 시적 화자가 작중 인물인 유배지 집주인과 나누는 대화에는 그동안 무위도식을 일삼던 위정자 계층에 대한 비판적 내용이 담겨 있다. 따라서 이 작품은 작가 의식의 지평을 사회적 문제로 확대했음을 확인할 수 있다. 물론 규방가사 중 〈붕우가〉와 〈붕우ᄉ모답가〉, 〈사친가〉와 〈답사친가〉, 〈사향곡〉과 〈답샤향곡〉 등과 같이 '향수'와 '그리움'의 정서를 토로하여 개인적 문제에 치중한 계열도 그 명맥은 유지한다.

개화가사 중 '화답'의 방식을 사용한 작품들은 〈삼인답가〉, 〈병문친고육두풍월〉, 〈충혼소한〉, 〈세사우탄〉, 〈완고자탄〉, 〈권농가〉와 〈권농답가〉, 〈농화농가〉, 〈순검총원〉을 들 수 있다. 이 가운데 〈권농가〉와 〈권농답가〉, 〈농화농가〉는 '농부가'의 전통을 계승하면서 당시 정부나 위정자를 찬양하는 태도를 보인다. 이외의 작품들은 대부분 계몽과 세태 비판 및 국권 상실로 인한 비관적 신세 한탄에 그 초점이 맞추어져 있다.

『대한매일신보』 소재 작품들을 중심으로 살펴볼 때, '화답'의 방식은 1905년부터 1908년에 발표된 개화가사 작품들에 주로 사용되었다. 이 사실은 대화체의 전통이 초기 개화가사에서는 '화답'의 방식으로 계승되었음을 보여준다. 또한 계몽과 과도기적 혼란상의 제시에 관심이 집중되었던 당시에는 여러 등장인물의 윤회식 언술을 통해 상황을 전달하는 '화답'의 방식이 적절했음을 반증한다.

'문답'의 전통은 일정한 관습적 영향 하에 주로 '도덕가사' 계열로 계승된다. 〈목동가〉와 〈목동답가〉, 〈초당문답〉 등과 같이 도덕률의 문제에 기반한 작품들이 여기에 속한다. 이들은 모두 임진왜란 이후에 붕괴된 도덕률의 문제를 다루면서 작중 인물 간의 '문답'을 통해 내용을 전개하고 있다. 이것은 '화답'의 전통 하에 작가 의식을 극명하게 드러내기 위해 '문자(問者)'와 '답자(答者)'라는 작중 인물을 설정한 것으로 그 비중은 일반적으로 '답자'에 놓인다. 그리고 이러한 도덕가사의 전통은 후에 종교와 결부되어 도덕적 삶의 근원은 동학에 있음을 설파하려는 뚜렷한 목적의식을 지닌 〈몽중로쇼문답가〉와 같은 '종교가사' 계열로 이어진다.

    '문답'의 방식은 개화가사에 이르면, 개인적 문제는 거의 사라지고 사회적 문제만 남아 있는 〈농담야설〉, 〈등산문불〉, 〈설창기어〉, 〈춘성유람〉, 〈시사문답〉, 〈시담일총〉 등 사회적 현상에 대한 비판과 관련된 작품들에서 확인할 수 있다. '문답'의 방식을 사용한 대화체 개화가사는 주로 1908년부터 1909년 사이에 발표되었다. 이 점은 초기 개화가사에서 확인할 수 있었던 '화답'의 방식이 사회 비판성이 강화되면서 '화답'과 '언쟁'의 과도기적 방식인 '문답'으로 발전되었음을 보여준다.

    '문답'의 전통을 확인할 수 있는 또 다른 계열로 '연정가사'에 속하는 '상사가' 및 '상사답가'류를 들 수 있다. 본가에 해당하는 '상사가'류는 개인의 정서를 표출한 작품이지만, 애정의 문제에 시적 화자의 절박함이 결부되어 있는 만큼 답가에서 이에 대한 긍·부정의 입장이 비교적 명확하게 드러날 수 있는 작품이다. 따라서 이것은 '화답'이라기 보다는 시적 화자가 '문가(問歌)' 방식의 본가에 대한 답가를 통해 상대방의 의견을 타진하는 것이라고 할 수 있다. 물론 이 경우에도 대화의 비중은 답가에 놓인다.

    '언쟁'의 전통은 〈갑민가〉를 통해 계승된다. 더 이상 좌시(坐視)할 수 없는 뒤틀린 세태에 대한 현실 고발적 성격이 강한 이 작품은 등장인물의 역할 분담이 명확하고, 상반되는 입장의 첨예한 대립을 보여준다는 점에서 언쟁식 개화가사에 영향을 주었다고 할 수 있다.

    '언쟁'식 개화가사는 〈기국여운〉, 〈여항기문〉, 〈병문수작〉, 〈석상문답〉, 〈여담일속〉, 〈월하문답〉이 있다. 이들 작품은 세태 비판 이외에 보수와 개혁의 갈등을 비롯한 첨예한 사회적 대립을 내포하고 있으며, 주로 1909년에 발표되었다. 이는 한일합방을 앞두고 있던 때이자 『대한매일신보』의 폐간까지 얼마 남지 않은 시기였다. 이와 같은 사회적 혼란기에 '언쟁'의 방식이 개화가사에 두드러진다는 사실은 대화체의 극적 특성을 활용한 가사가 사회적 상황에 따라 등장인물 간 대화 방식을 변경할 수 있음을 보여준다. 또한 개화가사만 놓고 본다면, 대화체 가사의 표현 방식이 '화답'의 방식에서 '문답'의 방식을 거쳐 '언쟁'의 방식으로 변화하면서 발전했음을 보여준다.

아울러 '언쟁'의 전통은 연정가사 중 〈송여승가〉 연작에서도 찾아볼 수 있다. 〈송여승가〉 연작은 사실 애정과 관련된 개인적 문제를 다루고 있다. 그러나 '남철'과 '옥선선사' 간의 사랑은 당시의 사회적 통념으로 인정될 수 없었던 것이니만큼 충분히 세간의 이목을 집중시켰을 것이다. 그리고 이러한 점은 다수의 이본 및 합본적 성격의 〈승가타령〉을 통해서도 확인할 수 있다. 따라서 〈송여승가〉 연작은 개인적 문제가 경우에 따라서는 수용층에 의해 충분히 사회적 문제로 확장될 수 있음을 보여주는 작품이라고 할 수 있다.

또한 '언쟁'의 전통은 '규방가사'에서도 확인할 수 있다. 〈셩회가〉와 〈셩회답가〉, 〈여자가〉와 〈여ᄌ답가〉, 〈희도샤〉와 〈답희도사〉가 바로 그것이다. 이들 작품은 규방가사 계열에 속하지만, '여탄'의 정조가 주를 이루지 않는다. 여성의 지위나 역할과 관련하여 여성 대 남성, 혹은 여성 대 남성 중심주의적 견해를 지닌 작중 인물과의 '언쟁'을 통하여 기존의 성 가치관을 타파하려는 태도를 확인할 수 있다. 즉 여성의 정체성에 대한 고정관념을 깨려는 입장과 보수적 입장이 충돌함으로써 사회적 이슈가 되는 동시에 수용층으로 하여금 공감을 획득할 수 있는 여지를 마련한다.

2. 대화체 가사의 문학사적 의미

가사는 전기 가사에서 후기 가사로 이행하면서 가창이 가능한 정격(定格) 가사의 형식에서 음영 위주로 독서물화되는 경향을 보인다. 이는 후기 가사 중에 율격이 파괴되고, 장편화된 작품들이 많이 출현한다는 사실에서도 확인할 수 있다. 그렇다면 그 원인은 어디에서 찾을 수 있을 것인가. 그것은 가사 수용층의 범위가 확대되면서 나타난 현상이라고 할 수 있다. 즉 사대부로 대표되는 전기 가사의 담당층이 후기 가사로 가면서 신분적으로 하향 평준화된 데서 그 원인을 찾을 수 있다. 따라서 전기 가사의 내용은 관습적 전고의 나열 등을 통해 개인의 감정을 토로하는 데 주안점을 두고 보다 많은 대중과 괴리되어 있었다. 그러나 후기 가사는 그 당대의 사회적 현실이나 담론을 담아낼 수 있는 도구로 기능할 수 있었기에 보다 많은 사람들에게 회자(膾炙)될 수 있었던 것이라 할 수 있다. 그리고 그 일단에 특정 사안에 대한 다양한 생각들을 효과적으로 담아낼 수 있었던 대화체 가사 작품들이 자리하고 있다.

비단 대화체 가사가 후기 가사에만 속한다고 단정 지을 수는 없다. 굳이 시기를 나누어 작품을 대입하자면, 〈관동별곡〉이나 〈속미인곡〉과 같이 전기 쪽에 가까운 작품들도 존재하며, 후기 쪽에서도 복고(復古)를 지향하는 경향을 확인할 수 있기 때문이다. 그런데 그 작품이 얼마나 현장감을 담고 있으며, 보다 많은 대중들에게 공감을 불러일으킬 수 있을 만큼 혁신적인가라는 문제에 직면할 때, 당연히 대화체 가사는 후기 쪽에 편향될 수 있는 것이다. 이는 조선 후기 가사의 소재가 다양화되면서 이를 적실하게 담아낼 수 있는 다양한 문체의 개발이 이루어졌음을 보여주기도 한다.

결국 대화체 가사는 문학사적으로 가사 갈래가 대화체를 통해 현장성을 확보함으로써 보다 많은 수용자들에게 현실적 공감을 불러일으키고 향유될 수 있었던 근거로 작용했음을 입증한다. 이는 서두에서도 밝혔듯이 가사의 향유가 부르고 듣는 방식 위주로부터 점차 보고 즐기는 방식 위주로 이행하면서 파생된 효과로 볼 수 있다. 즉 가사 갈래가 개인적 정서의 표출이라는 서정적 소극성을 탈피하고, 보다 많은 사람들의 공감을 불러일으킬 수 있었던 적극성의 계기를 대화체 가사에서 엿볼 수 있다는 의미이다. 또한 가사에 대화체가 사용되었다는 사실은 가사의 향유가 보편화되면서 그 창작층이 보다 쉽고 확실한 방법으로 주제를 형상화함으로써 수용층을 확대하려고 했던 시도로 파악할 수 있다.

따라서 대화체 가사는 시가인 가사가 후기로 가면서 작가의 분신(分身)이라고 할 수 있는 작중 화자 간의 대화라는 표현 기법을 통해 새롭게 극적 성격을 획득하는 방향으로 이행했음을 확인할 수 있는 좋은 예라고 할 수 있다.

사실 가사의 특성 가운데 간과할 수 없는 점이 '서사성'이다. 대화체 가사 역시 그 서사성을 내포하고 있다. 하지만 서사성이 두드러진 가사 작품들에서 그 특성은 시적 화자가 전달하는 줄거리에 초점이 맞추어져 있다. 즉 청자의 입장에서 볼 때, 시적 화자의 존재 자체 보다는 시적 화자가 들려주는 이야기가 주된 관심사로 작용할 수밖에 없다. 그러나 대화체 가사는 시적 화자들이 경우에 따라서는 각각의 텍스트를 통해 이야기를 한다는 사실 자체에 초점이 맞추어져 있다. 다시 말하면, 대화체 가사는 작품 속에 담겨진 이야기 자체 보다는 이야기를 하는 시적 화자의 행위에 역량이 집중되어 있다. 따라서 대화체 가사를 접한 청자들은 작품과 괴리되는 것이 아니라, 자신의 경험에 비추어 그 이야기의 시적 화자와 자신을 동일시하기에 이르고, 그 이야기를 보다 쉽게 전달 받을 수 있다. 여기에서 바로 대화체 가사의 문학사적 의미를 발견할 수 있다. 즉 대리 화자를 내세워 삶의 궤적을 그림으로써 전달하고자 하는 이야기를 보다 쉽게 전달하는 대화체 가사의 극적 특성을 확인할 수 있다.

아울러 대화체 가사는 그 화법에 있어서도 작품 내에 반영된 상황에 따라서 대화 상대자를 염두에 둔 직접 대화체를 사용하거나 또는 일방적 대화 방식을 사용하고 있다. 이 점은 문학사의 구도에 포함되는 특정 갈래 내부에서 대화의 기법이 얼마나 다채롭게 활용되는가를 직접 확인케 한다는 의의를 지니고 있다.

가사는 어디까지나 운문적 형식에 산문적 내용을 담고 있는 독특한 문학 갈래이다. 대화체 가사는 이러한 가사의 기본적 특성 하에 '대화체'를 표현 기법으로 수용하여 현장감의 극대화를 꾀하고, 수용자에게 실사를 가감 없이 신속하게 전달할 수 있는 배경을 조성한 것이다. 문학사적으로 실사의 충실한 반영은 '실기'류가 담보하고 있는 역할이다. 하지만 표기 수단이나 향유의 양상을 감안할 때, 민중과 보다 가까운 위치를 점하고 있던 가사 갈래가 그 역할을 대신함으로써 문학 담당층의 지평을 보다 확장시켰다고 할 수 있다. 또한 그 층위를 하향화시키는 데 일조했다는 평가도 간과할 수 없다.

이 점은 외래 문학의 경향을 더욱 본격적으로 받아들이기 시작했던 개화기까지 지속되었다. 그리고 현실 고발적 성격과 사회 비판적 기능을 적극적으로 담아냈던 대화체 개화가사 작품들을 통해 계승·표출되었다. 그러나 한편으로는 이를 기점으로 대화체 가사를 포함한 가사 갈래는 문학사에서 점점 쇠퇴의 길로 접어들게 되었다. 개인적 정서를 효과적으로 담아낼 수 있는 서구적 서정시가 출현했을 뿐만 아니라, 가사가 담보하고 있던 그 이외의 내용들을 보다 적절하게 표현할 수 있는 갈래들이 이식되었기 때문이다.

그리고 개인적 정서까지도 대화체적 표현 기법으로 압축해서 공동체의 문제로 확대시킬 수 있었던 가사의 장점이 역설적이게도 가사 갈래의 한계로 작용하였다. 즉 더 이상 가사의 압축된 형식만으로는 담아낼 수 없는 복잡다단한 문제들을, 예컨대 연설문이나 논설 등을 비롯한 갈래들이 잠식하면서 가사에 사용된 대화체는 점차 소멸해 갔으며, 그와 궤를 같이해서 가사 갈래도 쇠퇴의 일로를 걷게 되었다고 할 수 있다.

제6장
결언

　본 논문은 대화체 가사의 의미와 특성을 규명하는 데 목적이 있었다. '대화체'는 가사 갈래 중 대화의 언술 방식이 사용된 작품군을 일컫는 '류' 개념이다. 한편으로는 가사에 사용된 표현 기법을 지칭하는 하위의 '형' 개념이기도 하다. 그간 가사의 시적 원리를 찾기 위해 화자론적 측면에서 가사의 담론 방식을 연구한 성과들이 있었다. 이들 연구가 화자의 존재 양상에만 주목했던 제한적 연구 성과였다면, 본 연구는 '대화체'를 사용한 가사 작품 전반을 살펴보는 새로운 시도라는 의의를 지니고 있다.

　본 논문의 구체적 목적은 대화체의 문학적 의미를 규명하기 위해 대화체 가사 작품을 유형화하고 분석하는 데 있다. 이를 통해 지금까지 자세하게 논의되지 않았던 가사의 극적 특성이 노출되는 경로를 고찰하는 것이다. 본 논문에서는 이러한 일련의 유형화 체계 기준을 텍스트 구조상의 유형과 대화 방식에 따른 유형으로 나누어 적용했다.

　제2장에서는 먼저, 가사의 장르적 성격과 관련된 논의들을 정리하였

다. 그리고 가사의 장르 혼합적 성격과 그 가운데 극적 특성에 대한 규명이 필요한 이유를 설명하였다. 가사는 운문적 형식에 산문적 내용을 담고 있다. 즉 서정·서사·극·교술적 성격이 혼합되어 갈래적 개방성을 지녔다. 극 양식의 대표적 갈래인 희곡에서 대화는 극적 재현 방식이다. 그리고 가사는 대화적 언술을 통해 체험 상황의 재현이 반영된 글쓰기를 모색한다. 그리고 대화체 가사의 본령 역시 현실 상황의 구체적 재현에 있다.

다음으로 대화체의 문학적 의미를 살펴보았다. 서구 극 양식에서 대화는 언어 교환이면서 의사소통 방식이다. 그리고 동양에서 대화적 표현 기법은 운문과 산문의 중간 형태인 '부'에 그 기원을 두고 있다. 그리고 대화체의 의미를 인접 갈래인 속요 및 시조와의 비교를 통해 확인했다. 그 결과 문학적 대화체는 극적 재현을 통해 현장감을 획득할 수 있는 표현기법으로 광범위한 수용 분포를 갖는다고 보았다. 아울러 수용자의 가치판단을 돕는 기능을 수행하며, 장황한 설명 없이 신속한 사건 전개가 가능하다.

제3장에서는 대화체 가사를 유형화하고 분석했다. "텍스트 구조상의 유형"은 '텍스트 간 대화의 방식'과 '개별 텍스트 내부 대화의 방식'과 '혼합적 대화의 방식'으로 나누었다.

'텍스트 간 대화의 방식'에는 주로 '화답'적 성격의 작품들이 포함된다. 그리고 규방가사 계열에 속하는 작품들이 많다. 이것은 규방가사 담당층이 비교적 창작에 연속적으로 투여할 수 있는 시간적 여유가 충분하며, 어떤 문제에 대한 대립되는 입장을 남녀의 입을 빌어 표현하기가 용이하다는 데서 기인한다고 보았다.

'개별 텍스트 내부 대화의 방식'은 '문답'이나 '언쟁'에 해당하는 방식의 작품이 대다수이다. 특히 개화가사 작품에서 쉽게 찾아볼 수 있다. 이는 사회 고발을 포함한 비판적 성격이 강한 개화가사의 존재 당위성과 결부하여 이해할 수 있다. 즉 개인적 정서를 표현한다거나 비교적 사회적 갈등 발생의 소지가 적은 '화답'식 대화체 양상은 '텍스트 간 대화의 방식'을 통해 구현된다. 반면에 개인의 상황에 따라 의견이 나뉠 수 있는 사안이나 당대의 첨예한 사회적 문제를 담보한 '문답'식이나 '언쟁'식 대화체 양상은 '개별 텍스트 내부 대화의 방식'을 통해 구체화된다.

'혼합적 대화의 방식'은 텍스트 간에 대화가 성립하면서 개별 텍스트 내부에서도 대화가 이루어지는 방식이다. 이 방식은 주로 전기적 내용을 지닌 작품의 본가에 사용되었다. 즉 이 방식은 서사적 내용을 전달하기 위해 율격을 지닌 서정적 형식에 표현 기법으로 작중 인물이나 시적 화자 간의 대화체를 사용한다.

"대화 방식에 따른 유형"은 '화답'과 '문답'과 '언쟁'의 방식으로 분류했다. '화답'의 방식은 주로 개인과 관련된 문제를 다루고 있으며, 개별 텍스트 간 본가와 답가의 형식으로 주제의식이 전달된다. 여기에는 규방가사 계열의 작품들이 많다. '문답'의 방식은 세태 비판이나 종교, 연정 등 사회 공동체의 문제를 토로하는 데 적합한 방식이다. 또 작중 인물을 통해 작품 내부의 극적 상황을 적절하게 구현하고 있다. '언쟁'의 방식은 개인의 문제는 물론 사회 공동체의 문제를 제기하는 데 적합한 방식이다. 작중 인물에게서는 뚜렷한 주관성이 엿보이며, 작가는 시종일관 가치중립적 태도를 지향한다.

제4장에서는 대화체 가사의 특성과 사회적 기능을 고찰하였다. 대화체 가사의 특성은 실사(實事)의 반영과 현장성의 극대화, 다수의 수용자 지향성, 화법의 다양성, 신속한 내용 전개에서 찾았다. 그리고 대화체 가사의 사회적 기능은 동시대 의사소통의 메커니즘이자 도덕률의 효과적 전달 도구로 보았으며, 대화체 가사에는 극적 특성을 반영한 사회성이 반영되어 있기 때문에 이것이 당대 수용층 확대의 동인으로 작용했다고 파악했다.

일반적으로 대화체가 가사의 발화 방식으로 사용된 의미는 다음과 같이 요약할 수 있다. 우선 대화체를 사용함으로써 현장성을 확보할 수 있다. 그리고 이 점은 많은 수용자들에게 현실적 공감을 불러일으키고 항유될 수 있었던 근거이다. 아울러 이는 가사의 향유가 부르고 듣는 방식 위주에서 점차 보는 방식으로 이행하면서 파생된 효과로 파악할 수 있다.

대화체의 사용은 수용층을 확대코자 했던 시도로 파악할 수 있다. 이는 가사의 항유가 보편화되면서 그 수용층이 보다 확실하고 쉬운 대화의 방법으로 주제를 형상화함으로써 가능했다고 보았다. 결국 대화체 가사에서는 시가 갈래인 가사가 후기로 가면서 작중 화자 간의 대화를 통해 새롭게 극적 성격을 획득하는 방향으로 이행했음을 확인할 수 있다.

대화체를 사용함으로써 내용 전달의 명료성을 획득할 수 있다. 대화체 가사는 '문자(問者)'와 '답자(答者)', 또는 대립적 화자들을 등장시켜 독자로 하여금 어떤 문제에 대한 의견의 가능성을 체험케 한다. 나아가 수용자로 하여금 자신에게 적합한 가치판단의 기준을 보다 쉽게 설정할 수 있도록 한다.

제5장에서는 대화체 가사의 형성과 전개 및 문학사적 의의를 살펴보았다. 대화체 가사의 형성과 전개에 있어서 송강가사를 대화체 가사의 시발점이라고 보았다. 〈관동별곡〉의 '화답'적 전통은 후기 가사의 '농가' 계열로 계승된다. '문답'과 '언쟁'적 특성이 미분화된 〈속미인곡〉 중 '문답'적 특성은 도덕률의 문제에 기반한 '목동가' 계열로 계승된다. 그리고 '언쟁'적 특성은 세태 비판적 〈갑민가〉와 〈송여승가〉를 거쳐 개화가사에까지 이어진다고 보았다. 개화가사는 화답에서 문답을 거쳐 언쟁의 방식으로 발전하는 양상을 보인다. 이는 사회적 현상의 변화에 따라 대화체 가사의 표현 방식도 변화하는 것으로 파악했다.

가사가 창작되기 시작한 시점에서는 이것이 가창 내지 음영 위주의 시가 갈래로 향유되었을 것이다. 그러나 후대로 내려오면서 '대화체'적 표현 기법을 통해 보다 극적인 성격을 드러냄으로써 갈래적 성격의 변화가 발생한다. 그리고 이것은 가사가 담당하는 사회적 기능의 영역도 점차 확대되었음을 의미한다. 환언하면, 가사가 시가 갈래로서 애초에 담보하고 있던 개인의 정서 표현이라는 서정의 차원이 극적 구성을 통한 현실 참여적 문학 도구로서 그 기능의 지평이 넓어진 것이다.

이러한 사실은 이른바 개화가사들에 첨예하게 드러나고 있는데 예를 들면, 개화기 언론지 등에 실린 가사 작품들이 '계몽'이나 '우국'의 사회 문제를 다루면서 대화체를 사용하고 있다는 사실 등에서 확인할 수 있다. 개화기 시가에는 가사뿐만 아니라 시조·민요·한시 등 다양한 갈래의 변용체가 수용되었음을 확인할 수 있다. 이 사실은 당시 시가 수용층에게 그 형식적 구비 요건에 의한 갈래 규정은 그리 중요한 문제가 아니었음을 보여주는 현상이라고 할 수 있다. 즉 그 작품이 담고 있는 '계몽'이나 '우국'의 문제가 중요한 것이지 그 작품이 어떤 갈래에 속하는가라는 점은 이미 중요한 문제가 아니다. 그만큼 수용층의 갈래 규정 의식이 희박했다고 할 수 있다. 따라서 이 점은 가사가 개화기 이후 급격하게 퇴조한 사실과 연관지어 볼 때 유용한 시사점을 던져준다. 즉 당시 수용층의 갈래에 대한 의식이 희박했고, 가사가 담당하던 시가로서의 기능을 대신할 수 있는 외래 양식과 변용·신생 양식의 등장으로 종래에 가사가 지녔던 역할이 점차 축소되었다고 볼 수 있다.

본 논문은 특정 작품 자료에 기반한 연구 성과이다. 따라서 본 논문에서 미처 언급하지 못하고 누락됐을 수 있는 여타 대화체 가사 작품에 대한 연구는 분명 차후의 연구 과제이다. 아울러 이른바 근대적 문예 양식과의 연관성에 대한 정치한 고찰도 차후의 연구 과제로 남긴다.

1. 자료

강한영 교주, 『신재효 판소리사설집』(전), 민중서관, 1971.

김근수 편, 『한국개화기시가집』, 태학사, 1991.

김기동 외, 『정선 한국고전문학전집』 3, 양우당, 1981.

김대희, 『이십세기 조선론』, 중앙서관, 1907.

단국대율곡기념도서관소장본 『한국가사자료집성』 2 · 3 · 4 · 12, 태학사, 1998.

성균관대 대동문화연구원, 『송강전집』, 1964.

성대중, 『청성잡기』, 고려대 도서관 소장본.

송정 김혁제 교열, 원본집주 『詩傳』(전), 명문당, 1994(중판).

심재완 편, 『(교본)역대시조전서』, 세종문화사, 1972.

안국선, 〈부즈런홀 일〉, 『가뎡잡지』 제4호, 가뎡잡지사, 1906. 9.

______, 〈풍년불여흉년론〉, 『야뢰』 제1권 제4호, 야뢰보관, 1907. 5.

______, 『연설법방』, 탑인사, 1907.

윤덕진, 『가사읽기』, 태학사, 1999.

이상보 편저, 『한국가사선집』, 집문당, 1981(재판).

임기중 편, 『역대가사문학전집』 제1권~제50권, 아세아문화사, 1998.

정렬모 편주, 『가사선집』, 조선문학예술총동맹출판사, 1964.

중앙기독교청년회, 『청년』 7 · 8월 하기증대호(제1권 5호), 청년잡지사, 1921.

『해동가곡』, 서울대 도서관 가람문고 소장본.

2. 사전류

연세대 언어정보개발연구원 편, 『연세 한국어사전』, 두산 동아, 1998.

이만열, 『한국사연표』, 역민사, 1991.

최상수, 『국문학사전』, 동성문화사, 1955.

한국정신문화연구원, 『한국민족문화대백과사전』, 한국정신문화연구원, 1991.

3. 연구 논저

강전섭, 「〈관동별곡〉의 원전 모색」, 『동방학지』 제42집, 연세대 국학연구원, 1984. 6.

고순희, 「〈갑민가〉의 작가의식―대화체와 생애수용의 의미를 중심으로」, 『이화어문논집』 제
        10집, 이화여대 한국어문학연구소, 1989.

______, 「19세기 현실비판가사 연구」, 이화여대 박사논문, 1990.

권두환, 「송강의 「훈민가」에 대하여」, 『진단학보』 제42호, 진단학회, 1976. 8.

______, 「목소리 낮추어 노래하기―송강 정철의 〈훈민가〉」, 『한국고전시가작품론』 2, 집문당, 1992.

권정은, 「여성화자 가사에 나타난 여성상 연구」, 서울대 석사논문, 2000.

김광조, 「조선 전기 가사의 장르적 성격 연구―시적 담화의 유형분석을 중심으로」, 서울대 석사논문, 1987.

김교봉・설성경, 『근대전환기 시가 연구』, 국학자료원, 1996.

김대행, 「도덕적 인간과 본능적 인간―규범류 가사의 인간관」, 『시가시학연구』, 이화여대 출판부, 1991.

김동욱, 『국문학개설』 3판, 민중서관, 1967.

김문기 지음, 『서민가사 연구』, 형설출판사, 1983.

김병국, 「장르론적 관심과 가사의 문학성」, 『고전시가론』, 새문사, 1984.

김사엽, 『이조시대의 가요 연구―특히 초・중기의 형식을 주로』, 대양출판사, 1956.

김영민, 『금수회의록』(외), 『범우비평판한국문학』 4, 범우사, 2004.

김용섭, 「선조조 〈고공가〉의 농정사적 의의」, 『학술원 논문집』 42, 대한민국학술원, 2003.

김용찬, 「〈갑민가〉의 주제에 대한 재검토」, 『어문논집』 33, 고려대 국어국문학연구회, 1994.

김우영, 「만언사 이본고―새 이본의 대비를 주로 하여」, 『홍익어문』 창간호, 홍익대 사범대학 국어교육학과, 1982. 2.

김욱동, 『대화적 상상력』, 문학과지성사, 1988.

김유경, 「『만언사』 연작 연구」, 『연민학지』 제4집, 연민학회, 1996. 4.

______, 「연작형 가사의 형성과 변이 연구―〈초당문답가〉를 중심으로」, 연세대 박사논문, 1996.

______, 「편지 왕래형 구애가사 연구」, 『연민학지』 제5집, 연민학회, 1997.

김익두, 「한국 희곡/연극이론 수립을 위한 기초연구」, 『한국극예술연구』 15, 한국극예술학회, 2002.

김일렬, 「〈갑민가〉의 성격과 가치」, 『한국고전시가작품론』 2, 집문당, 1992.

김일성종합대학 편, 임헌영 해설, 『조선문학사』 I, 천지, 1989.

김팔남, 「연정가사의 형성시기와 작자층」, 『어문연구』 30집, 1998.

______, 「연정가사 승가의 실상」, 『어문학』 제81집, 한국어문학회, 2003.

김학성, 「가사의 장르 성격 재론」, 『한국시가문학연구』, 신구문화사, 1983.

______, 「가사 및 잡가의 정체성」, 『한국 고전시가의 정체성』, 성균관대 대동문화연구원, 2002.

김화진, 「〈청성잡기〉에 대하여」, 『도서』 제6호, 을유문화사, 1964. 2.

김형태, 「〈갑민가〉의 이본 및 대화체 형식 연구」, 『열상고전연구』 제18집, 열상고전연구회, 2003.

______, 「천강 안국선의 저작 세계―단편 논설류와 『정치원론』, 『연설법방』을 중심으로」, 『동

양고전연구』 제19집, 동양고전학회, 2003.

______, 「세책 〈만언사〉 연구」, 『동방고전문학연구』 제6집, 동방고전문학회, 2005.

______, 「대화체 가사의 유형별 특성 고찰」, 『열상고전연구』 제21집, 열상고전연구회, 2005.

김홍규, 「'장사치−여인 문답형 사설시조'의 재검토」, 『욕망과 형식의 시학』, 태학사, 1999.

나정순(외), 『규방가사의 작품세계와 미학』, 역락, 2002.

박무영, 「여성화자 한시를 통해 본 역설적 '남성성'−〈俚諺〉의 경우를 중심으로」, 『이화어문논집』 17, 이화어문학회, 1999.

______, 「'여성적 말하기'와 여성한시의 전략」, 『여성문학연구』 제2호, 한국여성문학학회, 태학사, 1999.

박성의, 「〈경민편〉과 〈훈민가〉 소고」, 『어문논집』 10, 고려대 국어국문학연구회, 1967.

박애경, 「조선 후기 장편가사의 생애담적 기능에 대하여−〈이정양가록〉과 〈소수록〉을 중심으로」, 『열상고전연구』 제18집, 열상고전연구회, 2003.

박연호, 『교훈가사 연구』, 다운샘, 2003.

박영민, 「18세기 한시에 나타난 여성정감의 미적 특질−李安中을 중심으로」, 『한국한문학연구』 제19집, 한국한문학회, 1996.

______, 「사대부 한시에 나타난 여성정감의 사적 전개와 미적 특질」, 고려대 박사논문, 1998.

박혜숙, 「고려속요의 여성화자」, 『고전문학연구』 14집, 한국고전문학회, 1998.

백순철, 「연작가사 〈만언사〉의 이본 양상과 현실적 성격」, 『우리문학연구』 제12집, 우리문학회, 1992. 12.

사회과학원 주체문학연구소(김하명 편), 『조선문학사』(15세기~16세기), 한국문화사, 1992.

서대석, 『한국 구비문학에 수용된 재담 연구』, 서울대 출판부, 2004.

서영숙, 「복선화음가류 가사의 서술구조와 의미−〈김씨계녀스〉를 중심으로」, 『고전문학연구』 9, 한국고전문학연구회, 1995.

서원섭, 『가사문학연구』, 형설출판사, 1992.

성무경, 『가사의 시학과 장르실현』, 보고사, 2000.

______, 「가사의 가창전승과 착간현상」, 『한국시가연구』 제8집, 한국시가학회, 2000.

송기한, 「개화기 대화체 가사 연구」, 서울대 석사논문, 1988.

송재연, 「계녀가사의 구성양상과 서술특성−남성·여성 화자의 차이를 중심으로」, 서울대 석사논문, 2000.

심유경, 「남성화자 애정가사의 특징」, 부산대 석사논문, 1999.

양세라, 「근대적 글쓰기에 재현(再現)된 극적 특성 연구−1920년대 『개벽』 소재 극 텍스트를 중심으로」, 『대중서사연구』 제13호, 대중서사학회, 2005.

여증동, 「쌍화점고구」, 『향가여요연구』, 반도출판사, 1985.

우리어문학회, 『국문학개론』, 일성당, 1949.

윤덕진, 「〈관동별곡〉을 고쳐 읽음−고전의 현대적 해석을 위한 모색」, 『문학 한글』 제9호, 한글학회, 1995. 12.

______, 「향유방식을 중심으로 본 16~17세기 가사의 양상」, 『한국시가연구』 제9집, 한국시가
　　　　학회, 2001.

윤미연, 「정철 시가의 시적 화자 연구」, 서울여대 석사논문, 1996.

윤성현, 「고려 속요의 서정성 연구」, 연세대 박사논문, 1994.

______, 「'삼장' 논의를 통해 본 「쌍화점」의 성격」, 『동방고전문학연구』 제1집, 동방고전문학
　　　　회, 1999.

______, 「동양문고본 만언사 연구」, 『열상고전연구』 제21집, 열상고전연구회, 2005.

윤형덕, 「만언사연구」, 단국대 석사논문, 1976.

이규춘, 「만언亽 연구」, 『어문연구』 제27집, 어문연구회, 1995. 12.

이능우, 『入門을 위한 국문학개론』, 국어국문학회, 1954.

이동영, 「가사의 장르규정」, 『어문학』 46, 한국어문학회, 1985.

이기문 저, 『국어사개론』, 민중서관, 1961.

이상보, 「만언사」, 상·하, 『자유문학』 4, 한국자유문학자협회, 1954. 4.

______, 『한국가사문학의 연구』, 형설출판사, 1974.

이원주, 「잡록과 반조화전가에 대하여」, 『한국학논집』 7, 계명대 한국학연구소, 1980.

이재식, 「만언사 이본연구」, 『논문집』 제32집, 건국대 대학원, 1991.

이혜순, 「여성화자시의 한시 전통」, 『한국한문학연구』 학회창립20주년기념특집호, 한국한문
　　　　학회, 1996.

______, 「15·16세기 한국 여성화자 시가의 의의─〈사미인곡〉·〈속미인곡〉·〈妾薄命〉을 중
　　　　심으로」, 『한국문화』 19, 서울대 한국문화연구소, 1997.

임형택 편역, 『이조시대 서사시』 상, 창작과비평사, 1992.

작자미상, 이상보 교주, 「갑민가」, 『현대문학』 통권 143호, 현대문학사, 1966.

장덕순, 『국문학통론』, 신구문화사, 1960.

장성진, 「개화가사의 서술구조와 현실인식」, 경북대 박사논문, 1991.

정병욱, 『고전시가론』, 신구문화사, 1977.

정인숙, 「가사에 나타난 시적 화자의 목소리 연구─연군가사와 애정가사를 중심으로」, 서울대
　　　　박사논문, 2001.

정재호, 『한국가사문학론』, 집문당, 1982.

정홍교·박종원, 『조선문학개관』 I, 인동, 1988.

조규익, 『가곡 창사의 국문학적 본질』, 집문당, 1994.

______, 『우리의 옛 노래문학 만횡청류』, 박이정, 1996.

조동일, 「가사의 쟝르 규정」, 『어문학』 21집, 한국어문학회, 1969.

______, 『한국문학통사』 제2판 1~5, 지식산업사, 1989.

조선민주주의인민공화국 과학원언어문학연구소문학연구실, 『조선문학통사』 (상), 화다, 1989.

조세형, 「송강가사의 대화전개방식 연구」, 서울대 석사논문, 1990.

_____, 「가사 장르의 담론 특성 연구」, 서울대 박사논문, 1998.

조윤제, 『조선시가의 연구』, 을유문화사, 1947.

조해숙, 「〈농부가〉에 나타난 후기 가사의 창작의식과 장르적 성격 변화」, 서울대 석사논문,
　　　1991.

주종연, 「가사의 장르攷」, 『서울대 교양과정부 논문집』 3집, 1971.

_____, 「가사의 장르攷」(II), 『국어국문학』 62~63호, 1973.

천혜봉, 『한국 서지학』, 민음사, 1991.

최성심, 「가사에 나타난 대화체」, 『국어국문학논문집』 12, 동국대 국어국문학과, 1983.

최태호, 「정송강문학연구」, 인하대 박사논문, 1987.

_____, 『송강문학논고』, 역락, 2000.

허경진 지음, 『사대부 소대헌 · 호연재 부부의 한 평생』, 푸른역사, 2003.

유길준 지음, 허경진 옮김, 『서유견문-조선 지식인 유길준, 서양을 번역하다』, 서해문집, 2004.

허웅 지음, 『국어 음운학』, 샘문학사, 1991.

4. 번역서

데이비드 보드웰 · 크리스틴 톰슨 지음, 청동카메라그룹 옮김, 『FILM ART』, 현장문학, 1993.

빠트리스 파비스 지음, 신현숙 · 윤학로 옮김, 『연극학 사전』, 현대미학사, 1999.

웨인 C. 부스 저, 이경우 · 최재석 역, 『소설의 수사학(The Rhetoric of Fiction)』, 한신문화사, 1987.

유협 지음 · 최동호 역편, 『문심조룡』, 1994.

L. 쟈네티 지음, 김진해 옮김, 『영화의 이해』, 현암사, 1987.

S. 채트먼 지음, 한용환 옮김, 『이야기와 담론-영화와 소설의 서사구조』, 고려원, 1991.

찾아보기

ㄱ

『가곡원류(歌曲源流)』 63, 152
『가집(歌集)』 148
가창(歌唱)가사 36, 39
〈갑민가〉 31, 32, 45, 60, 70, 90, 183, 207, 220, 222, 224, 232, 240
개몽편 160
개별 텍스트 내부 대화의 방식 89, 238
개인적 문제 229
갱가(賡歌) 29, 33, 110
〈격양가(擊壤歌)〉 115, 211
계녀(戒女)가사 19
〈고공가〉 29, 32, 57, 68, 69, 70, 74, 79, 81, 109, 141, 210, 214, 224, 230
〈고공답가〉 29, 32, 57, 68, 69, 70, 79, 81, 109, 141, 210, 214, 230
〈고공문답가〉 81
『고려사(高麗史)』 57
고려속요 21
〈고상사곡(古想思曲)〉 148, 150
〈관동별곡〉 43, 50, 90, 107, 141, 215, 226, 229, 234, 240
교술 9, 17, 39, 40, 43
교훈가사 16, 39

구주(口主)－문종(文從)의 원리 45
〈권농가〉 79, 100, 137, 141, 231
〈권농답가〉 79, 137, 141, 231
〈권선지로가(勸善指路歌)〉 44
규방가사 28, 233
〈규수상사곡(閨秀相思曲)〉 71, 148
극적 양식 44, 138
극적 재현 방식 45
극적 특성 10, 12, 14, 28, 212
〈기국여운〉 202, 208, 232
〈기망회〉 70, 79, 134, 141, 214
〈기망회답가〉 70, 79, 134, 141
'기행(紀行)가사' 36, 39
〈김씨계녀스〉 187

ㄴ

낙지편 160
남장별대(男粧別隊) 57
『남훈태평가(南薰太平歌)』 152
'내적 소통' 50
『내칙(內則)』 195
내포독자 48
내포작가 48
『논어(論語)』 122
〈농가(農歌)〉 71, 79, 98, 114, 141, 211, 225
〈농담야설〉 161, 167, 232
'농부가'류 15, 16
〈농부가〉 16
〈농화농가〉 98, 137, 141, 231

ㄷ

다성성(多聲性) 47
〈단장사(斷腸詞)〉 148, 149
〈답가라〉 74
〈답가서〉 74
〈답가셔라〉 74

〈답농가〉 71, 79, 100, 114, 141, 225
'답사친가'류 69
〈답사친가〉 82, 120, 141, 218, 224, 231
'답사향가'류 69
〈답샤향곡〉 82, 130, 141, 224, 231
〈답향가〉 133
〈답회가〉 74
〈답회도사〉 85, 208, 233
「大韓今日의 善後策」 94
『대한매일신보(大韓每日申報)』 24, 91, 93,
    94, 98, 137, 202, 231
대화(對話) 10, 12, 28, 46, 49
『대화(對話)』 28
대화 방식에 따른 유형 32, 68, 70, 77, 239
'대화 이론' 14
대화체(對話體) 10, 12, 13, 23, 28, 46, 52, 61, 64,
    67, 196, 237
대화체 가사 목록 24
덩어리의 원리 45
도덕가사 231
도덕률 229
동화작용(identification, empathy) 50
〈등산문불〉 96, 167, 232

ㄹ ─────────────

「레닌主義는 合理한가」 94
르포(reportage)적 방식 92
'르포'적 기능 222

ㅁ ─────────────

〈만언사〉 45
〈만언ㅅ〉 11, 18, 32, 49, 68, 69, 70, 81, 101, 112,
    141, 227, 230
〈만언ㅅ답〉 32, 68, 69, 70, 81, 112, 141, 230
〈목동가〉 33, 68, 71, 74, 81, 144, 167, 218, 231
〈목동답가〉 34, 68, 71, 81, 144, 167, 218, 231

〈목동문답가〉 81, 145
〈몽중로쇼문답가〉 34, 50, 71, 90, 145, 167, 215,
    218, 226, 231
문답(問答) 32, 33, 70, 71, 143, 167, 218, 231,
    238, 239
문답식 개화가사 161
문대(問對) 53
문심조룡(文心雕龍) 51

ㅂ ─────────────

박효관(朴孝寬) 63
반고(班固) 51
〈반조화전가(反嘲花煎歌)〉 34, 73
발어사(發語辭) 214
〈백구사(白鷗詞)〉 122
〈별별상사가(別別想思歌)〉 71, 148, 150
〈병문수작(屛門酬酌)〉 141, 206, 208, 232
〈병문친고육두풍월〉 137, 138, 141, 231
'복선화음가(福善禍淫歌)'류 187
〈복선화음가〉 187
〈봉산탈춤〉 45, 138
「부즈런홀 일」 193
〈붕우가〉 71, 75, 81, 117, 141, 211, 217, 224, 231
〈붕우ㅅ모답가〉 71, 75, 81, 117, 141, 217, 224,
    231
비판 229

ㅅ ─────────────

〈사미인곡〉 20, 41
〈사친가〉 69, 76, 82, 104, 120, 141, 215, 218, 223,
    224, 227, 231
'사친가'류 45, 222
〈사향가〉 45, 69
'사향가'류 69
〈사향곡〉 76, 82, 130, 141, 211, 223, 224, 231
사회적 문제 229

〈삼인답가〉 137, 141, 231
삽입가요(挿入歌謠) 192, 216
〈상부가(想夫歌)〉 148, 150
〈상사가(想思歌)〉 71, 74, 76, 82, 148, 149, 152,
　　212, 219, 220, 223, 224, 232
〈想思歌 상사가〉 148
'상사가'류 167
〈상사곡(相思曲)〉 151
〈상사답가〉 74, 82, 154, 156, 212
'상사답가'류 71, 148, 167, 220, 224, 232
〈상사별곡(相思別曲)〉 148, 149
〈상사회답가〉 71, 154
〈상원화슈가〉 88
〈상원화슈회답가〉 88
〈상춘곡(賞春曲)〉 44
〈샹스가 想思歌〉 148
『서경(書經)』 28, 110
〈서경별곡〉 42
서사성 13, 235
서사적 양식 44
서정적 양식 44
〈석상문답〉 204, 208, 232
선조(宣祖) 111, 210
〈설창기어〉 162, 167, 232
〈성산별곡〉 41, 43
〈세사우탄〉 137, 140, 141, 231
〈셩회가(盛會歌)〉 83, 208, 233
〈셩회답가〉 84, 208, 233
〈속미인곡〉 20, 32, 41, 45, 70, 90, 169, 208, 220,
　　229, 234, 240
송강 229
송강가사 13, 230
〈송여승가〉 72, 76, 84, 172, 212, 240
〈송여승가〉 연작 172, 208, 220, 223, 233
수용자 213
수필 36
〈순검총원〉 137, 141, 231
슈타이거(E. Staiger) 37

〈승가〉 173
〈승가타령〉 178, 179, 181, 212, 233
〈승답사〉 84, 172, 174
『시경(詩經)』 28, 51
〈시담일총(時談一叢)〉 93, 167, 232
〈시사문답(時事問答)〉 91, 167, 232
시집살이 노래 123, 125
『시집전(詩集傳)』 52
신득청(申得淸) 115
신재효(申在孝) 65
'실기(實記)'류 211
실용서(實用書) 194
심술사설 216
〈쌍화점(雙花店)〉 21, 54

ㅇ

악부시(樂府詩) 20
안국선(安國善) 30, 192
안민영(安玟英) 63
애정가사 18
액자(額子)식 이야기 구조 190
언쟁(言爭) 32, 34, 70, 72, 169, 209, 220, 230,
　　232, 238, 239
언쟁식 개화가사 202
〈여담일속〉 206, 208, 232
〈여승재답사〉 84, 172, 176
〈여자가〉 18, 50, 66, 72, 84, 105, 185, 188, 189,
　　208, 213, 228, 233
여탄(女嘆) 229
〈여항기문〉 203, 208, 232
〈여ᄌ답가〉 72, 84, 185, 199, 201, 208, 228, 233
〈역대전리가(歷代轉理歌)〉 115
연군가사 38
『演說法方』 163
연작(連作) 29
연정 229
연정가(戀情歌) 28

연정가사 232
연주(戀主)시 20
『열녀전(烈女傳)』 195
〈오륜가〉 190
〈옥설화담(玉屑華談)〉 115
〈옥인상사곡(玉人想思曲)〉 148, 151
옴니버스(omnibus) 식 193
〈완고자탄〉 137, 140, 141, 231
'외적 소통' 50
『용담유사(龍潭遺詞)』 145
〈용부편〉 190
〈우부가(愚夫歌)〉 44
〈운영답가〉 74
월령체(月令體) 121, 151, 215
〈월하문답〉 206, 207, 208, 232
유길준 135
「유민원(流民怨)」 31, 60
유배가사 38
유향(劉向) 51
유협(劉勰) 51
'육의' 51
이곡(李穀) 20
〈이샤답곡〉 74
「이언(俚諺)」 20
이옥(李鈺) 20
이원익(李元翼) 29, 210
〈일동장유가(日東壯遊歌)〉 41, 44
임유후 145

ㅈ ─────────

〈장부가(丈夫歌)〉 122
장사치―여인 문답형 사설시조 61
〈재송여승가〉 84, 172, 175
전언(傳言) 91, 198
'전언(傳言)'의 방식 50
〈정과정곡(鄭瓜亭曲)〉 21, 42
「政府의 政策을 攻擊ㅎ는 演說」 163

〈정찰회답가〉 154, 156
정철(鄭澈) 12, 13, 16, 215
『제국신문(帝國新聞)』 202
제시형식 10
〈조화전가(嘲花煎歌)〉 34, 73
종교가사 231
주제적 양식 44
주희(朱熹) 52
집단 중심의 원리 45

ㅊ ─────────

채트먼(S.Chatman) 48
「첩박명(妾薄命)」 20
『청구영언(靑丘永言)』 152
「靑年俱樂部에서 ㅎ는 演說」 163
〈초당문답〉 34, 71, 90, 158, 167, 231
〈초당문답가〉 11
최제우 34, 145, 215
〈춘성유람〉 162, 167, 232
〈춘향가(春香歌)〉 65
〈춘향전〉 216
충렬왕(忠烈王) 56
〈충혼소한〉 137, 139, 141, 231

ㅌ ─────────

테이코스코피(teichoscopia) 49
텍스트 간 대화의 방식 78, 213, 238
텍스트 구조상의 유형 31, 68, 77, 238

ㅍ ─────────

〈팔부가〉 85, 141
〈팔부답가〉 85, 141
「풍년불여흉년론(豊年不如凶年論)」 30
프라이(N.Frye) 41
플라톤 28

허전(許㙉) 29, 111, 210
헤르나디(P.Hernadi) 41
현시(顯示, ostension) 212
혼합적 대화의 방식 101, 238, 239
〈홍도상사가(紅桃想思歌)〉 24, 148, 150, 219
홍양호(洪良浩) 31, 60
화답(和答) 32, 33, 48, 70, 106, 142, 217, 230,
    238, 239
화답식 개화가사 137
〈화슈가〉 88, 141
〈화슈답가〉 88, 141
화자론(話者論) 12, 18
〈훈민가〉 16, 17
〈흥보가〉 192
〈주답가〉 74, 176
〈희도사(諧嘲詞)〉 85, 208, 233